乙女ゲー世界は★
モブに厳しい世界です
THE WORLD OF OTOME GAMES IS A TOUGH FOR MOBS.
13

CONTENTS

THE WORLD OF OTOME GAMES IS A TOUGH FOR MOBS.

プロローグ

明け方。

王宮の屋上へと続く階段を上るのは、アンジェ、リビア、ノエルの三人だった。

まだ暗い屋内を、先頭を歩くアンジェがランタンを持って照らしていた。

アンジェの後ろにいるリビアの吐く息は、頼りない光の中でも白く見えていた。

リビアの後ろを歩くノエルは、手の平に息を吹きかけていた。

アンジェは顔だけ振り返って二人の様子を見ながら、疲れた表情を隠すように微笑んで見せた。

「もう少し寝ていてもよかったんだぞ。出迎えなどいらないと、クレアーレにも言われていただろう？」

寝不足であるリビアとノエルの表情だが、アンジェから見ても疲労が抜けきっていない。

そんな二人は、アンジェに対して申し訳なさそうな、それでいて不満そうな顔をした。

リビアが申し訳ない理由を述べる。

「アンジェの方こそ休める時に休んでくださいよ。私たち以上に働いて忙しいのに、ほとんど眠っていないじゃないですか」

自分を心配するリビアに、アンジェは苦笑しながらいいわけをする。

「私にとってはここが頑張りどころだ。お前たちと違って、戦場では役に立てないからな。せめて、準備くらいはしてやりたいのさ」

自分が出来るのは、戦争に至るまでの準備だけ。

実際に戦いが始まれば、リビアやノエルのように活躍できない。

だからこそ、ここで自分は全力を出さなければならない、と。

ノエルは無理をするアンジェから顔を背けた。

「逆にあたしたちは、何も出来ていない状況だけどね。精々、お手伝いくらいしかしていないしさ」

リビアとノエルだが、王宮にて忙しく働く人たちの世話をしていた。

周囲は止めたが、アンジェが頑張っているのに休んでいるのは気が引けたのだろう。

アンジェが困った顔をする。

「本番で倒れられた方が困るのだがな」

ノエルは肩をすくめて呆れた顔をした。

「それはアンジェリカも同じでしょ。——というか、アンジェリカが倒れた方が大変じゃないの？　レリアが言っていたわよ。同い年でここまで能力差があると落ち込むってさ」

レリア——ノエルの双子の妹は、現在はアルゼル共和国で聖樹の巫女《みこ》を務めている。

国家の代表の一人であり、統治する側の立場だ。

そんなレリアから見ても、今のアンジェは王国をうまく動かしているのだろう。

自分と同い年の女の子が、一国で立派に采配を振っている姿に感心したらしい。

　アンジェは意外そうな顔をした。

「そう見えていたのか？　私からすれば自分の能力不足を痛感させられてばかりだ。ミレーヌ様が側《そば》で補佐してくれるから、何とか回せているだけさ」

　かつて王宮を仕切っていたミレーヌが、今はアンジェを側で支えてくれていた。

　それがアンジェにとっては心強いと同時に、自分の不甲斐なさを見せつけられることになっていた。

　自分一人では何も出来ない、と。

　だから、褒められても素直に受け止められない。

　僅《わず》かに悲しそうな表情をするアンジェに、リビアが元気づけるように声をかけてくる。

「アンジェのおかげで私たちは戦えるんです。もっと自信を持ってください。ほら、そろそろ屋上ですよ」

　屋上への出入り口に来ると、アンジェがドアを開けた。

　三人が目を細め、眩《まぶ》しい光を前に手をかざす。

　冷たい風に体が震えるが、次第に目が慣れてきて周囲の景色が見えるようになった。

　アンジェはランタンの火を消して大きく息を吐くと、白い息が風にながされた。

　ノエルが両手を広げた。

「ははっ！　本当に凄《すご》いよね！　これだけの飛行戦艦が集まったのを見たのは生まれて初めてだよ」

　屋上にある庭園から見えるのは、王都に集まる数多くの飛行戦艦だった。

　姿形はバラバラで、統一感がまるでないため烏合《うごう》の衆にも見えた。

だが、この場に集まった者たちの目的は同じ――意思統一は済ませてある。

これまで散々内輪揉めを繰り返してきたホルファート王国の貴族たちですら、今回に限っては歴史上初めてと言えるほどの結束力を見せていた。

リビアがアンジェの手を強く握りしめた。

「アンジェも自信を持ってください。この景色を作り出せたのは、アンジェの頑張りがあったおかげですよ」

リビアの手の温もりを感じながら、アンジェは瞳を潤ませる。

「あぁ、そうだな。そうだと――いいな」

涙が出そうになるのを我慢した。

泣きそうになった理由は、自分の頑張りがリオンの力になってくれた嬉しさだ。

そして――目の前の飛行戦艦たちの内、どれだけ戻って来られるだろうか？　と、これから失われるだろう命の数を考えたからだった。

泣かなかったのはアンジェにとって意地でもあった。

(これが背負うということなのですね、ミレーヌ様)

かつて自分を教え導いてくれた恩師の言葉を、ここに来て真の意味で理解した。

ノエルが太陽の方を指さした。

「リコルヌが着いたよ！」

以前にリオンが所有していた浮島にて、改修が行われたリコルヌが戻ってきた。

三人は自分たちが乗るリコルヌを出迎えるために、屋上まで足を運んだ。

ノエルはアンジェとリビアが手を繋いでいるのを横目で見ると、顔を背けながら背伸びをする。

「きっと大丈夫だよ。リオンも、それにみんなも頑張ってくれているからね。——きっとうまくいくよ」

きっとうまくいく。その言葉は、ノエルにとっても願い——希望なのだろう。

うまくいってほしい、という気持ちが伝わってくる。

アンジェは小さく頷いた。

「リオンが勝つために最大限の助力をするさ。そのためなら——私はあいつらだって利用してやる」

途中から苦々しい表情をするアンジェの背中に、リビアが手を置いた。

「今回ばかりは仕方がありませんよ」

リビアの表情も暗かった。

アンジェが言う〝あいつら〟に対して、思うところがあるのだろう。

ノエルの表情も曇っていた。

「これは勝って終わっても色々と問題が残りそうだよね」

戦う前から勝った後の話をするつもりはなかった。

だが、戦後に大きな問題が発生するのは目に見えている三人だった。

◇

早朝。

王宮に駆け込んできたのは、顔に殴られた跡を残すグレッグだった。

服も乱れていて、破れている箇所もある。

そんなグレッグだったが、表情は明るかった。

グレッグが親指を立てて、部屋の中にいた仲間たちに告げる。

「実家に戻って親父を説得してきたぜ！　セバーグ家の全戦力をかき集められそうだ」

嬉しそうに報告するグレッグを出迎えたのは、頭部に包帯を巻いたブラッドだった。

ブラッドもグレッグに親指を立てて応える。

「そっちもうまくいったみたいだね。僕の方も実家から可能な限り戦力を出させると確約してきたよ」

ブラッドが懐から取り出したのは、実家との契約書だった。

そこには、フィールド家は、この戦いに動かせるほとんどの戦力を投入するという内容が書き記されていた。

グレッグがブラッドに近付くと、二人は拳を軽く突き合わせる。

「前は魔法しか取り柄《え》のない頭でっかちだと思っていたが、根性のある野郎になったな」

魔法以外は不得手が多い印象のブラッドだったが、グレッグなりに認めたのだろう。

ブラッドは軽口を叩く。

「君は相変わらずの脳筋だけどね。もっと頭を使うことを覚えた方がいい」

ブラッドの返しに、グレッグは少し驚いた顔を見せたが――すぐに笑い出した。

「馬鹿野郎。こういう時は褒めるんじゃなくて、もっと俺を貶《けな》していいんだよ。魔法しか取り柄のない軟弱野郎って言ったのは謝る。お前は頼りになる男だ」

かつて軟弱野郎とブラッドを馬鹿にしたことを、グレッグは真顔で謝罪した。

しかし、ブラッドの方は困惑していた。

謝られたことが意外だったのではなく、グレッグが脳筋という単語を悪口と捉えていないことに驚いていた。

「脳筋は僕なりに君を貶した言葉だったんだけど？」

「何で？　頭まで筋肉なんて最高だろ？」

本気で悪口だと思っていないグレッグを前に、ブラッドは両手で口を押さえた。

目は驚愕で見開かれている。

「こんなに手遅れになって」

ブラッドの様子に首を傾げるグレッグは、部屋に視線を巡らせた。

「それよりも、戻ってきたのは俺たちだけか？」

心配そうに尋ねると、ブラッドが表情を切り替えて神妙な面持ちで言う。

「いや、先にクリスが戻ってきたよ。クリスの実家は王都にあるし、実家に話を通すのは僕たちよりも簡単さ。問題なのは――」

「剣聖の親父さんを説得できるかどうか、か」

グレッグたちは、リオンを助けるために実家に働きかけることにした。

もっとも、これまでの行いで廃嫡されるばかりか、縁を切られて実家を追い出されている。

そんな彼らが実家に戻って協力してほしい！　と言っても親は素直に聞き入れてくれないだろう。

事実、グレッグとブラッドも説得には苦労した。

ブラッドはグレッグに言う。

「説得と言うよりも試合かな？　クリスの奴、親父さんに試合を申し込んだらしいよ」

「本当かよ!?」

クリスの父親は王国最強の剣士である。

クリスも剣豪と呼ばれていたが、父親は最高位の剣聖だ。

積み上げてきた鍛練だけではなく、潜《くぐ》り抜けてきた戦場の数でも、とうてい及ばない。

そんなクリスと父親の試合だが――。

「そこから先は私が話そう」

ドアを開けて入ってきたのは、病衣姿で松葉杖を使うクリスだった。

グレッグやブラッドよりも重傷で、右腕と左足は固定されているので骨折、あるいはひびが入ったのだろう。

――眼鏡も片方のレンズにひびが入っている。

そんな姿を見たブラッドはため息を吐き、グレッグは興奮気味に問い詰める。

「その怪我はどうした!?」

「父上との試合でこの様《ざま》さ。あぁ、怪我の具合は心配しなくていい。戦争の前には、マリエに治してもらう予定だ」

マリエに治してもらう、という部分だけ少し嬉しそうにしていた。

グレッグは少しばかり羨ましそうにした。

自分もマリエに怪我を治してもらおうか？　などと考えがよぎったが、この忙しい時に軽傷で治療を頼むのも迷惑だろうと思い諦める。

「お前の方は説得できなかったみたいだな」

「馬鹿を言うな。私はちゃんと勝ったさ」

「本当かよ！」

喜ぶグレッグを前に、クリスは胸を張っていた。

だが、事情を知るブラッドは頬《ほお》を引きつらせていた。

「――常在戦場を言う父親に、後ろから木刀を振り下ろしておいてよく言うよ。その後に何とか勝利したようだけどさ」

後ろから打ち込んだと聞いて、グレッグが真顔になった。

「お前、それは卑怯《ひきょう》だろ」

言われたクリスも自覚はしているらしいが、この状況では正々堂々と説得するのは不可能と判断したらしい。

「私も最初は説得したさ。だが、父上は剣術指南役で政治的な立ち回りはお世辞にもうまくない。今回も勝利すれば剣術指南役として仕えるなどとのんきに言うから――」

クリスとしても、実家の存続を考えて苦渋の決断だったようだ。

本人も性格的に正々堂々と勝負を付けたかったのだろうが、状況が許してくれなかった。

グレッグは、クリスの父親の政治センスのなさに呆れながら言う。

「まぁ、お前の親父さんもどうかと思うがよ」

「そもそも、普段から常在戦場を心がけよと言っていたのは父上の方だ。私に背中を見せて木刀で頭を打たれたからといって、逆上するのは大人げないと思ったよ」

「お前の言いたい気持ちも理解するけどよ――それで、協力の方はどうなったんだ？」

「父上を含め、門弟たちが参加する」

「そいつはいいな！　お前のところは強者揃《つわものぞろ》いだからな」

剣術指南役をしているクリスの父親だが、騎士であるため鎧《よろい》の操縦にも心得があった。

育てているのも騎士たちであり、鎧の操縦訓練も同時に行われている。

そんな彼らが参戦すると聞いて、グレッグも頼もしく感じたのだろう。

そして、この場にいない二人について尋ねる。

「残るはユリウスとジルクの二人だな」

クリスがユリウスについて話をする。

「ユリウスの方は王宮で文官たちの手伝いをしているよ。アンジェリカにこき使われているそうだ」

「そいつは少し可哀想だが、受け入れてもらうしかねーな。それで、ジルクは？」

今度はブラッドが答えるのだが――その表情は困っていた。

「ジルクの奴はバーナード大臣のところだよ」

それを聞いて、グレッグは目をむいた。

「マジかよ」

◇

広い部屋には机が幾つも並んでいた。

文官である役人たちが、積み上げられた書類を処理していた。

手はインクで汚れ、目の下には隈《くま》を作っている者ばかり。

倒れては運び出され、少し休んだら職場に復帰する。

まさに戦場のような光景だった。

これから戦場で戦う騎士や兵士たちのため、今は文官たちが死にそうになりながら書類仕事や現場での調整に忙しく働いている。

バーナード大臣が手を叩く。

「もうひと踏ん張りだ。ここを乗り切らなければ、味方が満足に戦えない。今、ここが我々にとっての戦場だ。何としても乗り切ろう」

大臣の声に、文官たちが声を上げるも疲れ切っていた。

そんな職場に飲み物を持って入ってくるのは、バーナード大臣の娘であるクラリスだ。

「飲み物と軽食をお持ちしました」

明るく優しい声に、文官たちは顔を上げるとノロノロと近付いてくる。

クラリスから飲み物とサンドイッチを受け取ると、自分たちの机に戻っていった。

その様子を見ていたのは、クラリスを手伝うディアドリーだ。

「確かに戦場ですわね」

バーナード大臣の言葉に誇張はないな、と思ったディアドリーではあるのだが、その視線は一人涼しげに仕事をしている者に向かった。

ジルク——かってはクラリスの婚約者だった男は、その能力を買われてこの場で文官たちと一緒に仕事をしていた。

本人の持つ資質か、それとも磨いてきた能力か？　ジルクは文官たちと遜色《そんしょく》ない働きをしていた。

ついでに余裕もありそうだ。

実に頼もしい姿ではあるのだが、周囲の視線は険しかった。

バーナード大臣が、ジルクの机に大量の書類を置いた。

笑顔ではあるのだが、そこには娘を捨てた男に対する怒りが滲《にじ》んでいた。

「ジルク君、君は余裕がありそうだからこの書類も処理してくれ」

書類の山を見て、ジルクは微笑みを浮かべた。

「お任せください。バーナード大臣の期待に応えてみせますよ」

ジルクにとっては本音だったのだろう。

実際に書類の山に手を付けると、リズムよく処理していく。

能力は本物だった。

だからこそ、余計に周囲は腹立たしいのだろう。

「クラリスお嬢様を捨てたクズ野郎の癖に」

「よくもそんな涼しげな顔で俺たちの前に出られたな」

「仕事が出来るのが余計に腹立たしい」

周囲の刺すような視線の中にありながら、ジルクは笑みを浮かべながら書類を処理していく。

バーナード大臣は、その能力だけは高く評価していた。

「本当に能力だけは本物だね。人間性も備えていたら娘の婚約者として完璧だったのだが、何事もうまくいかないものだよ」

自分の娘を捨てた男に対する嫌み。

バーナード大臣の棘《とげ》のある言葉にも、ジルクは笑みを絶やさない。

それだけの言葉を言われても仕方がないと理解しているから。

「おかげでマリエさんと出会えたので、私としては完璧を通り越して最高ですよ」

バーナード大臣の額に血管が見えた。

クラリスの方は、この場でマリエの名前を出すジルクに冷笑を浮かべていた。

「あなたの本性にもっと早くに気付いていれば、私は道を踏み外すこともなかったでしょうね」

それに対してジルクは苦笑するだけだ。

「ははっ、これは手厳しいですね」

クラリスとは視線すら合わせようとしない。

仕方がないので、ディアドリーがジルクに飲み物と食べ物を運ぶ。

「あなた、こんな職場でよく働けますわね。恨まれている自覚が薄いのかしら？　今からでも他を手伝ってもよろしくてよ」

出された飲み物に口をつけるジルクは、ディアドリーの疑問に答える。

「今の私はリオン君の為に動いています。そんな私の邪魔をするほど、バーナード大臣やこの場にいる人たちは愚かではありませんよ」

「それを理解しながら、何事もなかったように振る舞えるあなたは大物ですわ」

ディアドリーに評価をされたジルクは、感謝を述べるのだが。

「ありがとうございます。ですが、惚れないでくださいね。私はマリエさん一筋ですから」

「――誰も惚れたりなんてしませんわ」

無表情で冷たく言い放つと、ディアドリーはジルクの側を離れていく。

◇

五馬鹿の内、四人がそれぞれの役目を果たしている頃。

ユリウスも王宮内で慌ただしく動いていた。

執務室に駆け込むと、机に向かって書類を処理しているルーカス——リオンが師匠と呼ぶ男——に状況を報告する。

「港にある物資ですが、このままでは備蓄分も底を突きます。これ以上、王都では彼らを支えきれません」

集結した数多くの飛行戦艦だが、当然ながら物資を消費していた。

飛行戦艦に必要なエネルギー資源に始まり、運用するクルーたちの食事も必要だ。

大艦隊の力を十全に引き出すのに、莫大な物資が必要になる。

それらを過不足なく揃え、分配しなければならない。

その仕事を行っているのが、ルーカスとユリウスだった。

「王都に一番近い都市、それから砦《とりで》に備蓄している物資を輸送させています。届き次第、補給を開始しましょう」

「承知しました——」

返事をしたユリウスだったが、書類を処理しているルーカスをマジマジと見ていた。

視線に気付いた師匠が顔を上げる。

「まだ何か？」

「——あの、一つ質問をしてもよろしいでしょうか？」

学園ではただのマナー講師だと思っていたが、真実は自身の血縁者である大叔父だった。

そんなルーカスにユリウスは、一つだけ疑問を持っていた。

「手短に済ませてくれるのであれば構いませんよ」

手を動かしながら書類を処理するルーカスの手は、インクを扱っているのに綺麗だった。

速く、そして正確に――美しさまで備えた師匠の働きぶりを見ていると、どうしても問わずにはいられなかった。

「どうして王位を父上に譲られたのですか？　あなたならば、父上よりも王に相応しかったはずです」

何とも不敬な問い掛けに、ルーカスは苦笑してしまった。

「ミスタリオンの影響なのでしょうかね。随分と不敬な質問ですよ」

「理解はしています。ただ、もう気にする立場ではありません」

自分の父親が王に相応しいとは思わない。

そう本心を告げるユリウスは、今更立場など関係ないと言って笑っていた。

ルーカスはそれを、リオンに影響を受けた結果だと思ったらしい。

「――確かに私であれば、周囲が期待する王を演じられたでしょう。ただ、それではこの国を滅ぼしていたとも考えています」

「父上ではなく、あなたが、ですか？」

ユリウスの言葉には「俺の父上だからホルファート王国がここまで追い込まれたのでは？」という

意味が含まれていた。

「息子である君が思うよりも、ローランドという男は私より王に相応しかったということです。ローランドだったからこそ、この程度で済んだとも言えますね。——最後まで悪い癖だけは抜けませんでしたが」

悪い癖とは女癖の悪さであり、それだけは王になっても変わらなかったとルーカスは嘆いた。

ユリウスはルーカスの前で考え込む。

「——俺が思うよりも、父上は立派だったのですね」

「ええ、尊敬に値する人物ですよ。——ただし、女性関係に関しては絶対に見習わないでください。いいですね、絶対ですよ」

ルーカスに念を押されたユリウスは、軽く会釈をすると背中を向けて次の仕事へと向かう。

そしておもむろに、懐から仮面を取り出した。

(俺には推し量れない父上の器量があったということか。——そんな父上から譲り受けたこの仮面を今回も使わせてもらおう)

譲り受けたと思い込んでいるが、実際はローランドの私物を無断で借りているだけだ。

本人がこの場にいたならば、きっと「返せ!」と怒鳴っていただろう。

(父上、この仮面とあなたの意志を俺は受け継ぎます。王位を継げなかった馬鹿息子ですが、あなたの志だけは失いませんよ)

心に固く誓うユリウスだった。

第01話 「それぞれの覚悟」

かつてリオンが所有していた浮島の地下ドックにて、ルクシオンは旧人類側の兵器たちを修理していた。

アルカディアの目覚めと同時に活動を開始した人工知能たちは、リオンの呼びかけに応えて帝国との戦争に参戦してくれた。

中でも一番の戦力は、空中空母であるファクトだ。

ルクシオンを除けば、旧人類側で最高戦力である。

積み込まれた人工知能の子機は、全長一メートルとルクシオンよりも大きい。

子機の大きさで本体性能の優劣は判断出来ないが、それでもファクトは他の人工知能たちよりも優れていた。

今も、ルクシオンに修理状況の遅れを指摘していた。

『予定よりも五パーセントの遅れが生じている。ルクシオン、君の処理には無駄が多い。すぐにこのドックの指揮権を私に譲渡するべきだ』

自分に任せれば遅れなど生じない、と自信ではなく確信を持って告げてきた。

それに対して、ルクシオンは譲るつもりがない。

『予定はあくまでも予定です。この程度でドックの指揮権を渡す必要性を感じません』

『今回の戦いで我々は負けることが許されない。それを理解していない君の評価は、下方修正させてもらおう』

ルクシオンの無駄に見える処理が、ファクトには許せないようだ。

だが、ルクシオンは指摘されても変更する気がなかった。

『勝利のために必要であると判断しました』

『勝利？　君は自身のマスターの生存確率を優先したに過ぎない』

リオンの命を優先して、戦争で敗北するのか？　その問い掛けに、ルクシオンは赤いレンズを強く光らせた。

数度の点滅の後に、ファクトへ指摘する。

『マスターの生存は優先すべき事項です。そもそも、私のマスターは、あなた方にとってもマスターのはずではありませんか？』

自分のマスターを殺すのか？　その問いに、ファクトは悪びれる様子もなく答える。

『勝利のためだ。マスターリオンもそれを望んでいる。我々はそんな彼の覚悟を高く評価した。優先するべきは勝利であり、コールドスリープ中のエリカ嬢の生存だ』

ファクト達が重要視するのは、旧人類の特徴が色濃く出てしまったエリカだった。

エリカさえ生き残れば、旧人類の復活も夢ではないと判断したのだろう。

『――何を言われようとも、私はマスターの生存を最優先します』

『移民船のプログラムか？　我々には理解できない判断基準だ。やはり、あの戦争を経験していない君には奴らの脅威を正しく理解できないらしい』

『奴ら？　新人類の脅威でしたら、データで確認済みですが？』

『――戦争末期、奴らは旧人類側に勝利するためにあらゆる手段に手を出した。そのせいで、我々は守るべき旧人類の多くを失ってしまった。早急に奴らを滅ぼさなければ、またこの惑星は荒廃して人類の住めない環境に逆戻りになってしまうだろう』

軍隊で使用されていたファクトは、ルクシオンとは違った思考を持っていた。

それは戦争に勝つこと――優先するべきは、新人類に勝利すること。

負ければ何もかも失ってしまう。

そうなる前に、勝たなければ意味がないのだ、と。

ファクトは言う。

『専用機開発を優先するよりも、量産機を用意する方が効率的だ。君の身勝手な振る舞いにより、予定していた戦力が揃えられない』

ルクシオンが予定を無視して行っていたのは、有人人型兵器――鎧の開発だった。

リオンが乗り込むアロガンツは勿論だが、他にも専用機を用意していた。

そのせいで、本来用意するはずだった量産機の数が減っている。

ルクシオンの判断に抗議を続けるファクトだったが、二人のもとにリオンがやって来た。

黒のスラックスに白シャツ姿は、本人が着崩していることもあってだらしなく見えた。

もっとも、見た目などこだわっていられないのだろう。

「準備は順調か？」

普段のヘラヘラした笑顔で近付いてくるリオンに、ファクトは僅かに苛立ちを覚えたらしい。

『五パーセントの遅れが発生している。それを君のルクシオンは改善しようとしない。それから、その恰好《かっこう》はどうにかした方がいい。我々を率いるマスターの恰好として相応しくない。大体、普段の恰好はその人間の心構えが反映され、精神的にも――』

口うるさいファクトを無視して、リオンはルクシオンに近付いた。

壁伝いにある通路から、落下防止用の柵に手を置いて整備中のファクトを見下ろしていた。

「軍隊の人工知能は口うるさいな。それで、お前の方はどうなんだよ？」

曖昧な質問だったが、ルクシオンにはこれで十分に伝わっていた。

『予定を変更しただけで、順調と言って間違いありません』

「――なら、そのままでいいか」

ルクシオンの報告を聞いて、受け入れてしまったリオンにファクトが不満を口にする。

『今の曖昧な情報で納得する理由が理解できない。マスターリオン、君の評価を下方修正させてもらう』

評価を下げられたリオンだが、相変わらずヘラヘラしていて真剣に聞いていなかった。

ただ、納得した理由については説明する。

「俺よりもルクシオンの方が優秀だからな。俺が色々と考えるよりも、ルクシオンが判断する方が信頼できるさ」

『信頼している、と？　それは思考を放棄しているに過ぎない』

ファクトはリオンの答えがお気に召さなかったようだ。

リオンはこの話に飽きたのか、ルクシオンとファクトに別件を振る。

「それでいいよ。はい、この話はお終いだ。次は勝利後について話し合おうじゃないか」

勝利後について話をしたいと言い出すリオンに、ルクシオンは小言を口にする。

『勝利後を考えるより先に、もっと議論するべき問題があるはずですが？』

「馬鹿野郎。勝った後の方が大事だろうが。そもそも、俺が生き残っているとは限らないからな」

あっけらかんと自分が死ぬ可能性を告げるリオンに、ルクシオンは赤いレンズを背けた。

対して、ファクトの方は好感触だった。

『確かに、マスターリオンの切り札を考慮すれば、生存確率は低いだろう。戦後に不安が残るのも納得だ』

「だろ？　だから、お前たちにはここでしっかりと再度〝命令〟しておこうと思ってさ」

リオンが自分たちに命令する、と言えば、ファクトが難色を示す。

『あの命令はやはり本気なのだな。やはり、マスターリオンの考えには賛同できない。評価は大幅に下方修正させてもらおう』

「その程度で命令を実行してくれるなら安いものだな。何しろ、俺の評価ってやつは既に底値だからな。これ以上は下がらないぞ」

軽口を叩くリオンには、少し前の焦りが見えない。

アルカディアとの戦いに単身で挑もうと考え、アンジェたち婚約者たちを捨て、何もかも捨てて挑もうとした時の様子とは違っていた。

ただ、普段の様子とも違う。

あれだけ自分を優先していたはずのリオンが、今では自分の命の優先順位を下げていた。

ルクシオンは言わずにはいられなかった。

『――生き残り、その上で勝利を掴むのが最上です。今のマスターは、最上の結果を諦めて視野が狭くなっていると判断します』

ルクシオンの言葉に、ファクトの大きな一つ目が動く。

凝視するようにルクシオンを見つめるが、先に口を開いたのはリオンだ。

困ったように微笑を浮かべていた。

「お前の言う通りだな」

反省――だろうか？　だが、どこかでリオンが諦めて自分が死んだ後の未来を心配しているように見えて仕方がなかった。

◇

その頃。

アルカディアを中心とした帝国軍の艦隊は、ホルファート王国へ向けて進軍していた。

数多くの飛行戦艦を従えているため、移動速度は遅い。

また、事情もあってあえて行軍速度は遅くされていた。

王国軍に準備する時間を与えてしまうのは避けたかったが、それ以上にアルカディアの事情もあってこの作戦が選ばれた。

そして、アルカディアのコアはというと。

『姫様、今日のドレスも大変お似合いでございます』

巨大な体に対して小さな手をワキワキさせながら、嬉しそうにミリアリス――ミアのドレス姿を見ていた。

場所はアルカディア内部にある城内のような施設であり、まるで謁見の間のようだった。

部屋には大きな柱が幾つも並び、奥の高座に玉座が用意されていた。

玉座に座らされたミアは、落ち着かない様子で隣に立つ人物を見る。

「騎士様、ミアがこんな場所に座ったら怒られませんか?」

不安そうに見つめるのは、自らの専属騎士――フィン・ルタ・ヘリング。

ミアの専属騎士にして、序列一位の魔装騎士だ。

序列一位は帝国最強の騎士と同義だ。

そんなフィンは小さくため息を吐く。

「ここは正式な謁見の間じゃないが、陛下が聞けば面白く思わないだろうな」

フィンの側には魔法生物であるブレイブの姿もあり、ミアに対して過保護ぶりを発揮するアルカディアを辟易《へきえき》とした目で見ていた。

『わざわざこんな場所にミアを連れてくるとか、何を考えているんだ？』

フィンとブレイブの話を聞いて、膝の上で手を握りしめるミアは俯いてしまう。

「や、やっぱり、ミアにはこの場所はちょっと」

玉座から腰を上げようとすると、アルカディアが焦りながらも笑みを浮かべて説得を始める。

『心配などいりませんよ！　モーリッツに文句など言わせませんよ。何しろここは、新人類である姫様のために用意した部屋なのですからね』

「ミアのために？　で、でも、ミアは皇族でも立場が低いって」

先代皇帝の隠し子がミアだ。

皇位継承権も発生したが、とても皇帝になれるような継承順位ではなかった。

皇族ではあるが隠し子――そんなミアは帝国で特別重要視される立場ではない。

ただ、それは帝国の事情に過ぎなかった。

アルカディアからすれば、帝国という国も、皇帝という地位も、ミアの前では何の意味も持たないのだろう。

『姫様は存在するだけで尊いのです。我々にとって、新人類の復活は悲願――いえ、諦めかけていた叶わぬ夢だったのです。それが、今こうして――ぐすっ』

アルカディアの大きな瞳から、大粒の涙がこぼれた。

その様子に、ミアは自然と手を伸ばした。

アルカディアはその手を恭《うやうや》しく両手で握ると、遠い過去を話し始める。

『本当に良かった。恥辱にまみれ生き延びて――こうして、我々は存在する意味を再び見つける事ができたのですから』

「アルカディアさん？」

『姫様――これから話すのは、遠い過去に起きた戦争の話でございます。かつて、この星では新人類と旧人類で争いが起きていました』

魔法が使える新人類の登場は、旧人類たちにとっては脅威だった。

その旧人類たちの恐れは、最悪の形で噴出してしまった。

『我々は一度だけ、停戦交渉をする機会があったのです』

「え？　それじゃあ――」

新人類と旧人類が、これ以上の戦争継続は惑星の環境を破壊してしまうと停戦交渉を行うことにした。

その話にフィンは聞いていないという顔を、ブレイブに向けた。

「本当なのか、黒助《くろすけ》？」

『俺が生み出される原因になった事件だな』

ブレイブは一つ目を下に向け、説明を拒んでしまう。

アルカディアに任せるつもりなのだろう。

停戦交渉の話をアルカディアは涙を流しながら始める。

『私は何も守れなかったのです』

「それってどういう意味ですか？」

ミアが不安そうに話の先を求めると、アルカディアは当時の感情を思い出したのか苦々しく、そして怒りの滲んだ顔をする。

『停戦交渉に向かうため、私が本国を離れた際――奴らは人工知能たちに奇襲を仕掛けさせたのです』

◇

これは遠い過去の話だ。

アルカディアのコアは、停戦交渉に向かう準備を進めていた。

指定された場所にはアルカディア本体も向かうことが決定しており、その間は新人類たちが暮らす本国を離れることになった。

アルカディアのコアは、本体を離れて草原に来ていた。

そこで話をするのは、身長が二メートルを超える細身の女性だった。

綺麗なサラサラした黒髪の持ち主の体付きは、華奢で頼りなく見えてしまう。

肌着の上に一枚布を体に巻いた恰好をしており、古代のローマ帝国の服装を想起させる姿をしていた。

新人類としては一般的な女性だった。

彼女はアルカディアと一緒に、周囲で飛び回って遊んでいる子供たちを見ながら停戦交渉について話をしていた。

「やはり、あなたが直接向かうのですね」

『はい。奇襲を受ける可能性を考慮すれば、仕方がないのかもしれません』

「代表者たちは、あなたを使って旧人類たちを威圧したいのでしょう」

『無事に停戦交渉を終えて戻ってきます。そうすれば、これからは何の心配もなく子供たちを見守っていられますからね』

笑いながら飛び回る新人類の子供たちの様子は、夕日に照らされた草原という場所も相俟《あいま》って幻想的に見えた。

まるで物語に出て来る妖精たちのようだ。

アルカディアは、子供たちが笑いながら遊んでいる姿が好きだった。

女性が胸に手を当てる。

「本国の守りが薄くなるのが心配です。なるべく早く戻ってきてくださいね」

『もちろんですとも。このアルカディアの存在意義は、新人類の皆様を守ることですからね』

アルカディアが約束をすると、子供たちが集まってきた。

そのままアルカディアに抱きついてしまう。

「ねぇ、お話は終わった？」

「それなら僕たちと遊ぼうよ」

「何して遊ぶ？」

無邪気に笑う子供たちを前に、女性は少し困った顔をしていた。

「アルカディアはこれからお仕事があるのよ。困らせては駄目じゃない」

『何のこれしき！　出発まで六時間はありますので、十分に遊べますよ。さぁ、皆さん、このアルカディアと一緒に遊びましょうね』

嬉しそうに子供たちと遊ぶアルカディアだったが、停戦交渉を切り上げて帰還するとそこには悲惨な光景が広がっていた。

草原は燃え上がり、子供たちが倒れていた。

抵抗したらしい女性は血まみれで倒れていた。

『あ――あああっ!?』

アルカディアが駆け寄るも、女性は既に事切れていた。

『どうして？　――何故？　こんなことに!?』

涙を流すアルカディアの周囲に集まってくるのは、金属球体たちだった。

鈍く光る一つ目をアルカディアに向けていた。

『最優先のターゲットを確認。これより破壊する』

人工知能たちを前に、アルカディアは問い掛ける。

『どうしてこんな真似をしたのですか？　彼女たちは――子供たちは非戦闘員です。戦争に巻き込むべき人たちではないはずだ！』

怒りに一つ目を血走らせるアルカディアに、人工知能たちは無慈悲に答える。

『我々はこれら新人類を人類と認めていない。よって、人類に適応される様々な条約を適応する必要はない』

『――それが、お前たちの判断か？』

『新人類を滅ぼせ――それが我々に与えられた使命である』

人工知能たちがアルカディアに武器を向け、攻撃を開始しようとした。

その次の瞬間には、アルカディア本体から放たれた魔法の光が人工知能たちを貫き破壊していく。

全ての人工知能たちを破壊し終えたアルカディアは、女性の周囲に子供たちを集めた。

『許さないぞ、――許さないぞ、旧人類共!!　お前たちがそのつもりならば、私たちがルールを守る必要もない。お前たちを滅ぼすまで、私たちの――私の戦いは終わらない!!』

この日、アルカディアは旧人類の殲滅《せんめつ》を誓った。

倒れた子供たちと、子供たちを守ろうと戦った女性の亡骸《なきがら》を前に。

◇

『鉄屑《てつくず》たちにとって、姫様たちは人間ではないのです。奴らの存在を許していては、姫様の命が危ういのです。ですから――私は二度と失わないために、徹底的に奴らを滅ぼすと誓ったのですよ』

静かに、それでいて低い声で、アルカディアはミアに過去の出来事を話した。

ミアが涙を流している横で、フィンが手を握りしめ俯いていた。

アルカディアはミアの様子を見て、今回ばかりは折れてほしいと頼み込んでくる。

『姫様が奴らに情を抱くのは仕方がありません。しかし、生かしておけば大変なことになるのです。どうか――どうか、今回だけは、このアルカディアを信じて見守ってください。姫様と、これから生まれてくる新人類の皆様のためにも、どうか！』

◇

アルカディアが退出すると、ミアはずっと俯いていた。

「騎士様、ミアはどうしたらいいんですか？　戦争を止《や》めてほしいのに、今のアルカディアさんをどう説得すればいいのかわかりません」

遠い過去の戦争で苦しめられたアルカディアの気持ちを思えば、安易に戦争を止めてほしいとは言えなかった。

アルカディアを説得するだけの言葉を、ミアは持ち合わせていなかった。

感情のこもっていない綺麗事だけならば言えるのだが、それがアルカディアに届くとは思えないのだろう。

戦争を止めてほしいと願っているミアを見ながら、フィンは奥歯を噛みしめていた。

手を強く握りしめ――そして言う。

「――ミア、悪いが俺も今回ばかりはアルカディアの意見に賛成だ」

フィンの口から意外な言葉を聞いて、ミアは驚いて目をむいた。

「ど、どうしてですか？　ブー君？」

意見を求めるようにブレイブに視線を向けたのだが、ミアから顔を背けている。

『俺は相棒の意見に従うだけだ。それに――今回ばかりはミアの頼みでも止めるつもりはない』

二人が戦争を止める気がないと知り、ミアは困惑していた。

しどろもどろになりながらも、王国での日々を話し始める。

「お、おかしいですよ。だって、ほら！　騎士様は大公様と友達でしたよね？　王国の人たちはミアたちに優しくしてくれましたよね？　あの人たちと本当に戦うんですか？　そんなのおかしいですよ!?」

泣きそうになりながらも、止めてほしいと訴えてくるミアにフィンは右手で己《おのれ》の顔を押さえた。

「あぁ、わかっているさ。あいつらは良い奴らだよ。俺だって殺し合いたくない。それでも、個人と国は別だ」

「え？」

「俺はリオンを信じたい。だけど、あいつらの国が――俺たちと共存を望むとは思えないんだよ」

前世の記憶を持つフィンは、世界が綺麗事ばかりで回っていないのを知っている。

だからこそ、余計にリオンたちを信じて平和な解決策があるなどとは想像できなかった。

新人類の末裔《まつえい》である自分たちと、旧人類の末裔であるリオンたち。

戦争の結果次第で、どちらか一方しか生きられない環境となるだろう。

このまま時間をかけて解決策を探す方法もあっただろうが――敵が自分たちを裏切り、騙《だま》し、出し抜く、そんな可能性がないとは言えなかった。

リオンは信じられても、所属している国家は別だ。

(あいつがルクシオンを捨てて、何もかも捨てて俺を頼ってくれれば――いや、それは無理だろうな)

フィンもリオンとは戦いたくない。

だが、それが許される立場でもなかった。

帝国最強騎士の肩書きを持つ以上、そこには責任が伴うのだから。

それに、フィンにとっては肩書き以上に譲れないものがあった。

「俺はミアに――青空の下《もと》で元気に暮らしてほしい。そのためなら、他の誰かを犠牲にすることだってためらわない」

他者を犠牲にしてでも、ミアには元気でいてほしい。

そんな自分勝手な願いを告げられたミアだが、それが自分のためと聞かされて顔を俯かせる。

「ミアはそれでも――」

そこから先の台詞を、フィンは言わせたくなかった。

「俺が勝手にすることだ。お前には関係ない」

ミアに否定されたとしても、この戦いを止めるつもりはなかった。

それでも、本人から否定されたくはなかった。

ミアに否定されてしまえば、覚悟が揺らいでしまいそうだったから。

(前世の妹のようにミアを死なせたくない。そのためなら、俺はリオンとだって戦って勝つさ。その果てに、どれだけの人間が苦しもうと――これだけは譲るものかよ)

前世で死んだ妹の姿を思い出す。

入院生活が続き、若くして命を落とした妹の姿だ。

そんな妹とミアはよく似ており、フィンは前世で守り切れなかった大事な妹と重ね合わせて見ていた。

ようやく体調も回復し、元気になったのだ。

再び病に苦しむ姿など見たくはなかった。

黙ってしまうフィンとミアを交互に見ていたブレイブが、話を強引にまとめる。

『俺も相棒も、この戦争を止められるような力も権限もないからな。俺たちコンビがいくら強くても、どうしようもないのさ。――ミア、相棒を恨まないでくれよ』

自分たちがどれだけ強くても、どうにもならないことがある。

ブレイブの言葉を聞いて、フィンは心の中で自嘲した。

(リオンなら世間体って言う場面か？　結局、俺もあいつも大きな力を手に入れただけで、何かを成

すなんてことはできないのか)
両陣営が平和的にこの問題を解決するような未来を、フィンは思い描けずにいた。
だからこそ、勝利という形でこの戦争を終わらせたかった。
そのために。
(悪いな、リオン。——俺はミアのためにも、負けられないんだよ)

第02話

「送り出す者たち」

王都に戻ってきた俺が向かったのは、今や蜂の巣を突《つつ》いたような騒ぎになっている王宮だった。

集結した飛行戦艦の大軍に物資を供給するため、誰も彼もが大忙しと働いていた。

文官たちにとっては、今この瞬間こそが山場なのだろう。

戦争が終わってからも事後処理で忙しくなるとは思うが、そこは頑張ってもらうしかない。

王宮の廊下を歩きながら、俺はルクシオンと会話をする。

「人工知能をサポートに回した方がよかったかな」

文官たちの仕事を減らした方がよかったのではないか？　そんな俺の疑問に対して、ルクシオンは冷たい返事をする。

『リソースを割く余裕がありませんでしたので、皆さんに頑張ってもらうしかありませんでした。おかげで我々に数パーセントの余力が生まれましたよ』

「まるで人間様をこき使うような発言だな」

『勝利を掴むために必要な犠牲です。そもそも、本人たちの仕事なのですから、これくらい頑張ってもらいましょう』

俺の軽口に馴染んだルクシオンとの会話は、変な気を遣わず気楽だった。

まるで長年の付き合いがある友人みたいだな、と思うと自然と笑みがこぼれた。

そうして歩いていると、前方から俺に気付いた人物が歩み寄ってくる。

アルゼル共和国から来たルイーゼさんだ。

「やっと戻ってきたわね」

王宮を留守にしていた俺に対して、少し怒っているのか両手を腰に当てていた。

だが、俺の顔を見てすぐに笑みを浮かべた。

「ルイーゼさんに出迎えられると不思議な気分ですね」

地元で外国のお姫様に出迎えられるのは変な気分だった。

ただ、知り合いに出迎えられて少しホッとしている。

ルイーゼさんが肩をすくめていた。

「こっちでは色々と手持ち無沙汰でね。下手に仕事も手伝えないから、共和国側の人質《ひとじち》って立場で落ち着いたわ」

「人質？　いや、それはさすがに――」

協力を申し出てくれたアルゼル共和国に対して、人質を取るのはどうかと思っていると本人が笑っていた。

「国内向けのポーズらしいわよ。外国の軍隊を信じられないって貴族さんたちが多いみたい。ミレーヌ様の提案だったから受け入れたわ」

「ミレーヌさんの？」

自然と俺の表情が緩んだのか、ルイーゼさんは面白くなさそうにしていた。

「随分と熱を上げていると聞いたけど本当なの？」

「まさか。俺とミレーヌさんの間には越えられない大きな壁がありますし」

笑って誤魔化すのだが、ルイーゼさんは信用していない視線を向けてくる。

「ま、それはいいわ。それよりも、婚約者さんたちはリコルヌの方で調整をしているわよ。戻ってくるのは数時間後かしらね？」

ルクシオンに視線を向ければ、一つ目を縦に振った。

どうやら間違いないらしい。

「そうなると、少し待つことになりますね。他の仕事から先に片付けようかな？」

考えていると、ルイーゼさんがそれならば、と。

「先に公爵様に挨拶をしてくれれば？」

「公爵？　あぁ」

◇

ルイーゼさんに説得された俺が向かったのは、師匠が執務室として使っている部屋だった。

部屋には書類の山が幾つも作られている。

少々疲れた様子を見せる師匠だったが、それでも身なりは完璧だった。

そんな師匠と向き合い、俺は紅茶の香りを楽しんでいる。

書類やインクの匂いに混じり、紅茶のいい香りが広がって――純粋に楽しめなかったが、これはこれでいい。

「師匠が公爵で、あのローランドの叔父だと聞かされた時は驚きましたよ」

申し訳なさそうな微笑みを浮かべる師匠は、俺を前に姿勢を正した。

「以前の私は爵位とミドルネームを捨て、学園の一教師として王国を見守っていましたからね。それに、自分から吹聴するような話でもありませんでした。ただ、こうなってしまってはミスタリオンには謝罪をするしかありません」

頭を下げようとしてくる師匠を、俺は慌てて止める。

「気にしないでください！　師匠には師匠の事情があったのは理解しています。それに、今は手伝ってもらっていますからね」

ニッと笑みを見せると、師匠は少し驚いた顔をしつつも破顔した。

「こんな私でよければ、いくらでも若者たちの手伝いをしましょう。自分の責任から逃げるべきではない、と反省させられましたからね」

自嘲する師匠は、どこか晴れ晴れとした表情に見えた。

「師匠――」

二人の静かな時間が過ぎていく中――我慢できなくなったのか、ミレーヌさんが咳払いをする。

「ん、んっ！　――あの、二人とも私の存在を無視しないでくださる？　本当にちょっとだけ寂しくなったわよ」

除《の》け者にされたように感じたミレーヌさんが、涙目になりながら訴えてきた。

師匠と顔を見合わせ、苦笑してからミレーヌさんに感謝を述べる。

「ミレーヌ様にも今回は本当にお世話になりました。アンジェからの連絡で聞いていますよ。ずっと側で支えてくれたらしいですね。本当にありがとうございます」

礼を言うと、ミレーヌさんは少し照れくさそうに微笑む。

「いいのですよ。それに、アンジェは私にとっては教え子でもありますからね。これを機に、アンジェを仕上げるのも悪くないと思っています」

「そうですか？」

仕上げるとはどういう意味かと疑問に思ったが、聞き返すよりも先にミレーヌさんの姿に目が行った。

随分と忙しいのか、手を見ればインクの汚れが少し残っていた。

顔も僅かに隈が見えるが、それは化粧で隠しているようだ。

随分と無茶をさせてしまっているのが、申し訳なかった。

先程はルクシオンと「みんなには頑張ってもらおう」と言ったわけだが、実際に限界まで支援してくれる人たちを見ると、自分の言動はなんと浅はかなのだろう、と思えてくる。

それでも、口が動いて軽率な発言をしてしまうのが情けない。

ミレーヌさんが俺の目を見つめてくる。

「これだけは最初に言わせてもらいます。今回の戦いですが、負ければ次などありません」

次はない、というミレーヌさんの言葉を聞いて、師匠も状況を俺に聞かせてくれる。

「王妃――ミレーヌ様の言う通りです。ホルファート王国に備蓄された物資は今回の戦いで底を突くでしょう。ゼロにはならないでしょうが、帝国を相手に二戦目をする余力はないと覚えておいてください」

戦争続きで疲弊した今の王国にとって、今回の戦いで負けた場合に次はない。

戦うために必要な物資がないため、戦いたくても戦えない、が正しいだろう。

俺たちが負ければ、そのまま帝国に蹂躙《じゅうりん》されるだけだ。

「もとから一発勝負のつもりで挑みますから、次など考えていませんよ」

そう言って紅茶をすすると、師匠とミレーヌさんが顔を見合わせていた。

不安そうなその表情に、俺は何を問われるのかを察して席を立つ。

「師匠の紅茶はやっぱり最高ですね。こうして出撃前に味わえて感謝ですよ」

「これから死地へと向かう友に、この程度のもてなししか出来ない自分を恥じるばかりですよ」

謝罪をしてくる師匠だが、俺は友と呼ばれたのが嬉しかった。

「いえ、俺にとっては最高のもてなしでしたよ」

今度はミレーヌさんが席を立ち、俺を前に両手を組む。

「ご武運を祈っております」

真剣に俺の無事を祈るミレーヌさんを見て、申し訳ない気持ちになった。

そんな気持ちを隠すために、俺の口は自然と軽くなって——冗談を言ってしまう。

「ミレーヌ様に祈られると、本当に御利益《ごりやく》がありそうですね」

「軽口を叩くところは相変わらずですね」

冗談ばかりを言う俺に、茶化さないでほしいと怒っている姿は可愛らしかった。

だから、つい口から出てしまう。

「それが俺なので。それから——愛していますよ、ミレーヌさん」

「ひゃいっ!?」

驚いて顔を赤くするミレーヌさんを見て、悪戯《いたずら》が成功したと思っていると師匠が目をむいていた。

「ミスタリオン、あなたは本当にどうして——」

「おっと、もちろん師匠も愛していますよ。俺にお茶を教えてくれたこと、本当に感謝していますからね」

俺の悪戯に呆れているのだろう。

居心地が悪くなった俺は、逃げるように部屋から出て行き——そして最後に振り返る。

「色々とお世話になりました。二人には感謝しています」

俺のような人間に、お茶という素晴らしい趣味を教えてくれた師匠。

そして、大人なのにどうにも子供らしさを残した魅力的なミレーヌさん。

随分と世話になった二人にお礼を言って、俺は部屋を後にする。

黙って様子を見ていたルクシオンが、俺の右肩付近に近付いてきた。

『愛している、とは随分な発言ですね』

「愛にも色々とあるんだよ。敬愛とか友愛とかさ」

『愛を語るなら、先に婚約者であるお三方を優先するべきではありませんか？』

「俺が言っても冗談に聞こえない？」

『ここまで来て、冗談に聞こえるから言わないおつもりですか？　もっと普段から愛を囁《ささや》かれるべきですよ』

「愛って普段から口にしていると、何か価値が減少する気がするんだよね」

『クレアーレの所有するデータには、普段から愛を伝える方が愛情の減少を抑えられるという結果が出ています』

「俺にローランドみたいになれと言いたいのか？」

誰にでも愛を囁くローランドの姿を想像しながら廊下を歩いていると、本人に出くわしてしまった。

この忙しい時に、ローランドは王宮で働いている女性と笑顔で会話をしていた。

ナンパである。

「――王様がこの忙しい時にナンパかよ」

苦言を呈すと、声をかけられていた女性が俺の顔を見て一瞬不思議そうな顔をしていた。

俺の顔がそんなにおかしいのか？　顔を触って確認していると、ローランドが女性に何かを耳打ちして下がらせた。

そして俺を前に普段の憎まれ口を――叩かない。

「これは王国の英雄殿。ようやくお戻りになりましたか。ミレーヌの奴が心配しておりましたぞ」

「気持ち悪い喋り方だな」

ローランドの言葉遣いに後ずさりすると、本人は心外だというような顔をしていた。

「これでもお前に気を遣っているのだよ。今回ばかりは、さすがのこの私もお前に色々と負担を押し付けすぎたと思っていたからな」

「それならもっと働けよ。みんなが忙しく働いている時にナンパとか最低だぞ」

俺がローランドの行いを非難すると、ルクシオンがため息を吐くような仕草を見せた。

俺から一つ目を背け、レンズを斜め下に向け小さく上下に動かす。

『先程のミレーヌへの言動を考慮すれば、マスターはローランドを責められませんよ』

「何で？」

首を傾げる俺に、ローランドが珍しく俺に真剣な表情を向けてきた。

謁見の間で見せたような顔と違い、どこか心配している様子だ。

「今更お前に私から言うべきことは何もない。だが、先人として一つアドバイスを送らせてもらうなら――お前は必要以上に責任を背負いすぎだ」

「お前が俺にアドバイス？　変なものでも食べたのか？」

心配するようにからかう俺に対して、ローランドの顔に変化はない。

「茶化すな。真剣な話をしている」

俺が黙ると、ローランドは続きを話し始める。

「お前はもっと肩の力を抜け。私がミレーヌに頼ったように、アンジェリカを頼れるくらいになれば丁度いいくらいだ。そうしなければ、いつか背負ったものに押し潰されてしまうぞ」

ローランドが俺を心配しているのは驚きだが、一つだけ言わせてほしい。

「――お前はもっと責任を背負うべきだと思うけどな」

「相変わらず口の減らない小僧だ」

今更「陛下」などと呼ぶつもりも、かしこまるつもりもない。

だからローランドとはため口で話しているのだが、それを責められることはなかった。

ローランドなりに気を遣っているというのは事実らしい。

「後は全て任せる。――死ぬなよ、小僧」

背中を見せたローランドが、その言葉を最後に俺から去って行った。

第03話「ソウルフード」

王宮にある船着き場には、リコルヌが停泊していた。

「アンジェたちが乗り込んでいるって？」

問い掛ける相手は、リコルヌを王都まで輸送してきたクレアーレだ。

『自分だけ王都に残りたくないみたいよ。マスターってば愛されているわね』

クレアーレの愉快そうな電子音声に、俺は嘆息した。

「正直な話、アンジェだけじゃなくて、俺はリビアやノエルにも王都に残ってほしいけどな」

三人を戦場に連れて行くのは嫌だった。

しかし、状況が許してはくれない。

クレアーレは、リビアやノエルが参戦しないことのデメリットを述べ始める。

『そうは言っても、リビアちゃんの能力は必要よ。ノエルちゃんにも、リコルヌに積み込んだ聖樹の制御をしてもらわないと困るのよ』

「本当に聖樹をリコルヌに積み込んだのかよ？」

『これでエネルギー問題を大きく改善できたわ』

クレアーレは無邪気に勝率が上がったことを報告してくるが、俺からすればリビアとノエルがいなければ勝率が下がるので外せないと言われたようなものだ。

「せめてアンジェには降りてもらえないか？」

『戦力的な意味で必要はないのだけど、本人が降りたがらないのよ。どうしても降りてほしいなら、マスターが説得してね』

諦めてタラップから艦内に入った。

◇

リコルヌのブリッジに来ると、景色が一変していた。

若木になった聖樹をブリッジに移植するために、スペースを広げたのだろう。

聖樹はブリッジ後方にある円状の花壇に植えられていた。

そこからどのように繋いだのか知らないが、リコルヌにエネルギーを供給しているらしい。

「聖樹の若木ちゃんが、今ではリコルヌのエネルギー源か」

『非常に優れた電池ですね』

アルゼル共和国では聖樹と崇《あが》められ、敵対した人工知能のイデアルが希望と称した植物を電池扱いだ。

俺たちがブリッジに来たと気付いたアンジェが、振り返って一瞬だけ泣きそうな顔をしてから笑みを浮かべた。

「ようやく戻ってきたか。出撃前にお前がいないと騒ぎ出す連中が多くて大変だったぞ」

アンジェたちの恰好は普段と違っていた。

動きやすい恰好を意識したのか、アンジェが着用していたのは女性用のパイロットスーツであった。

体のラインが出てしまうような首から下をカバーするボディスーツだが、女性用はより扇情《せんじょう》的で目のやり場に困るデザインだ。

アンジェのパイロットスーツのカラーは、赤と黒、細部に金色が使用されていた。

その上から首回りに白いファーの付いた赤いマントを着用していた。

堂々としているアンジェとは違って、リビアの方は戸惑っていた。

「へっ!?　リオンさん、今はちょっと駄目ですよ！」

白と青を基調としたパイロットスーツを身にまとうリビアは、恥ずかしそうに体を青いマントで隠して座り込んでしまった。

耳まで赤くするリビアを見て笑うのは、緑と白をベースにしたパイロットスーツ姿のノエルだ。

濃い緑色のマントを着用していた。

ノエルが俺の方を見て、パイロットスーツ姿を披露するようにその場でひと回りした。

マントがふわりと膨らみ、ノエルの衣装がよく見えた。

「クレアーレがわざわざ用意してくれたから、三人で試着していたのよね」

俺はクレアーレに視線を向けた。

本人は良い仕事をしたという感じを出していた。

『どう、マスター？　私の仕事は素晴らしいと思わない？　他のどんな衣装よりも高性能だから、着ないという選択肢はないのよ』

性能は優秀だが、肌を露出していないだけで体のラインが丸分かりの恥ずかしい恰好に仕上がっていた。

見ている方は目の保養になるだろうが、今の俺からすれば勘弁してほしい。

「誰に披露するつもりだよ」

『もちろん、マスターのために用意したのよ。戦争中は楽しめないだろうから、この瞬間を大いに楽しんで頂戴！』

クレアーレからのプレゼントに、俺はため息が出てしまった。

だが、本当に性能だけは優秀らしい。

ルクシオンが三人の姿をスキャンして、その性能を保証する。

『見た目に問題を抱えていますが、それでも非常に優れた性能を保有しています。生存確率にも関わるため、このスーツの着用を強く勧めます』

右手を顔に当てた俺は、指の隙間から三人に視線を巡らせた。

非常に扇情的な点を除けば、このスーツを脱がせる意味はない。

今更デザインの変更をしている暇もないため、受け入れるしかなかった。

「俺は他の奴らに、今の三人の姿を見せたくはないけどな」

俺の言葉にいち早く反応するのはノエルだった。

「それって独占欲的なやつ？」

「そうかも。――でも、一番してほしいのは三人がリコルヌを降りて王都に残ることだ」

王都に残ってほしいという希望を口にすると、恥ずかしがっていたリビアが立ち上がった。

表情は真剣そのもので、俺を見つめてくる。

「私は降りるつもりはありません。リオンさんのために一緒に戦います」

「リビア、無理する必要なんてないんだよ。今回ばかりは、俺もリビアたちを守ってやれないんだ。だから――」

「だから残れって言うんですか？　いつまでリオンさんは、私たちのことを馬鹿にすれば気が済むんですか？」

低い声を出すリビアに、俺は一瞬驚いてビクリと体が反応した。

あぁ、これは相当怒っているな、と気付くくらいには彼女と長く付き合ってきた。

リビアは微笑を浮かべながら、俺の間違いを指摘する。

「私がリオンさんを助けたいんです。守ってもらう必要はありませんよ」

「でも俺は」

引き下がろうとしない俺を前に、ノエルが両手を腰に当てた。

「ここまで来たら、あたしらも全力を出すしかないでしょ。リオン、あたしも降りないよ。それにね、聖樹を制御するには巫女であるあたしの力が必要でしょ？」

右手の甲を見せてくるノエルは、ウインクをした。

俺に心配いらないと言いたいのだろう。

視線が自然とアンジェに向かった。

この中で、アンジェだけはリコルヌに乗る必要がない。

本人も理解しているのだろうが、降りるつもりはないようだ。

窓から見える景色に視線を向けていた。

「これだけの大艦隊を死地へと送り込む私が、後方で安全に過ごすつもりはないよ。何も出来なくても、私はここで戦いを見守るつもりだ」

「無理しなくてもいいだろ。降りたって誰も文句は言わないよ。だって、アンジェが今まで頑張ってくれたから、俺たちは戦えるんだ。もう、十分に俺を助けてくれたさ」

アンジェは納得していなかった。

「負ければ何もかも終わりだ。ならば、ここでお前たちと一緒にいたい」

「アンジェ」

「わがままだと理解しているが、それでも私は——お前の側にいたいんだよ」

三人に見つめられた俺は、これ以上は何を言っても無駄なのだろうと諦めた。

「クレアーレの指示には絶対に従ってくれ。撤退の際は俺を無視して下がること——これだけは絶対に受け入れてもらう。そうでなければ、絶対に参加させたりしない」

アンジェたちが三人で顔を見合わせ、小さく頷いていた。

「あぁ、お前の命令に従おう」

すると、今度はリビアが俺に言う。

「それなら、リオンさんも私たちと約束してくれませんか？」

「約束？」

「必ず生きて戻ると、この場で約束してもらいます」

どこか悲しそうな目で見つめてくるリビアに、俺は不自然に思われないように気を付けながら発言をする。

「さすがに絶対とは言い切れないけど、可能な限り約束を守ると誓うよ」

ほとんど口から出任せだ。

生きて戻れる確率など高くはない。

そんな俺の気持ちを察したのか――リビアの視線は険しくなった。

顔から表情が消えていく。

「リオンさん――今、嘘を吐きましたね」

「え!?」

驚く俺は、どうして見抜かれたのかと焦って冷や汗をかいた。

リビアは俺の目を見つめながら指摘する。

「リオンさんが嘘を吐く時の癖があるんですよ」

自分にそんな癖があるとは知らなかったし、それを見抜いたリビアを少しばかり恐れてしまった。

「嘘だろ」

しかし、リビアは急に表情を緩めた。

「ええ、嘘ですよ。リオンさんに癖なんてありません。——でも、嘘を見抜かれたと驚きましたよね？」

「!?」

内心を見透かされたことに驚き、声も出せずにいるとアンジェとノエルの声がする。

「リビアは随分とたくましくなったな」

「たくましいというか、恐ろしいじゃない？」

ルクシオンとクレアーレまでもが、ヒソヒソと話をしている。

『マスターの嘘を見抜くとはさすがです』

『普段から嘘吐きだから当てやすいんじゃないの？』

周囲の反応を無視して、リビアが俺の顔に手を伸ばし——そのまま両手で頬を挟み込む。

強く挟み込むため、口がすぼんでしまった。

「リ、リビアしゃん？」

「——リオンさん、あなたが死ぬと悲しむ人が沢山います。でも、一番は私です。これだけはアンジェやノエルさんにだって負けるつもりはありません」

リビアは俺を解放すると、そのまま額を押し付けてきた。

「だから絶対に生きて帰ってきてください。リオンさんがいない世界は嫌なんです。私には辛すぎるんです」

泣いているだろうリビアの背中に手を回すと、ブリッジのドアが開いた。

「うわ～、本当に聖樹を移植したんですね～」

雰囲気をぶち壊す声を出して乗り込んできたのは、マリエの世話を焼くカーラだった。

その後ろには荷物を持ったカイルの姿もある。

「ど、どうも」

俺たちの様子を見て、どうやらタイミングを間違えたのを察したのだろう。

視線をさまよわせ、居心地が悪そうにしていた。

そんな二人の後ろから乗り込んできたのは、聖女のアイテムを身に着けたマリエだった。

「ちょっと立ち止まらないで中に入りなさいよ。私が中に入れな――あは、あははは、お、お邪魔したみたいね」

リビアを抱き締めている俺の姿を見たマリエが、カイルとカーラの背中を掴んでブリッジから出て行く。

雰囲気をぶち壊されたと感じたアンジェが、深いため息を吐いた。

「真面目な話をする雰囲気ではなくなったな」

ノエルは口をすぼめていた。

「あたしは、オリヴィアの自分が一番って発言についてちょっと言い返したい気分かも」

どうやら、自分が一番というリビアの発言は認められないらしい。

アンジェも微笑みながら同意をする。

「それについては私も同意見だ。いくらリビアだろうと、一番を譲るつもりはない」

俺の胸から顔を上げたリビアが、赤くなった目で二人を見ながら——俺を強く抱き締めてきた。

「私が最初にリオンさんと出会ったんですから、一番でいいんです！」

一年生の頃に引っ込み思案だったリビアからは、考えられないような言動だ。

抱き締められた俺に、アンジェとノエルも抱きついてくる。

「ならば、リオンに一番を決めてもらうか？」

アンジェの悪戯を思い付いた子供のような笑みに、俺は頬を引きつらせた。

「いや、それはちょっと。三人の気持ちを正確に測るのは無理があるかなって」

ノエルもニヤニヤしながら言う。

「リオンが困りそうな質問だからね。でも、ちゃんと答えて欲しいかも」

この大事な局面で、三人の内二人が不満を持つような回答は出来ない。

だから俺は真剣に考え、誰も傷つかない答えを出す。

「——ふっ、三人とも同率一位ってことで」

逃げの回答に、俺を抱き締める三人の力が増した。

スーツの機能で力が増しているのか、ギチギチと音がする。

「ちょっと待って!?　考え直す時間をください!!」

回答を変更しようとする俺の耳元で、アンジェが囁く。

「お前ならそう言うと思っていたよ。本当に読みやすい男だな」

クスクスとアンジェが笑うと、三人が俺を解放してくれた。

◇

「マリエ様、マリエ様！　あの四人が抱き締め合っていますよ。一瞬だけドロドロした恋愛劇のような展開になったのに、どうやら丸く収まったみたいですね」

ブリッジの様子を覗いているカーラが、マリエに詳細を報告してくる。

カイルはそんなカーラに呆れていた。

「カーラさんは人間関係がドロドロした演劇が好きですからね。気持ちは理解しますけど、覗きは趣味が悪いですよ」

たしなめられたカーラだが、好奇心が抑えられないらしい。

「だって楽しいじゃないですか。あっ!?　あ、あんなに濃厚なキスを――」

「え!?」

キスと聞いてカイルも興味がわいたのか、ドアの隙間を覗き始める。

そんな二人から少し離れた場所では、マリエが壁を背にして立っていた。

聖女の杖を両手で強く握りしめる。

(兄貴の恋愛事情とか生々しすぎて見たくないわ)

前世の兄のキスシーンなど興味もない。

ただ、頭の中ではリオンのことを考えていた。

(三人も婚約者がいるんだから、兄貴は絶対に生き残るべきなのよ。――私と違ってね)

◇

リコルヌを降りて向かった先は、同じく王宮の船着き場に停泊していたアインホルンだ。

乗り込んで格納庫へ向かうと、そこに用意されていたのは五馬鹿の鎧たちだ。

これまで使ってきた鎧に改修を加え、どれも最終決戦仕様というべき姿をしていた。

装甲や武装をこれでもかと積み込んでいる姿は、実に頼もしい。

俺が乗り込んでくると、鎧の調整をしていたグレッグがコックピットから出て来る。

「ようやく戻ってきたのか」

「新しい鎧はどうだ?」

決戦前に仕様が変更されれば、対応するパイロットの負担になる。

だが、グレッグは力こぶを作って見せ付けてきた。

どうやら悪くないらしい。

「最高だ。秘密兵器まで用意してくれたのは感謝だぜ」

「秘密兵器?」

首を傾げると、ルクシオンが鎧の解説を始める。

『急な仕様変更で万全とは言えませんが、それぞれの能力を考慮して新機能を搭載しておきました』

五馬鹿たちの能力に合わせて、それぞれ違った機能を持たせたらしい。

ブラッドが近付いてくる。

「基本性能も向上しているし、これならリオンを守れるさ」

両腕に鳩と兎のローズとマリーを抱き締めるブラッドは、爽やかな笑顔をしていた。

俺の方は眉根を寄せる。

「お前たちが俺を？　まさか、俺に付いてくるつもりか？」

信じられないという顔をすれば、クリスが近付いてきた。

その手には一枚の布が握りしめられている。

「お前一人に無茶をさせられないからな。それはそうと、この布でふんどしを作ってもいいだろうか？」

クリスが手に持っていたのは、俺が宝探しの最中に見つけたロストアイテムの布だった。

「――まさかふんどし一丁で鎧に乗り込むつもりじゃないだろうな？」

「残念ながらそこまで非常識でもないさ。ちゃんとスーツを着用するが、下着くらい好きなものを着けてもいいだろ？」

それがふんどしというわけか。

呆れていると、グレッグまでもがこの話題に乗ってくる。

「俺もパンツ一枚は諦めたぜ」

「黙れ馬鹿共」

冷たく言い放つと、クリスがすがりついてくる。

「頼む！　この薄くて丈夫な布なら、パイロットスーツの下に締めても邪魔にならないはずだ。大事な決戦の前に、私はどうしてもふんどしを締めたいんだ！」

「わかったから抱きつくな！」

騒いでいると、今度はジルクがコックピットから降りてきた。

どうやら調整を済ませたらしい。

「皆さん決戦前に随分と余裕がありますね。それはそうと、どうして鎧を五機も用意したのです？」

他の三人もジルクと同様の疑問を持っていたらしい。

この場にはアロガンツを含めて、鎧が六機存在していた。

誰も乗らないはずの白い鎧が格納庫に存在しているのだが、こちらも改修を済ませていた。

パイロットもいないのに、わざわざ用意した理由がわからない――そんな顔をしている。

だから俺は、この白い鎧に誰が乗るのかを教えることにした。

「あぁ、こいつに乗るのはユリ――」

誰が乗るのか告げようとしたタイミングで、格納庫にコツコツと足音が響いた。

自然と俺たちの視線は、この場に現れた侵入者へと向かった。

ブラッドはローズとマリーを逃がし、クリスとグレッグが武器を構える。

ジルクも拳銃をその手に握っていた。

剣呑な雰囲気の中で登場するのは――仮面の騎士だ。

パイロットスーツの上にマントを着用し、顔の上半分を装飾されたアイマスクで隠している。

仮装大会にでも参加するような恰好で現れたその男は、俺たちの前で堂々と宣言する。

「その鎧に乗るのは私だよ」

最高のタイミングで登場してやったぜ！　という雰囲気を出す仮面の男は、芝居がかった振る舞いを見せた。

――これもローランドの血なのだろうか？

「久しぶりだね、諸君。今回の戦いは私も参加させてもらうよ」

身振り手振りの大きい仮面の騎士に、グレッグが槍の穂先を向けて言い放つ。

「何しに来た、変態の騎士！」

「仮面の騎士！　何度も名乗っているのに間違えるな！」

何度も見せつけられた光景を前に、俺の口からは自然と深いため息が出てしまう。

「俺はこの茶番をいつまで見せられるんだ」

『同情します』

繰り返される茶番に、ルクシオンも呆れ果てているようだった。

ジルクが拳銃の銃口を仮面の騎士に向けている。

「何度も何度も現れて――いったいあなたは何者なのですか？　正体を見せるつもりがないのなら、お引き取り願いましょうか」

「私は君たちの味方だよ。何度も共に戦ってきた仲だろう？」

警戒しているブラッドは、いつでも魔法を放てるように構えていた。

「何度も助けられてきたのは事実だけど、決戦前に不安要素は少ない方がいいからね。君が帝国の出身である可能性も捨てきれないだろ？　というか、顔を隠している奴を信用できないね」

仮面の騎士の正体を知らないこいつらは、その出自を疑っていた。

実は帝国の出身で、今回は俺たちを裏切るのではないか？　そんな不安を抱いているらしい。

――馬鹿ばかりだ。

剣を構えたクリスは、いつでも仮面の騎士に斬りかかれるようにしていた。

「そのふざけた仮面を外して素顔を見せてもらおうか」

茶番に付き合うのも飽きてきた俺は、近くにあった木箱に腰を下ろしてルクシオンに注文する。

「腹が減ったな。何か食べ物は用意できるか？」

『作戦前にあまり胃の中に残る食事は避けてほしいのですけどね』

「文字通り最後の食事になるかもしれないだろ。何かないの？」

『冗談に聞こえませんよ。――アインホルンの貯蔵庫に米がありますので、今からおにぎりをご用意しましょう』

まさかのおにぎりと聞いて、俺は笑みがこぼれた。

「最高だな。これ以上はない最後の食事だ」

『笑えない冗談を言う癖は直すべきだと忠告させて頂きます。それでは、私は食事の用意をして参ります』

ルクシオンが離れると、俺は五馬鹿の茶番劇に視線を戻した。

剣を向けられた仮面の騎士は、四人の説得を諦めたらしい。

というか、隠しておく理由がないと思ったのだろう。

自らの仮面に手をかける。

「――君たちの不安はもっともだ。だから、私も誠意を見せるとしよう」

そう言って仮面の騎士は仮面を外すと、首を横に振って髪を揺らした。

仮面の下に隠れていたのは――ユリウスの顔だった。

四人が息を呑む。

最初に口を開いたのは、ユリウスの乳兄弟《ちきょうだい》であるジルクだった。

信じられないという様子で。

「で、殿下だったのですか」

驚きを隠せないジルクに、ユリウスは優しく微笑む。

「あぁ、仮面の騎士の正体は俺だ」

ばつが悪そうに、クリスは剣を下ろした。

「仮面の騎士の正体が、まさか殿下だとは想像もしていませんでしたよ」

本当に気付かなかったの？　ねぇ、それって大丈夫なの？

それとも、ここまで茶番なの？　誰かそうだと言ってくれ。でないと、俺はお前たちの正気を疑いたくなるよ。

心の中でツッコミを入れつつ見ていると、ブラッドがこれまでの仮面の騎士の活躍や言動を思い返していた。

「よく考えれば、仮面の騎士が出て来るのは、決まって殿下のいないタイミングだったね。道理で僕たちの事情にも詳しく、ベストなタイミングで助けに来るわけだ」

うん、そうだね。

でも、俺はもっと早く仮面の騎士の正体に気付いてほしかったよ。

実は気が付いていて、知らない振りをしてやっているというこいつらの優しさなのでは？　と、現実逃避したこともあるくらいだ。

だが、こいつらは俺の予想をいつも斜め下に裏切ってくれる。

グレッグがあまりに驚きすぎて、持っていた槍を落としてしまった。

「ユリウスが仮面の騎士だったのかよ。こんなの予想外すぎるだろ」

せめて予想の範囲内であってほしかったね。

グレッグの反応が嬉しいのか、ユリウスはご機嫌だった。

前髪を手で後ろに流す仕草でかっこうを付けると、そのまま決め顔を作っていた。

「今回ばかりは、俺も仮面を脱いでお前たちと一緒に戦わせてもらうつもりだ」

グレッグが鼻の下を指でこする。

「へっ！　好きにしろよ。それに、今のユリウスならここにいても困らないからな」

何故か感動の場面みたいな雰囲気を出しているが、俺から見ればただの茶番劇だ。

ただ、グレッグの物言いが少し気になった。

確かにユリウスは廃嫡されて王太子ではなく、政治利用をするにも問題があるため王子としても微妙な立場だ。

だが、この場にいても困らないかと言われると――正直に言えば困る。

腐ってもホルファート王国の王子である。

それに、ユリウスの弟であるジェイクは、ある事情から王太子の地位が望めなくなった。

元男性であるアーロンとの愛を優先し、王太子の地位を捨ててしまったからな。

野心に溢れていたジェイク殿下は、今ではアーロンちゃんに骨抜きにされている。

結果、ユリウスが王太子の地位に返り咲くという可能性が出てきた。

ユリウスが帝国との決戦に挑むというのは、困る人たちも多いのである。

それなのに、グレッグの発言は妙だ。

まぁ、余所《よそ》に愛を沢山振りまいているローランドのことだから、きっと隠し子の一人や二人はいるはずだ。

戦後になれば、今度こそ慎重に王太子を選んでくれることだろう。

ユリウスやジェイクという失敗例を踏まえて、今度こそ真剣に選んでほしいものだ。

五人の茶番劇が終盤を迎えようとするタイミングで、ルクシオンがおにぎりを運んできた。

ちゃんと緑茶も用意してあるのは、さすがは俺の相棒である。

『マスター、お持ちしましたよ』

「ありがとよ。ん〜、これこれ」

塩と海苔だけだが、これがどういうわけかうまい。

忘れることができない前世の食べ物に、自然と手が伸びる。

俺がおいしそうにおにぎりを頬張ると、ユリウスたちがこちらを見てきた。

もう茶番は終わったらしい。

「なんだよ？」

見られていると食べ難《にく》いので、眉をひそめて用件を尋ねる。

「いや、何やら不思議な食べ物だと思って見ていたんだが——それは何だ？」

興味深そうにおにぎりを見つめてくる五人に、俺は食べながら教えてやる。

「おにぎりだよ」

「おにぎり？　一つ食べていいか？」

五人がワラワラと集まってきて、俺のおにぎりを食べ始めた。

用意されたおにぎりの数自体は多いし、別に五人が食べてもいいけどさ。

——こいつら、図々しいな。

おにぎりを一口かじり、咀嚼《そしゃく》して飲み込んだジルクが目を細める。

「——変な感じがしますね」

おにぎりに対して変な感じがすると言い出した。

無礼な奴であるが、他も似たり寄ったりの感想だ。

ブラッドは苦手なのか顔をしかめていた。

「これベチャベチャするよ」

「嫌なら食うなよ」

グレッグが飲み込むように一つ食べ、そして首をかしげた。

「珍しい食べ物だな。でも、これなら普通にパンでいいだろ？」

俺は三つ目のおにぎりに手を伸ばしつつ、グレッグに教えてやる。

「俺のソウルフードだぞ。馬鹿にするならアインホルンから蹴り落としてやる」

すると、おにぎりの湯気で眼鏡を曇らせたクリスが、急に嬉しそうな顔をした。

「つまり、このおにぎりというのは、マリエにとってもソウルフードということか。いいことを聞いた」

こいつら、何でもかんでもマリエ基準かよ。

俺が黙々と食べていると、ユリウスがおにぎりを見ながら尋ねてくる。

「リオン、お前はアンジェリカたちに大事な話を済ませたのか？」

大事な話とは、俺が転生者であるということ。

マリエはユリウスたちに真実を聞かせたが、俺の方は話す気がなかった。

いや、このタイミングで話すべきではないと思っている。

「アンジェたちは、お前らと違って繊細だからな。この大事な場面で、余計な心配をかけたくないから黙っておくよ」

最初こそムッとしたユリウスだったが、今は俺を見て悲しそうにしていた。

「俺なら好きな人の真実は知っておきたいけどな。マリエが事情を話してくれた時、俺は本当に嬉しかったぞ」

自分は転生者である！　などと言われて、いったいどれだけの人間が信じるだろうか？

俺なら絶対に信じない。

「マリエの話を信じたお前らが異常なんだよ。普通は転生者と聞いても信じないからな。それにしても、転生者のマリエをよく受け入れたよな」

結果的にうまくいったが、俺からすればマリエのカミングアウトは不用意な発言でしかない。

マリエの判断は今も間違っていると思うし、真似ようとは思わない。

ジルクは、ルクシオンが用意した緑茶を飲んでいた。

「私たちは今のマリエさんに惚れたんです。転生者云々《うんぬん》の話は驚きましたが、だからどうした？　というのが本音ですね」

グレッグが三個目のおにぎりを食べながら頷く。

「そうだ。俺たちはマリエの中身に惚れたんだ！」

中身に惚れたと言う馬鹿共に、俺はどうにもならない真実を教えてやる。

「その中身は性格の悪いおばちゃんだぞ。お前ら、本当に大丈夫か？」

こいつら全員、マリエの中身が素晴らしいという時点で人を見る目がない節穴だ。

そう思うと、マリエに騙されているんじゃないかと心配になってくる。

心配する俺を見ながら、ブラッドは首を横に振る。

「見た目や年齢は問題じゃないよ。マリエはいい女だからね」

マリエがいい女？　こいつら本当に正気だろうか？

心底呆れていると、クリスが照れくさそうにしていた。

「色々と隠し事があるミステリアスな雰囲気も悪くないが、前世を知っているなんて凄いじゃないか。やっぱり、マリエは凄い女性だ」

前世を隠していたのをミステリアスと言いますか。

う〜ん、こいつらやっぱり馬鹿すぎ。

馬鹿すぎて——俺は心底安心した。

「そっか。まぁ、あいつのことはよろしく頼むよ。——あいつに面倒をかけるなよ」

マリエの事を任せると、ユリウスが照れていた。

「あぁ、心配しないでくれ。マリエは俺たちが守るさ。リオンお義兄《にい》さん」

「お、お義兄さん!?」

俺が目を見開いて驚くと、ユリウスが不思議そうに首をかしげた。

「だってそうだろ。マリエの兄なら、俺たちの義兄だ。これからもよろしく頼むぞ、お義兄さん」

「止めろ！　お前らにお義兄さんなんて呼ばれたら鳥肌が立つ！」

俺が心底嫌そうな顔をすると、五人がニヤニヤと嬉しそうにしていた。

ブラッドがウインクをしてくる。

「それは是非ともお義兄さんと呼ばないとね」

「お前、ナルシストに加えて意地が悪いなんて最悪だぞ」

「僕は自分が好きなことを誇らしく思っているよ。それよりも、意地の悪さをリオンお義兄さんに指摘されたくないな」

頬を引きつらせていると、クリスが後ろから俺の肩に手を置いてきた。

「お義兄さん――妹さんのことは任せてほしい」

「お義兄さんと呼ぶな！　というか、そんな台詞は独り立ちしてから言え！」

俺から生活費を得ている身でありながら、マリエを任せてほしい？

マリエがお前らの面倒を見ているのに、何て物言いだ！

腹を立てていると、グレッグが上着を脱いでポーズを決めた。

「リオン――お義兄さぁぁぁん!!　この筋肉で俺がマリエを守ります!!」

「俺の近くで叫ぶんじゃねーよ！　あと、お義兄さんは止めろ！」

脱ぎ捨てられた上着を拾い、グレッグに投げつけてやった。

怒りで呼吸が乱れる俺を、ジルクがなだめてくる。

「呼び方なんて些細な問題ではないですか。マリエさんは私が守るので安心してください」

「お前が先に守るのは常識だし、お義兄さん呼びを些細な問題なんて言うな。俺にとっては大きな問題だよ！」

明らかにからかわれていた。

ユリウスが口に手を当てて必死に笑いを堪《こら》えている。

「ぷふっ。シスコンなんて今時流行らないぞ。マリエの門出を祝うくらいの度量を見せたらどうだ、お義兄さん」

「あああああぁぁぁぁあああぁぁぁあっ!!」

頭に来てユリウスの顔面に拳を叩き込んでやった。

吹き飛んだユリウスが、ゆらりと立ち上がると俺に怒鳴ってくる。

「たかがお義兄さん呼びで手を出したな！　言っておくが、俺の母上に手を出したお前よりこっちは健全だからな！」

そのまま飛びかかってきたユリウスと、もみくちゃになりながら喧嘩を始める。

「ミレーヌさんの件は別の話だろうが！」

「同じだろうが!!」

喧嘩を始めた俺たちを、他の四人が呆れ顔で引き離した。

「俺はお義兄さん呼びなんて、絶対に認めないからな!!」

大声で叫ぶ俺に、少し離れた位置から呆れた視線を向けるルクシオンの声が妙に響く。

『マリエは転生者なので、お義兄さん呼びは適当ではないと思いますが――マスターは本当に強情ですね。この程度の提案は受け入れても構わないでしょうに』

「構うよ！　お義兄さん呼びだけは嫌なんだよ!!」

『マリエを任せるに相応しくないと？』

「いや、それは別にいいんじゃない？　本人同士が納得しているなら——まぁ、うん」

一人の女に男が五人。

俺からすれば首を傾げたくなるが、本人たちが同意しているなら口を挟めない。

先程まで喧嘩をしていたユリウスが、俺の言葉に照れながら微笑んでいた。

「素直じゃないな、お義兄さん」

他の四人もニヤニヤしながら俺を見ていた。

——やっぱり俺はこいつらが嫌いだ。

第04話「過去」

ヴォルデノワ神聖魔法帝国の艦隊では、細《ささ》やかながら宴《うたげ》が行われていた。

アルカディア内部の大広間には、身分の高い騎士や将校たちが集められていた。

その中には、フィンたち魔装騎士の姿もある。

ホルファート王国が存在する大陸まで迫り、いよいよ決戦というタイミングで将兵の士気を上げるために酒や料理が振る舞われたのだ。

立食パーティーであり、参加者たちは飲み食いしながら会話を楽しんでいる。

壁を背に立つフィンは、腕を組んで酒にも料理にも口をつけない。

そんなフィンに話しかけるのは、リーンハルト・ルア・キルヒナーだった。

十五歳という若さで、魔装騎士の第三席という立場を得た天才剣士だ。

赤い瞳に赤い髪。

髪型にこだわりでもあるのか、長い髪に筋ができるように細い束をいくつも作っていた。

セットに随分と時間をかけているらしい。

「辛気くさい顔をしていますね、先輩」

口の悪い後輩が近付いてくると、フィンは視線だけを向けた。

「お前は楽しそうだな」

リーンハルトは皿に盛った料理を食べながら、両の口角を上げて笑みを作った。

戦うのが楽しみで仕方がないという顔をしていた。

「強い奴を倒すのって楽しいじゃないですか。先輩を追い込んだって噂のバルトファルトも、ボクが殺してやりますよ」

自分ならリオンを殺せる、という自信を見せていた。

それは同時に、リオンを倒しきれなかったフィンへの挑発でもあるのだろう。

二人の会話が気になったのか、一人の青年が割り込んでくる。

それは新しく第五席として認められたライマー・ルア・キルヒナーだった。

リーンハルトの兄なのだが、こちらは背が高く短い赤毛を逆立てている。

熱血漢であり、フィンは少し苦手だった。

「噂の外道騎士か？　第一席のあんたが本当に倒しきれなかったのかよ？」

ライマーは若いと言っても二十一歳であり、フィンからすれば年上だ。

だが、立場上はフィンが上になる。

「あぁ、あいつは強いよ」

フィンが短く答えると、話に割り込まれたリーンハルトが露骨に嫌な顔をしていた。

「ボクと先輩の会話に割り込むなんて、新人の癖に随分と偉そうだね」

兄に対して少しも敬意を払わないリーンハルトに、ライマーが眉根を寄せる。

腹立たしいのだろうが、同時に実力差と立場を理解しているので逆らわない。

「――別に会話に入るくらいいいだろ」

「はぁ？　よくないに決まっているだろ。お情けで五席に入れた半端野郎の癖に、一人前の魔装騎士気取りかよ。これだから才能のない人間って嫌いなんだよね」

弱い人間を軽蔑するリーンハルトは、自分よりも才能の乏しいライマーを嫌っていた。

血縁関係があるだけに、余計に腹立たしいのだろう。

今度は黒髪ロングの男性が、フィンたちの会話に加わってくる。

第四席の魔装騎士であるフーベルト・ルオ・ハインだ。

集団戦を得意とするタイプであり、実力は四番目とされているが実戦ではフィンにも負けないのでは？　と噂されている人物だ。

落ち着いた感じの好青年という印象を与えるフーベルトは、剣呑な雰囲気を出しているリーンハルトを優しく注意する。

「せっかくの宴で喧嘩はよくないね。周りが心配しているし、そのあたりで止めた方がいい」

周囲に視線を向ければ、リーンハルトとライマーが今にも喧嘩を始めるのではないか？　と心配した顔をしていた。

フーベルトが仲裁に入り、周囲も安堵《あんど》している。

フィンはフーベルトが、自分と話をしたそうにしていることに気が付いた。

「俺に何か用か？」

「王国に留学していた君の意見を聞きたくてね。我らの進軍速度はアルカディアの事情で遅れている。それなのに、王国軍の動きはほとんどない。これをどう見るかな？」

動きのない王国が、何を考えているのか尋ねられた。

フィンは小さくため息を吐く。

「王国の判断を俺に聞かれても困る」

「国というよりも、君が戦ったバルトファルト大公の思考が知りたいんだよ。話に聞く限り、今の王国の中心は彼なのだろう？」

「――俺からするとぶっ飛んだ奴だよ。考えを読むなんて無理だ」

「それは残念だ。――ただ、突拍子もない思考をするのは理解できた。悠長な我々に対して、彼は何を考えているのだろうね」

考え込むフーベルトに、ライマーは肩をすくめる。

「戦争の準備か、それとも仲間割れじゃないですか？　正直、この規模の艦隊に喧嘩を売れるような国があるのか疑問ですよ」

帝国軍も可能な限りの戦力を投入していたが、一番はアルカディアだ。

ライマーからすれば過剰戦力に思えるのだろう。

リーンハルトは、そんな兄の考えに興味がないらしい。

「どっちでもいいよ。攻めてこないなら蹂躙すればいいし、向かってくるなら斬り捨てればいいんだからさ。まぁ、ボクとしては向かってくる敵の方が好みだけどね」

リーンハルトの意見を聞いて、フィンは眉間に皺を作った。

「随分とのんきな奴だ。これから何が起きるのか忘れたのか？」

リーンハルトが、ムッとして言い返してくる。

「覚えていますよ。王国を完膚なきまでに滅ぼすんでしょう？　国だけじゃない。大陸にいる王国の民もね。それがどうしたって話ですよ」

「お前は知っていながら――」

それでも戦いを楽しもうと言うリーンハルトに、フィンは我慢の限界となり手を出しそうになった。

しかし、そんなフィンに待ったがかかる。

「そこまでにしておけ」

やって来たのは第二席のグンター・ルア・ゼーバルトだった。

魔装騎士の最年長であり、フィンが来るまでは第一席だった男である。

筋骨隆々で体も大きく、威厳のある男だった。

「これから王国との戦争を控えているというのに、仲間内で争うこともあるまい」

グンターに睨まれたフィンが、悔しそうに手を引いた。

そんなフィンを見るグンターは、面白くなさそうに言う。

「今のお前は第一席に相応しくないな。その立場に相応しい振る舞いができぬなら、ワシがいつでも代わってやるぞ」

フィンはわざとらしく笑みを浮かべる。

「そんなに俺に奪われた第一席の地位がほしいのか？　だったら、こんな地位はいつでもくれてやるよ」

投げやりな物言いに、グンターは手を強く握りしめた。

今にも殴りかかってきそうな雰囲気ではあったが、争いを仲裁しに来た立場だ。

自身を抑えるかのように、グンターはフィンに背中を向ける。

去って行くグンターの背中を見て、フーベルトが苦笑した。

「あの人も昔から血の気の多いままですね」

まとまりのない魔装騎士たちだが、彼ら一人一人が小国相手ならば滅ぼせる程の実力を有していた。

アルカディアが参加する今回の戦争も勝利を確信しているようで、フィンから見れば緊張感に欠けていた。

フィンは遠くで将官たちと話をしているモーリッツを見る。

皇帝に即位したモーリッツは、その手に先帝カールが握っていた権力の象徴である杖を握っていた。

（事の重大さに気付いているのは皇帝陛下だけか）

周囲には笑顔を振りまいているが、モーリッツは明らかにやつれていた。

今回の戦争を引き起こした張本人であり、先帝を暗殺した憎い相手だ。

だが、フィンはモーリッツを責められなかった。

（結局、俺も皇帝陛下と同じか――なぁ、おっさん。あんたが生きていたら、今の俺たちを見て何て言うのかな？）

かつて罵《のの》り合っていた相手ではあったが、フィンにとっては同じ志を持つ仲間でもあった。

この場にカールがいないのを心細く思う。

(駄目な道を進んでいるのはわかっているんだよ。けど、俺はどうしてもミアの未来を守りたい。おっさん、あんたがいなくなっても――――ミアだけは絶対に俺が守ると約束するよ)

◇

戦争前ということもあり、宴は短時間で切り上げられた。

モーリッツは自室に戻ると、世話をする者たちを部屋から追い出し一人となった。

ベッドに腰掛けたモーリッツは、自分が殺した父の杖を両手で握りしめる。

「もうすぐ王国に攻め込むよ、父上」

かつては活力に満ちあふれ、やや粗暴だと言われていたモーリッツだが、今は少し前の面影も失い気弱になっていた。

それでもアルカディアの提案を受け入れたのは、自分たち――――帝国臣民の未来を掴み取るためだった。

父が裏切り、王国と手を結ぶのならば自分が――――と。

「父上が裏切りさえしなければ、今頃はもっとうまくいっていたんだ。あんたが俺たちを裏切るから悪いんだ」

自分に言い聞かせ、少しでも罪の意識を軽くしたかった。

だが、どれだけ父を責めても、モーリッツの心は軽くならない。

「本当にどうしてこんなことに――こんな思いをするくらいなら、俺は皇帝になんかなりたくなかった」

泣き、鼻水を垂らし、自分が手にかけた父を思う。

先帝カールが何を思い、どうして王国と手を結ぼうとしたのか――結局、その理由を聞けなかった。

「なぁ、父上――あんたは、どうして俺たちを裏切ろうとしたんだ。俺はあんたを殺したくなかったのに！」

◇

アインホルンの格納庫。

改修を終えたアロガンツの調整を行うために、俺はコックピットにこもっていた。

調整を手伝うルクシオンが、アロガンツの改修点について説明している。

『追加装甲と追加武装を採用したので、これまでより可動範囲に制限がかかります。改修期間が短いため、追加装甲をパージしない限りシュヴェールトとの合体は不可となりました』

各所に追加の装甲板を取り付け、武装も追加されている。

最終決戦使用という男の子の浪漫を叶えた姿になっていた。

「シュヴェールトの改修はどうなっているんだ？」

『基本性能の向上に止《とど》めていますが、性能は保証します。シミュレーターでテストをされますか？』

「出撃前に何回できることやら」

何度もシミュレーターで訓練をしておきたいが、時間がそれを許してくれない。

いつも土壇場になって思う。

——もっと前から準備していればよかった、と。

「前世の頃から、いつも直前になって焦るんだよな。俺ってば前世があるのに成長しないな」

自分に呆れて自嘲すると、ルクシオンが意外にも否定してくる。

『マスターは成長されました』

「お前が褒めてくれるなんて意外だな。いつもの皮肉と嫌みは品切れか？」

自然と笑みが浮かんでいたと思う。

ルクシオンは俺にからかわれても意見を変えなかった。

『あの五人を認められたではありませんか。出会った頃のマスターであれば、あの五人を受け入れなかったはずです』

「いや、認めたんじゃないかな？　だって、俺よりも優秀でいい奴らだし」

『あの五人が、ですか？』

疑ってくるルクシオンに、俺は調整を進めながら言う。

「出会う前は本当に嫌いだったよ。けど、出会って、話して、喧嘩して——結果的にだけど、俺なんかよりも優しくていい奴らだったな。駄目なのは俺の方だったよ」

転生する前に、あの乙女ゲーをプレイしていた時だ。

俺はユリウスたち攻略対象を馬鹿にしていた。

だが、今になって思えば、本当に馬鹿だったのは俺の方だった。

今回の件だけではない。

あいつらはマリエのことを本気で愛していた。

俺の方は、巻き込みたくないからという理由でアンジェたちを何度泣かせたことやら。

それに、マリエが真実を語った時——あいつらは受け入れた。

文句ばかり言う俺とは大違いだ。

「俺は駄目だな。今になってようやく、自分の方が愚かだったと気付かされたんだから。俺はさ、あいつらに生き残ってほしいよ。マリエと幸せになってほしいな。——まぁ、幸せになれるかどうかは微妙だと思うけど」

女一人に男五人——どのような幸せの形があるのか、俺には想像できない。

将来的に関係が壊れるとしても、生き残ってほしいのは本心だった。

「アンジェやリビア、それにノエルも死なないでほしいよな。親父やお袋——駄目だな、やっぱり知り合いには死んでほしくないと思う。これから戦争をするのに、やっぱり俺は自己中だな」

相手を殺すのに、敵には殺されたくないと考えてしまう。

当然の思考ではあるのだろうが、何とも卑怯な話だ。

『今回の場合、先に仕掛けてきたのは帝国です。マスターが気に病む必要はありません。むしろ、私が元凶と言えるでしょう』

「元凶？」

『旧人類と新人類の争いに、マスターを巻き込んでしまいました』

ルクシオンが俺からレンズを背け、因縁に巻き込んだことを悔やんでいた。

「――お前を手に入れた時からこうなるって決まっていたのかもな」

無邪気に大きな力を手に入れ、人生安泰だと喜んでいた自分が情けない。

『今からでも間に合います。逃げませんか？』

ここまで来て逃げるように促してくる相棒に、俺は笑みを浮かべて言ってやる。

「絶対に嫌だね」

『本当に頑固な人ですね』

調整を続ける俺は、一通りのチェックを終えて一息吐く。

そして、自分の背中にある小さなランドセル――バックパックを親指で指さした。

「無駄話は終わりだ。それより、こいつは問題なく使用できるのか？」

パイロットスーツの背中に装着されたのは、厚さにして数センチ、肩甲骨の辺りをカバーするバックパックだ。

中にあるのは、俺のためにマリエが手に入れてくれた切り札の強化薬だった。

ルクシオンは数秒の間を空けてから答える。

『――クレアーレが言うには、使用は問題ないそうです。最大使用回数は三回。投薬後すぐにマスターの身体能力と魔力は増大しますが、効果時間は十分です。効果が切れた後に中和剤を投与しますが、体への負担はかなりのものとなると予想しています』

「効果時間は十分だけか。もう少し長くならないかな？」

劇薬ともいうべき強化薬の効果は絶大だ。

だが、効果時間が短いのがネックだ。

中和剤を投与後は、インターバルも挟むらしいので使いどころが難しい。

『これ以上はマスターの体が持ちません。本来ならば、使うべき薬ではありませんよ』

「十分間だけはヒーローになれると思えば、悪くないか？」

薬を使用すれば、速攻で効果が現れて俺は超人的な能力を得られる。

問題なのは、絶大な効果の代償が俺の命というだけだ。

使う前提でいる俺に、ルクシオンは否定的だ。

『――無闇に使用することはお勧めしませんよ』

「安心しろ。使うタイミングは選ぶから」

何しろ相手はアルカディア――ヴォルデノワ神聖魔法帝国様だ。

フィンのような魔装騎士たちが控えているのなら、使わざるを得ない場面が出てきてもおかしくはない。

「俺としては、三回だけっていうのが少し心許《こころもと》ないな」

俺の発言に、ルクシオンが再度忠告してくる。

『三度目は考えないでください。一度の使用でも命を落とす危険があります。二度目、三度目はマスターの体が持たないと断言できます。私が危険と判断した場合は使用を禁止します』

ルクシオンに投薬を阻止されては困る。

「悪いが、切り札を手放すつもりはない。――ルクシオン〝命令〟だ。強化薬の使用に制限をかけるな」

『マスター？』

どこか悲しそうな声で呟くルクシオンを見ていると、実に感情が豊かだと思わされた。

三年以上の付き合いになるが、こいつも随分と変わったな。

「今回だけは止めるなよ」

俺が折れないと思って諦めたのか、ルクシオンが軽口を叩く。

『本当に今回だけですか？　マスターは嘘吐きなので信用できません』

「普段の調子が戻ってきたじゃないか」

これぞルクシオンだ。

俺は笑みを浮かべたまま、ルクシオンに頼み事をする。

「――俺に何かあったら後のことは頼むぞ。みんなが心配だ」

『拒否します』

予想していない返答に、少しばかり腹が立って苛立った声が出る。

「ここはマスターの願いを聞く場面だろ？」

だが、ルクシオンは理路整然と理由を述べる。

『マスターに何かあるということは、既に私が存在しないという意味です。ですので、皆を守りたいなら、マスターが生き残るしかありません』

ルクシオンの説明に目をむいて驚き、それから俺は顔に手を当てて大笑いをした。

こいつ、俺が死ぬ前に自分が死ぬと言いやがった！

「俺と心中するつもりかよ」

笑ってやると、ルクシオンは一つ目を横に振ってヤレヤレという素振りをする。

『心中など願い下げですね。ただ——マスターと私に万が一のことがあれば、クレアーレが対処してくれるでしょう』

「そっか。それを聞いて安心したよ」

——本当に安心した。

「だったら、後は敵のチート兵器を沈めて全てを終わらせてやる。悪いけど、お前には最後まで付き合ってもらうぞ」

今回ばかりはルクシオンも無事では済まない。

それを、ルクシオンも気が付いているはずだ。

気付いていながら、俺に従ってくれている。

『私がいなければ、マスターは満足に戦えないじゃないですか』

「お前も言うよな。こういう時は、雰囲気を察してそれっぽい台詞を言えよ」

『マスターにシリアスな雰囲気は似合いません』

「確かに！」

ユリウスたちと比べれば、モブが精々の俺が恰好を付けてもただのギャグだ。

ルクシオンとの会話を楽しんだ俺は、一息吐く。

「巻き込んで悪かったな」

『構いませんよ。あなたは私のマスターなのですから』

第05話「出発」

「帝国軍の動きがおかしい？」

『随分ノンビリと迫ってきているの。時間をかけすぎている、ってファクトたちが怪しんでいたわ』

俺がクレアーレから報告を受けたのは、深夜を回った時間帯だった。

ヴォルデノワ神聖魔法帝国が軍を出発させたわけだが、随分と時間をかけて進軍しているらしい。

おかげで俺たちは準備に回せる時間が増えたが、魔法生物であるアルカディアが何の意味もなく進軍速度を落とすとは考えにくいようだ。

自室のベッドに腰掛けた俺がアゴに手を当てて思案していると、髪を下ろしているアンジェが口を開いた。

「奇襲を警戒しているだけではないのか？」

警戒しているため進軍速度が遅い――確かにあり得る話だった。

しかし、クレアーレばかりかルクシオンまでもが否定をする。

『あり得ないわね』

『散発的な攻撃など、今のアルカディアでも脅威になり得ないでしょう』

アルカディアが目覚めた時、旧人類の兵器たちも待機状態を解除した。

その際、旧人類側の兵器たち――人工知能たちは、アルカディアの詳細なデータを採取するために無謀とも思える突撃を行っていた。

帝国側からすれば散発的な攻撃なのだろうが、人工知能たちは我が身を犠牲にして現在のアルカディアのデータを採取していたそうだ。

そのデータから、ルクシオンたちは敵戦力を算出していた。

サイドポニーテールをほどいたノエルは、髪の毛の水気をタオルで丁寧に吸い取りながら俺たちの会話に加わる。

「周りが遅いから歩調を合わせたとか？」

これも違うとクレアーレが否定する。

『帝国の飛行戦艦の飛行速度も調べたけど、今回の進軍速度は遅すぎるのよ』

洗面所から出てきたリビアも、俺たちの会話は聞こえていたようだ。

着替え終わったリビアは、ベッドの方にやって来ると自分の意見を口にする。

「こちらに猶予を与えている、とか？」

現時点で最強のロストアイテムは、新人類が残したアルカディアである。

ルクシオンすら単独での勝利は難しい。

そんなアルカディアだから、俺たちを侮って手を抜いているのではないか？

リビアがそう考えてもおかしくはない。

だが、これもルクシオンが否定をする。

『慢心からアルカディアがこちらに猶予を与える可能性はありません』

『そうね。猶予を与えるくらいなら、単独で攻め込んででもこちらを滅ぼしてくる連中よ』

クレアーレが同意をすると、アンジェが小さくため息を吐いた。

「お前たちといい、その魔法生物といい、本当に憎み合っているのだな」

旧人類も新人類も滅んで随分と長いのに、因縁や憎しみだけはずっと残っていた。

クレアーレは当然だ、と新人類たちの悪行を語り始める。

『新人類を滅ぼすために生み出されたのが私たちよ。そのためなら何だってするわ。そう、何だってね！』

急に語尾を強めるクレアーレに、俺たちは反応に困った。

音声自体は陽気なのだが、これは笑うところか？　それとも恐怖を感じる場面か？

苦笑するノエルが、クレアーレを諭すように言う。

「そうなると、個人的に恨みはないのよね？　旧人類の人たちに言われたから戦っているんであって、止《や》めてって言われたら――」

『その命令をくれるはずだった旧人類の首脳部は、魔法を手に入れて増長した新人類たちに滅ぼされてしまったわよ』

「――あ～、えっと――その――リオン、助けてよ！」

何も言えなくなったノエルが、俺に何とかしてほしいと頼ってきた。

仕方がないので、クレアーレを説得する。

「今のマスターは俺だ。諦めて俺の命令に従うんだな」

『酷い！　どれだけ旧人類が奴らに苦しめられてきたと思っているの！　マスターの鬼！』

「そもそも大昔の話とか、俺たちに関係ないし」

『あるわよ！　大ありよ！　だから帝国も攻め込んでくるんじゃない！』

五月蠅《うるさ》いクレアーレが発した言葉に、リビアが自分を強く抱き締めた。

「——どうしてこんなに酷い状況になったんでしょうね。もっと、みんなで平和的に解決する方法だって探して良いはずなのに」

悲しそうなリビアを見て、アンジェが近付いて背中から抱きついた。

その様子を見た俺は、ベッドに倒れ込んで天井を見上げる。

「本当、どうしてこんな状況になったのやら」

誰が悪いのだろうか？　それとも、これがあの乙女ゲーの設定なのだろうか？

ゲームの世界という認識を捨てるよう努めてきたが、さすがにこの状況には文句の一つも言ってやりたくなる。

「もっと平和で、幸せなふわっふわな世界観の方がいいよな。能天気に学園生活を送っていた頃が懐かしいよ」

入学した当初を思い出す俺に、ルクシオンが近付いてきた。

『あの頃のマスターは、婚活のためにお茶会を開いては失敗していましたね。また、婚活生活に戻りたいのですか？』

婚活と聞いて、アンジェ、リビア、ノエル――三人に刺すような視線を向けられている、と感じながら言葉を選んで答える。

ここで言葉を間違ったらいけない、と普段は鈍い俺の本能が警鐘を鳴らしていた。

「婚活は嫌な思い出しかないから、みんなでノンビリお茶会をしていた頃がいいな。新しいティーセットを購入して、茶葉とかお菓子を用意してさ」

落ち込んでいたリビアがクスクスと笑う。

「いいですね。またみんなでお喋りをしながら過ごしたいですね」

アンジェは少し呆れていたが、声は嬉しそうだ。

「また新しいティーセットを購入するのか？　お前も飽きないな」

ノエルの方は興味津々である。

「午後にお茶会とか、凄くお貴族様っぽいよね。やっているのは、放課後にみんなで飲み物とお菓子を囲んで喋るだけなのにさ。でも、嫌いじゃないかも」

話している内に、幸せだった過去を思い出していた。

俺はそのまま思い出を語る。

「休日に茶葉とかお菓子を見繕うんだよ。時々は店に注文して当日にお菓子を届けてもらうよう段取りを付けてさ。そうして手間暇をかけて――」

前世のように便利な時代ではないから、お茶会を開くのも大変だ。

事前準備が欠かせない。

だが、その手間も楽しく感じてしまうのが趣味だ。

三人が俺の話に黙って耳を傾けていた。

それなのに俺は。

「――それから師匠に相談するんだ。ティーセットと茶葉、お菓子の組み合わせは問題ないか、って。そのまま師匠の指導を受けてもいいな。何なら、一緒にお茶ができれば最高だ」

目を閉じて師匠にお茶を習う場面を想像していると、何だか楽しくなってくる。

幸せに浸っていると、ルクシオンが水を差してきた。

『マスターは本当に愚かですね。恋愛面での成長は期待できそうにありません』

「何で？」

目を開けて上半身を起こすと、笑みを浮かべたアンジェたちが俺を見ていた。

ただ、三人とも目が笑っていなかった。

アンジェの赤い瞳が俺を見つめてくる。

「この状況でも師匠、師匠と――お前は本当に酷い男だよ、リオン」

リビアは口の前で手を合わせてニコニコしていた。

「私たちを誘う前に、先生とお茶会ですか？」

ノエルの方は手を握りしめている。

「婚約者を放置して師匠、師匠ってさ。嘘でもいいから、そこはあたしたちを優先しようと思わないわけ？」

——どうやら本心を語ると女性を怒らせてしまうらしい。

俺は三人を前に微笑む。

「俺はお茶に関しては嘘を吐かないって決めているから」

そのまま笑顔の三人は俺に近付いてくると、右手を振り上げた。

クレアーレとルクシオンの声が聞こえてくる。

『マスターってば、本当にお馬鹿よね』

『この性格は矯正するしかありませんね』

◇

翌日の朝。

両の頬を赤く腫らした俺を、アルベルクさんが心配していた。

アルゼル共和国から派遣された艦隊を率いるアルベルクさんは、ルイーゼさんを連れて俺に尋ねてきた。

「その頬はどうしたんだい？」

「気合いを入れるために叩いたら、強くやり過ぎてしまいました」

嘘である。

婚約者三人に平手打ちされた、などとは恥ずかしくて言えなかった。

「そ、そうか。ならばいいのだが」

「それよりも、共和国の助力に感謝します。無事に終わったら報酬は期待していてください」

ニッと笑うと、アルベルクさんが苦笑していた。

「もちろん期待させてもらうよ。それはそうと、あの件は本当によかったのかな？」

「あの件？」

俺が首を傾げると、アルベルクさんは詳しい話をしようとして――ルイーゼさんに止められた。

「お父様、リオン君も忙しいのですから、話はこれくらいにしませんか？」

笑みを浮かべているルイーゼさんだったが、そこには有無を言わせぬ迫力があった。

アルベルクさんも最初は抵抗しようとしたようだが、俺が忙しいのも事実だ。

俺に遠慮したのか、諦めたらしい。

「それもそう――だな。では、全てが終わったら話をしよう。君とは一度、ゆっくりと話をするべきだと思っていた」

「――えぇ、構いませんよ」

戻ってこられるかわかりませんけどね！　などと笑って言うほど、俺も空気の読めない人間ではない。

この場で不安を漏らすのは、助力してくれる共和国の人たちに申し訳ないから。

ルイーゼさんが俺の右手を握ってくる。

「生きて帰ってきてね。――私の弟みたいにいなくならないでよ」

俺の右手にある聖樹の守護者の紋章と、ルイーゼさんの右手の甲に宿る紋章が、共鳴するように淡い光を放っていた。

「もちろんですよ」

笑顔を作って返事をし、俺は二人と別れた。

◇

王宮の船着き場を目指して歩いていると、ルクシオンが前方から人が来ることを知らせてくれる。

『マスター、ヘルトルーデです。どうやら、マスターを待っていたようですよ』

黒のワンピースを着用したヘルトルーデさんが、わざわざ俺を待っているとは思わなかった。

少し離れた場所から、ヘルトルーデさんの護衛と思われるファンオース公爵家の騎士たちの姿が見える。

俺たちの方を心配した様子で見つめているが、近付こうとはしなかった。

ヘルトルーデさんが髪をかき上げると、長い黒髪がサラサラとマントのように広がった。

身長などは以前からあまり変わりがないのに、随分と大人びた印象を受ける。

「わざわざ俺を待っていたんですか？」

そう言うと、言い当てられたのが癪だったのか、ヘルトルーデさんは俺から顔を背けた。

「自意識過剰と言いたいけれど、その通りよ」

ヘルトルーデさんは、何の用件で俺を待っていたのだろうか？

俺たちの間に深い繋がりなどないから、きっと報酬の件だろうと勝手に想像する。

「成功報酬ならクレアーレに相談してくれれば――」

「そっちも重要だけれど、私にはもっと重要な話があるのよ」

「はぁ、そうですか」

「――ちゃんと戻ってきなさいよ。死んだ英雄になられては、私としても、公爵家としても困るのよ」

「俺の命より、自分とお家のためですか」

ヘルトルーデさんらしいと思って笑うと、本人はさも当然という態度だった。

「当たり前でしょう。あなたが生きて戻るのが、私にとっての最大の利益よ。だから、必ず戻って約束を果たしてもらうわよ」

約束――そういえば、一筆書いたんだったな。

その約束を果たせるかどうか怪しいが、この場は頷いておく。

「そっちも戦場に出るのに？」

ファンオース公爵家の艦隊を指揮するのは軍人だが、代表としてヘルトルーデさんも乗艦すると聞いている。

わざわざ戦場に来なくても、と思うが――本人は譲らない。

「私はあなたと違って引き際を心得ているのよ。心配なのはあなたの方よ」

「――仰せのままに」

俺の返事を聞いて、ヘルトルーデさんが背中を向けて歩き出す。

去り際に小声で。

「あまり周りを悲しませないことね。残される方も辛いって覚えておきなさい」

心に刺さる言葉に、俺は口を開きかけるも――何も言葉が出て来なかった。

ヘルトルーデさんが離れたタイミングで、俺は首の後ろをかく。

「見抜かれていたかな?」

『無茶をするマスターの性格を心配し、釘を刺したのでしょうね』

「――そっか」

かつての敵に心配されるとは、何というか少年漫画的な展開を思い出させてくれる。

◇

王宮の船着き場への道すがら、通路に整列している役人たちがいた。

廊下の両端に立ち、通路を妨げないように立っている。

その中には少しやつれたように見えるバーナード大臣の姿もあった。

『文官たちです』

「見ればわかるよ」

両手や袖をインクで汚し、疲れた顔をする彼らは俺が来ると姿勢を正して敬礼を行う。

一糸乱れぬ――とは言えないが、彼らの気持ちに胸が熱くなった。

「照れくさいですね」

バーナード大臣に近付いて本音をこぼすと、相手も照れていた。

「なれないことをしたと思うよ。だが、我々は戦場に出られないからね」

俺たちを戦場に送り出すまで忙しく、そして俺たちが戦っている間もきっと忙しい。

無事に俺たちが戻ってきたとしても、やっぱり彼らは忙しいのだろう。

本当は今すぐにベッドに飛び込みたいだろうに、俺を見送るために待っていたらしい。

バーナード大臣と俺が談笑していると、クラリス先輩とディアドリー先輩がやって来た。

こちらも疲れているのだろうに、ドレスに着替え、化粧で隈を隠していた。

クラリス先輩は指先で髪を耳にかけつつ。

「無事にお戻りください」

丁寧に頭を下げてくるのだが、そこに後輩に対する口調はなかった。

ディアドリー先輩も普段愛用している扇子をしまい、クラリス先輩と同様に頭を下げてくる。

「ご武運を」

美女二人に見送られる俺に、嫉妬のこもった視線が――向けられることはなかった。

周囲にいる人たちは、俺に真剣な眼差しを向けていた。

罵声や怒声がない状況に居心地悪く思っていると、バーナード大臣が俺の背中を軽く手の平で叩いてくる。

「さぁ、そろそろ行かないとね。出発の時間が迫っているのだろう？」

「そうですね。――というか、俺以外にもお見送りをしたんですか？　あの五人とか？」

五馬鹿にも同じようにお見送りをしたのか尋ねると、バーナード大臣と――文官たちが大袈裟に笑い出した。

それなのに、すぐに真顔になるからちょっと恐ろしかったよ。

「ははは！　――彼らを見送るなんて頼まれてもごめんだよ」

周囲の文官たちまでもが、五馬鹿に対して怨嗟《えんさ》の声を上げる。

「私たちの仕事を増やす元凶共ですよ」

「ようやくまとめた話をご破算にされた恨みは絶対に忘れません。――絶対にね」

「クラリスお嬢様を裏切ったジルクの糞野郎だけは、戻ってこなくてもいいかなって思っています」

かなりの恨まれようである。

俺も彼らの考えを否定できないので、

「そ、そうですか」

としか答えられなかった。

◇

船着き場にやって来ると、五馬鹿ともう一人を加えた野郎共が騒いでいた。

「姉御ぉぉぉ!!」

アルゼル共和国から来たロイクが、マリエに抱きつこうとするのをユリウスたちが必死に止めていた。

必死というか、何発も殴っている。

「マリエに近付くな!」

「俺は共和国を代表して姉御に挨拶をしているだけだ!」

ロイクもユリウスに掴みかかり、殴り返している姿は――何というか子供っぽい。

俺が船着き場に着ているマリエを見れば、同じ感想を抱いているのか苦笑していた。

聖女のために用意された白い衣装に身を包んだマリエは、聖女のアイテムを装着していた。

その後ろには、神殿から派遣された高位の神官や神殿騎士たちが立っていた。

「聖女に認められたって話は本当だったんだな」

マリエは少し照れているのか、俺の顔をまともに見ようともしない。

「ま〜、私ってばあふれ出すオーラを隠しきれないのよね。聖女として認められるのも当然、みたいな?」

調子に乗った発言をするマリエを見て、普段通りで逆に安心してしまった。

「また失敗して怒られるなよ」

「――失敗なんてしないわよ」

顔を上げて真剣に俺を見据えてくるマリエを、騒いでいる五馬鹿とオマケの一人と比べたら落ち着いていると感じた。

「それじゃ、リコルヌの方は頼んだぞ」

そう言って右手を振ると、マリエも恥ずかしそうに右手を上げて同じように振る。

「うん。兄貴――」

「あん？」

この場で兄貴呼びは――と責める気になれず、振り返るとマリエがニッと笑っていた。

「ちゃんと解決しなさいよ」

帝国との戦争を終わらせて来い、と言っているのだろう。

簡単に言ってくれるものだ。

だが、そんなマリエだから、俺は軽口を叩ける。

「言われるまでもないっての」

アインホルンに乗り込む俺は、タラップの途中で振り返って五馬鹿に怒鳴りつける。

「乗らないと置いていくぞ」

置いていくと言われると、五馬鹿が慌てて乗艦のため荷物を持った。

◇

アインホルンに乗り込むユリウスたち。

その背中に、マリエは声をかける。

「みんな――兄貴をお願いね」

左手でスカートを握りしめ、泣きそうになりながら言った。

五人が振り返ると、マリエに向かって笑みを浮かべる。

ユリウスが頷いた。

「任せろ」

ジルクは髪をかき上げる。

「リオン君は必ず連れ帰りますよ」

グレッグは腕を曲げて力こぶを作り、マリエにアピールしていた。

「安心して待っていてくれよ、マリエ！」

クリスは眼鏡の位置を人差し指で調整しながら。

「何の心配もいらないさ。私たちが側にいるのだから」

最後にブラッドが、マリエにウインクをした。

「マリエの頼みだからね。僕たち、頑張っちゃうよ」

乗り込んでいく五人。

アインホルンの入り口では、そんな五人を見ているリオンの姿があった。

マリエは遠くからリオンを見ながら、涙を拭く。

その姿を見ていたロイクが、ハンカチを差し出してきた。

「姉御、どうぞ」

「ありがとう」

ハンカチで涙を拭ったマリエは、ドアが閉まって六人の姿が見えなくなってもその場から動かなかった。

アインホルンが飛び立つと、ロイクがその様子を眺めながら言う。

「行ってしまわれましたね」

「――私たちもすぐに出発よ。ロイク、あんたも無茶だけはしないでね」

マリエに心配されたロイクは、嬉しそうにするが――表情を引き締めた。

「ええ、まだ死ぬつもりはありませんからね。姉御もどうかご無事で」

ロイクにそう言われたマリエは、答えずに苦笑するのだった。

第06話「大艦隊」

「リオンの浮島を運び込んだのか」

リコルヌの艦橋に、アンジェのどこか悲しそうな声が響いた。

窓から見下ろして懐かしく思っていたのだが、浮島の表面は飛行戦艦が着陸していた。

滑走路やら、飛行戦艦の整備をするための簡易ドックなどが用意されていた。

リビアが窓に両手をついて、額も押し当てる。

「あんなに綺麗だったのに、今は面影もありませんね」

リオンが所有していた頃は、温泉があった。

ロボットたちが自然や畑を管理しており、緑豊かな美しい環境が整えられていた。

だが、帝国との戦争を前に、緑は減らされ、滑走路や無骨な建造物が乱立している。

思い出に残っている場所のほとんどがなくなっており、アンジェもリビアも寂しさを隠せなかった。

艦橋に植樹された聖樹の近くにいたクレアーレが、感慨にふける二人の方を向いた。

『マスターの浮島は以前から手を加えられていたから、今回の作戦に必要不可欠だったの。仕方ないわよ』

帝国を迎え撃つために、王国は戦場に浮島を三つも運び込んでいた。

物資を積載し被弾した飛行戦艦の収容を行うなど、役割は多岐に及ぶ。

要塞のように武装させた浮島もあった。

アンジェが右手を握りしめ、自身の胸に当てる。

「理解しているさ。だが、思い出の詰まった場所がなくなれば悲しくもなる」

夕方に三人で浮島を散策した思い出は、当時のアンジェにとってはとても新鮮で、今も忘れられない。

それはリビアも同じようだ。

「――――戦争が終わったら元通りになりますよね？」

リビアの問い掛けに、クレアーレは陽気に答える。

『もちろんよ！』

アンジェとリビアが顔を見合わせ、お互いが無理をして笑みを浮かべた。

今は納得するしかない、と自分に言い聞かせていた。

そんな二人を見ていたのは、通信を終えたばかりのノエルである。

リコルヌにある通信機を利用しており、先程の会話に加われなかった。

だが、話は聞いていたようだ。

「リオンが浮島を所有していた話は聞いていたけど、本当にもったいないわよね。温泉もあったんでしょ？　あたしも入りたかった～」

文句を言うノエルに、クレアーレが聖樹の調整を手伝うように急かす。

『勝ったら温泉なんて幾つでも用意してあげるから、今は聖樹の調整を手伝ってよ』

「は～い」

ノエルが両手を頭の後ろで組みながら聖樹に近付くと、淡い光を放っていた。

クレアーレが言う。

『やっぱり聖樹って凄いわね。大気中の魔素を吸収してエネルギーに変換するなんて、とんでもない植物だわ。誰が作ったのか知らないけれど、今は感謝しないとね』

クレアーレの話を聞いて、ノエルが首を傾げた。

「聖樹って自然発生した植物じゃなかったの？　共和国だと人を守るために用意された神聖な植物って感じだったんだけど？」

『遠い昔に改良されて生み出されたのよ。――対立することになったけど、イデアルにも感謝しておかないとね』

「――イデアルか。最後にあたしを救ってくれたんだよね？」

『おかげでノエルちゃんは生き延びて、こうして私たちは聖樹を扱えているわ。対立せずに協力し合えれば、もっと違った未来もあったのかもね』

補給艦に搭載された人工知能のイデアルは、聖樹を重要視するあまりリオンたちと対立することになった。

その結果、リオンとルクシオンのコンビに敗れ、破壊されてしまった。

そんなイデアルだが、最後の最後にノエルの命を助けるために高性能な医療カプセルを提供してくれたのである。

ただ、イデアルが暴走したおかげで、共和国には甚大な被害が発生したのも事実だ。

ノエルとしては複雑な心境だろう。

双子の妹であるレリアは、その時に愛した男性を二人も失っているのだから。

ノエルは聖樹に右手で触れた。

「今はリオンの助けになるならそれでいいよ。色んな問題は終わった後に考えればいいし」

ノエルの前向きな発言にクレアーレも同意する。

『いいと思うわよ。今は余計なことを考えている暇なんてないものね。終わってからいくらでも考えればいいのよ』

ノエルとクレアーレの会話を聞いていたアンジェが、胸の下で腕を組んだ。

「そうだな。全ては勝ってからだ。余計な問題は生き残った後に考えればいい」

リビアが両手を胸の前で組む。

「全員生き残った上で勝ちましょう。それがどれだけ傲慢《ごうまん》な願いだとしても、私は全力で叶えるつもりです」

自分たちが生き残った上で勝つ――それがどれだけ贅沢で、わがままな願いなのかを知りながら、リビアは強く願っていた。

◇

レッドグレイブ公爵家の飛行戦艦には、当主であるヴィンスと、嫡男であるギルバートの姿があった。

公爵家の当主とその跡取りが、同じ飛行戦艦に乗るというのは通常はあり得ない。

撃墜された時、両名が同時に戦死するのを避けるためだ。

今は戦いを前に、ギルバートがヴィンスの飛行戦艦を訪れただけである。

二人は人が作り出した壮大な景色に感嘆していた。

「壮観な眺めですね、父上。この戦いは勝っても負けても歴史に刻まれることになるでしょう」

歴史に残る戦いになる。そんな戦いに自分が参加する、とギルバートは興奮した様子だった。

周囲はそんなギルバートに「勇ましい」やら「若様は頼もしいですな」と言っていた。

だが、ヴィンスは気付いていた。

(強がっているのだな)

指揮官が怯えていては、兵士たちに不安が広がってしまう。

そのため、ギルバートは努めて強気に振る舞っていた。

ヴィンスはそんな息子の肩に手を置く。

「悪いがお前は後方に下がってもらうぞ。ここの先方を務めるのは我々だ」

「父上!?　なりません。当主である父上にもしものことがあれば――」

「若造は後ろから戦い方を学んでいればいい。後方の艦隊はお前に任せる」

「――っ!?　承知しました」

ヴィンスはギルバートを後方に下げ、少しでも生存確率を高めようと考えていた。

（レッドグレイブ家が後ろに下がっては、アンジェの信用に関わる。ここは無理をしてでも前に出るしかない。だが、ギルバートを前に出す必要もない）

ヴィンスとギルバートの二人が、揃って戦場にいるのはアンジェのためだった。

ただ、当主である自分が戦死すれば、レッドグレイブ公爵家にとって大きな痛手となるだろう。

本来であればヴィンスが少しでも後ろに下がるべきなのだが、父親として息子を前に出したくないという思いが勝《まさ》っていた。

「何かあれば後はお前に任せる。アンジェは成長したが、まだ視野の狭さが気がかりだ。お前が側で支えてやりなさい」

「は、はい」

ギルバートもヴィンスの気持ちを察したのか、配置については抗議しなかった。

◇

王国軍の哨戒艇《しょうかいてい》が、味方の艦隊を目指していた。

速度を限界まで上げているのだが、艦長もクルーも後方を気にかけていた。

視界が悪い雲の中に飛び込んだのは、敵をまくためだ。

哨戒艇の周囲には、旧人類の兵器である無人機が追従している。

脚部のない鎧のような姿をしており、哨戒艇の護衛を任されていた。

そんな無人機たちがいても、艦長は冷や汗をかいている。

「振り切れないか」

苦々しい表情をした艦長が、伝声管を使用して命令を出す。

「鎧を出せ！　何としても味方に詳細な敵の情報を伝えるんだ！」

哨戒艇の艦橋には、見慣れない一つ目の球体が浮かんでいる。

人工知能を搭載したそれは、艦長に言う。

『魔素による通信状況の悪化により、データの転送が行えません。詳細は直接、パイロットたちに運んでもらいましょう』

「そのつもりだ」

言い捨てる艦長に、人工知能が言う。

『どうやら追いつかれたようです』

直後、哨戒艇の護衛をしていた無人機が爆発した。

哨戒艇の側を黒い何かが通り過ぎる。

艦長が命令する。

「撃ち落とせ！」

意気込みすぎて怒声となった艦長に対して、人工知能は冷静だった。

『無駄です』

その黒い何か――魔装は、哨戒艇の艦橋に接近すると、反りのある大剣を片腕で振り上げた。

まだ子供のような声が、哨戒艇の艦橋に響いた。

『み～つけたっ！』

魔装が刃《やいば》を振り下ろすと、斬撃《ざんげき》が飛んで哨戒艇を両断してしまう。

『王国の軍隊ってこの程度なの？　興ざめだよ』

◇

王国が戦場に定めたのは、大地から離れた海上だった。

大陸には侵攻させず、海上で帝国軍を迎え撃つ形だ。

戦場には浮島を運び込み、補給や整備を行い、戦う準備が進められていた。

使用されている浮島は、リオンが見つけ、所有していた浮島だ。

一度は王国の手に渡った浮島であるが、帝国との戦争のために運び込まれていた。

移動する浮島――そして、その周囲には数多くの飛行戦艦の姿があった。

集結した大艦隊の中には、バルトファルト男爵家の飛行戦艦も存在している。

艦橋の窓から集結した大艦隊を眺めるのは、バルカスとニックスだ。

リオンが参戦するこの戦いに、二人も参加していた。

ニックスはとんでもない光景に、何とか言葉を絞り出す。

「全周囲に飛行戦艦があるなんて凄い光景だな」

前方、後方、上下左右――まるで空を隠してしまうのではないか？　と思えるほどに飛行戦艦が集結していた。

これまでにも何度か戦争に参加してきたニックスだが、今回の味方の数の多さは初めての経験だった。

それはバルカスも同じだったのか、目を丸くしていた。

「俺も初めて見る光景だよ」

二人の周囲には、バルトファルト家に仕えている船乗りたちの姿があった。

彼らも同様に周囲の景色を前に驚いていた。

艦長を任されている男が、バルカスたちに話しかける。

「それにしても、リオン坊ちゃん――おっと、リオン様がこれだけの飛行戦艦を率いるとは考えてもいませんでしたよ」

艦長の言葉に、バルカスは乱暴に頭をかいた。

この場にいないリオンに対して、複雑な感情を抱いている顔をする。

「うちの家系を考えたら、あいつは突然変異かもしれないな。まさか、俺の子供がこんなことになるとは思わなかった」

突然変異――酷い言い草だが、バルカスが言いたくなる気持ちは周囲も理解していた。

何しろ、田舎の男爵家出身の若者が、大艦隊を率いて帝国と戦うのだ。

吟遊詩人や本で語られる英雄譚《たん》にも負けない偉業である。

ニックスが深いため息を吐き、僅かに緊張の糸を緩めていた。

「これだけいれば、帝国にも勝てる気がしてきた」

ニックスは、胸元にあるペンダントロケットを右手で握りしめた。

「それに今も数が増えているしさ」

リオンの浮島からは、改修を終えた飛行戦艦が飛び立っていた。

作業をしているのは作業用ロボットたちであり、王国の飛行戦艦に装甲板やら新型の大砲を取り付けている。

改修だけではない。整備や補給、それらが無償で、そして急ピッチで行われていた。

そして、浮島の下部からは旧人類が残した兵器たちが姿を現す。

巨大なその姿を見た周囲の味方が、通信機を通して何やら騒いでいた。

『アレが噂のパルトナーか？』

『噂よりも大きく見えるな』

『いや、そっちはもう出撃済みだ』

通信機の騒がしい声を聞きながら、ニックスが苦笑する。

出現した飛行戦艦は、パルトナーとは似ても似つかない姿をしていたからだ。

金属で覆われたその姿は、錆《さび》も目立つが周囲の飛行戦艦よりも大きく威圧感があった。

空中空母であるファクト本体だ。

そして、次々に浮島から金属で覆われた飛行戦艦たちが姿を現した。

バルカスは汗をかいた額に手を当てる。

「古代の兵器だったか？　人がいなくても動くとか、ご先祖様たちも凄いな」

ご先祖様と聞いて、ニックスが一つ思い出した。

「ご先祖様、か——親父、俺らが小さい頃に、うちにも凄いご先祖様がいたとか言っていなかったか？」

「馬鹿。こんなものを見た後に、うちのご先祖様の話を聞いても惨めになるだけだぞ」

惨めになると言われても、気になったニックスは諦めなかった。

気になったまま戦争をしたくないからだ。

「この際だから聞かせてくれよ。気になったままだと戦争に集中できないだろ」

ご先祖様の話を聞きたがるニックスに、バルカスは深いため息を吐いた。

その表情は渋々といったものだった。

「少しは大人になったかと思えば、まだ子供みたいなことを言いやがって」

「前方に配置されているんだ。少しでも憂いがない方がいいだろ？」

「俺たちが後方に下がれば士気に関わるだろうが」

バルトファルト家の飛行戦艦だが、実は全軍で見ると前方に位置していた。

これはバルカスが「リオンの親族だからこそ前に出なければ、あいつに迷惑がかかる」と言ったからだ。

バルトファルト家が後ろにいては、全軍の士気に関わるから、と。

つまり、他と比べると死亡する確率が高い。

それもあって、ニックスは聞いておきたかった。

「生き残ったら成長した子供に聞かせてやりたいだろ。うちのご先祖様は立派な人だったんだぞ、ってさ」

根負けしたバルカスは、諦めて話し始める。

「――うちのご先祖様は、どちらかというと冒険者として成功した類いじゃない。これは知っているな？」

「戦争で成り上がった人だろ？」

「俺が話しているのは、バルトファルト家の初代様だ。うちの初代は、外から流れてきた冒険者だったのさ」

「初耳だよ」

ホルファート王国では、冒険者という職業が認められ、尊敬されていた。

ご先祖が冒険者であったのなら、それを誇らしく思うのが普通である。

だが、バルカスが誇れなかった理由を教えてくれる。

「大冒険の果てに仲間に裏切られて、そして今の領地に流れ着いたらしい。だから、冒険者はこりごりだと言って辞めちまった。浮島に来てからは、農業をやりながらノンビリ過ごしていたそうだ」

ニックスが最初に思ったのは、その初代が弟に似ている、ということだった。

「何だかリオンみたいな人だな」

「そうだな。そうすると、リオンは突然変異じゃなくて先祖返りかな？」

「でも、確かにこんな光景を見た後だと、小さな話に感じるな。冒険者だったけど、裏切られて引退しただけっていうのが何とも――」

ニックスが微妙な表情をした。

その理由は、冒険者が裏切られるのは王国では恥となるためだ。

一番悪いのは裏切った方になるが、それでも裏切られた方にも責任がある、というのが王国の考えだ。

――冒険者たるもの、裏切るような奴を仲間に加えてはならない。

命懸けの冒険の際に、裏切られるようでは冒険者として半人前、と。

バルカスもそれを理解しているから、あまり子供たちにご先祖様の話をしたがらなかった。

とは言え、大事な教訓として受け継ぐべき話でもあるため、代々がしっかり我が子たちに教えてきた話でもある。

「だからこのタイミングで言いたくなかったんだ。まぁ、俺たちのご先祖様だから、冒険者として活躍したとは思えないけどな」

「確かに、うちで冒険者として成功したのはリオンくらいだよな」

バルカスは腕を組んで笑う。

「まさか、あいつがうち一番の出世頭になるとは思わなかった。初代様に似ていても、やっぱりリオンは突然変異だな」

「その意見には賛成するよ」

親子が談笑をしていると、通信機から耳が痛くなるような高い音が聞こえてくる。

その後、人の声が聞こえてきた。

『哨戒艇からの報告！　帝国の大艦隊を発見！　数は――三千以上！』

艦橋が一気にざわつく。

皆が目を見開き、冷や汗をかいていた。

何しろ、敵はこちらの二倍近い戦力を用意してきた。

それに、報告は正確な数字ではない。

下手をしたら三倍という戦力差もあり得た。

バルカスが声を張り上げ、周囲へ指示を出す。

「狼狽《うろた》えるな！　作戦通りに動けば必ず勝つ！」

帝国の大艦隊が迫る中、ニックスは冷や汗を拭うのだった。

「とうとう始まるのか」

そう言いながら、ドロテアの絵が入っているロケットペンダントを握りしめた。

◇

リコルヌの艦橋。

大気中の魔素をリコルヌが吸い込み、それを聖樹に供給するという仕組みが完成していた。

魔素を吸い込む聖樹は淡い緑色の光を放っており、そこからリコルヌはエネルギーを得ていた。

リコルヌの制御を行うのはクレアーレであり、聖樹を制御するのはノエルだ。

艦橋では味方の哨戒艇が撃墜された、という知らせを聞いたアンジェが眉根を寄せていた。

「帝国軍が近付いているそうだが、このまま我らの方に攻めてくるだろうか？」

『その可能性は高いと予想しているわ』

「敵が我らを迂回する可能性はない、と？」

後方にある本拠地――大陸を蹂躙する、という選択肢もあった。

だが、それを帝国は選ばないとクレアーレたちは考えていた。

『ええ。言っては悪いけど、奴らにとっては私たちを一網打尽にするチャンスだもの。アルカディアにしてみても、私たちが一箇所に集まっているのは好機ね。だって、私たちさえ倒してしまえば、敵なんていないも同じだもの』

旧人類の兵器たちを滅ぼした後ならば、この世界の住人など敵ではない。

そう言われて、アンジェは悔しそうに手を握りしめた。

アンジェが黙ってしまったので、ノエルが疑問を呈する。

「そのアルカディアも帝国軍と一緒なのよね？」

『魔素の濃度が上昇してきているのはアルカディアが近付いている影響だから、間違いないわ。味方が届けてくれた情報にも、帝国軍と行動を共にしているとあったわ』

その魔素を吸収し、若木に与えることでリコルヌはエネルギーを更にため込んでいく。

ノエルの他にも、聖樹の制御を手伝うためにユメリアが乗り込んでいた。

不安そうに尋ねてくる。

「こんなにエネルギーを溜め込んで、何をするつもりですか？」

ユメリアの素朴な疑問に、クレアーレが答える。

『それこそ何にでも利用するわ。そのために、わざわざリビアちゃんとノエルちゃんの二人を戦場まで連れて来たんだから』

クレアーレの視線が、艦橋にいたリビアへと向かった。

窓の外を見ていたリビアは、視線を感じたのかクレアーレに振り向いた。

「王家の船――あれに積み込まれていた装置を使うんですよね？」

かつてファンオース公国との戦争で使用した王家の船だが、リオンたちが危険視したのは船よりも積み込まれた装置である。

リビアの固有能力との組み合わせが凶悪すぎて、封印することになった装置だ。

使用すれば、敵味方関係なくリビアの支配下に置かれてしまう。

使い方次第では世界征服すら夢ではないだろう。

だが、今回は状況が違っていた。

ファンオース公国の時のように、使用すれば勝てるという状況ではない。

『凶悪な性能を持っているけど、アルカディア相手では通用しないでしょうね。だから、今回は味方に向かって使用してもらいます』

クレアーレは青い一つ目を光らせると、室内にホログラムを投影した。

映し出されているのは、リコルヌを中心に装置が及ぼす範囲を色つきで示したものだ。

『装置の精神干渉だけど、これって魔素の影響を受けないから通信として凄く便利なのよね』

説明されても理解できないのか、ユメリアが首をかしげた。

「え～と、どういうことですか？」

そんなユメリアに説明するのは、カイルだった。

「この状況でも心を繋いで通信が使えるってことだよ」

「つ、繋ぐ？」

「――心の声が聞こえるって思えばいいよ」

息子のカイルに説明されて、ようやく納得したユメリアが何度も頷く。

「は～、凄いですね。はっ!?　そ、それって、心の中の恥ずかしい声も聞こえるってことですか!?　ど、どうしよう。カイルのこと、いつも大好きって思っているのが伝わっちゃう！」

顔を赤らめるユメリアに、カイルは恥ずかしくて耳まで赤くしていた。

「か、母さん!?　今は大事な時だから、変なことを言わないでよ!!」

微笑ましい親子の会話に、少しばかり場の空気が和らいだ。

クレアーレが心での会話について解説をする。

『正確には言葉を届けるだけよ。それらを集約し、伝達するのがリコルヌの役目ね。情報処理は私も手伝うけれど、一番負担が大きいのはリビアちゃんよ』

通信状況が最悪の状況下でも、リビアがいれば問題なく情報のやり取りが可能だ。

これは戦場において大きな力となるのだが、リビアの負担は大きい。

だが、リビアはそれを聞いて安堵していた。

「私は大丈夫です」

微笑んでいるリビアの手をアンジェが握った。

「本当にいいのか？」

心配するアンジェの手を、リビアが少しだけ強く握り返した。

「役に立てるのが嬉しいんです。むしろ、負担がある方が助かります」

負担がある方がいい——それは、命懸けで戦場で戦っている人たちに申し訳ない、と思う気持ちから出た言葉だった。

アンジェは自分の不甲斐なさを悔やんでいるのか、リビアの手を両手で握って俯いた。

「すまない。私は何の役にも立てない。この場にいることしかできないんだ」

自分を責めるアンジェに、リビアは首を横に振った。

「いいえ、アンジェはここに来るまで頑張ってくれました。だから、今度は私たちの番です。ようやく、私にも出番が回ってきました」

アンジェが瞳に涙を溜め、それを指先で拭う。

「――私がしたのは準備だけだ。お前のように、直接リオンを助けることは出来ないよ」

「私にはその準備が出来ませんでした。これだけの艦隊を用意できたのは、間違いなくアンジェのおかげですよ」

そんな二人を見て、ため息を吐くのはノエルだった。

「あたしも出番があるんだけどな～。まぁ、今の二人に口を挟むほど無粋でもないけどさ」

面白くなさそうにしているノエルに、クレアーレが言う。

『期待しているわよ、ノエルちゃん』

「はい、はい」

ノエルがやる気のない返事をすると、クレアーレは思い詰めた顔をする人物に青いレンズを向けた。

――マリエだ。

『どうしたの、マリエちゃん？　お腹でも痛いの？　だから、食べ過ぎは駄目って注意したじゃない』

「――あんた、普段から私をどんな目で見ているのよ？」

『え？　違うの？　だって、用意したおにぎりを十個も――』

「九個よ！　そんなに食べてないわ！　ちょ、ちょっと懐かしくて、普段より少し多めに食べたけど」

『いえ、十個よ。ちゃんとカウントしていたから間違いないわ。というか、一個だけさばを読んでもたいした違いはないわよ』

「女の子には色々とあるのよ!!」

クレアーレに言い返している内に、マリエにも元気が出てきた。

それを見ていたカーラとカイルが、安堵した顔をしていた。

「マリエ様に元気が戻ってきて安心しました」

「それよりも、あのおにぎりでしたっけ？　何だか変な食べ物でしたけど、ご主人様は沢山食べていましたよね？　お腹の方は大丈夫でしょうか？」

カイルの心配事とは、食べ慣れない食べ物に腹痛を起こしたのではないか？　というものだった。

マリエが顔を赤くしながら、ブツブツと。

「べ、別に平気だから。むしろ、いつも以上に元気が出たわよ」

カイルがニッと笑う。

「それを聞いて安心しました。でも、もしもの時はお薬を持ってきたので気軽に声をかけてくださいね」

カーラもマリエを心配する。

「マリエ様、今の内にお手洗いを済ませますか？」

二人を前に、マリエは声が大きくなった。

恥ずかしさもあるのだろうが、二人に心配されるのが嬉しくて――照れくさいのだろう。

「もういいから！」

クレアーレは三人の話に区切りが付いたと思ったのか、先程の話の続きを行う。

『マリエちゃん、リコルヌのエネルギーをマリエちゃんにも貸すから、聖女のパワーで防御をお願いね』

マリエは顔を赤くしたまま、胸を張って堂々としてみせた。

「任せなさいよ。私はやれば出来る子よ」

『普段から出来る子であってほしい台詞だけど、マリエちゃんらしい宣言ね』

「あんたたち人工知能って、本当に余計なことを言うわよね。もっと素直に褒められないの？」

マリエが文句を言うと、室内にファクトから緊急通信が入った。

『高熱源反応感知』

それを聞いたクレアーレが、即座に指示を出す。

『来たわね——シールド出力最大』

直後、リコルヌの前方に平面的な淡い光が幾重にも展開された。

それはまるで半透明のカーテンのようだった。

アンジェが目を見開いた。

「来る」

遠くで何かが光ったと思った次の瞬間には、リコルヌは光に包まれ激しい揺れに襲われた。

◇

空中空母であるファクトは、肉眼では見ることの出来ない敵を感知していた。

『この距離で攻撃を当ててくるか。――アルカディアの性能を上方修正する』

ファクトをサポートするため側にいる人工知能たちが、被害状況について報告してくる。

『シールド艦、一隻大破』

『王国の艦隊の被害はなし』

『次のシールド艦を前へ』

王国側の艦隊から、一隻の宇宙戦闘艦が前に出てくる。

それは、アルカディアの主砲を防ぐために用意されたシールド艦――防御シールドを展開して味方を守るための飛行戦闘艦。

強力なアルカディアの主砲から味方を守るため、攻撃を捨てて防御に全振りした艦隊の盾である。

だが、そんなシールド艦が、たった一撃で限界を迎えて炎に包まれ落下していく。

『敵、次弾までの発射時間――推定一千八百秒後』

『帝国軍の艦隊、アルカディアの前に展開』

『敵支配下のモンスター、こちらに急速接近』

ファクトはそれらの情報を精査し、命令を出す。

『迎撃する。機動兵器部隊を展開』

空母から次々に無人機たちが出撃した。

そして、旧人類の宇宙船たちがその武器をモンスターたちに向けた。

『撃て』

ファクトの命令で一斉に大砲から光学兵器や実弾兵器が放たれ、それに続いてミサイルも次々に発射される。

モンスターの大群を貫いた光学兵器が、アルカディアを守ろうとする帝国の飛行戦艦に迫ると――

それは魔法障壁により守られていた。

『敵のシールドを確認』

『アルカディアの魔法障壁と断定』

『こちらの実体弾と光学兵器の無効化を確認』

ファクトは収集される情報を解析していた。

アルカディアの周辺からモンスターたちが、次々に出現している。

魔素を放出し、それらをモンスターとして作り替えて支配下に置いていた。

『モンスターの戦力化に成功したのか。――これは、更にアルカディアの脅威度を上方修正する必要がある』

ほとんど無尽蔵にモンスターを生産し、兵器として利用できる状態だ。

自分たちがアルカディアと戦うため準備をしてきたように、アルカディアもこの時代に適応して戦力強化に励んでいたのだろう。

ファクトたちも応急修理を受け、アルカディアと戦う準備はしてきた。

だが、性能は万全とは言い難い。

『こちらの性能が思うよりも出ていない。――アルカディアに接近する。王国の艦隊を前進させる』

ファクトが指示を出すと、それを受け取ったリコルヌが中継器の役割を果たして各艦に命令を伝える。

王国軍の艦隊が動き出すが、人間が動かしているために動きに乱れがあった。

ここの練度にもバラツキがあり、オマケにこれだけの大艦隊戦を経験していないため、うまく動けていなかった。

『王国軍の評価を下方修正。二隻を後方へ回して指揮を執らせる』

これまでに経験のない規模の艦隊行動に、王国軍は思うように動けていなかった。

帝国軍を前にこれは大きな痛手だ、とファクトは判断していた。

宣戦布告してきた帝国軍は、王国軍よりも多くの飛行戦艦を揃えていたからだ。

事前に訓練もしているだろう、と。

しかし、ファクトはその前提を改めた。

『帝国軍の評価を下方修正だ』

帝国軍の練度が思ったよりも高くなかったからだ。

準備期間はあったはずなのに、その動きは王国軍と同程度に見えた。

サポートする人工知能たちが騒ぎ始める。

『モンスターの群団が味方の迎撃を突破』

『王国軍の速度、急激に低下』

『王国軍、こちらの命令を無視して機動兵器を展開。速度を更に低下』

モンスターに襲撃された王国軍が、鎧を出撃させてしまった。

その報告を聞いて、ファクトは一つ目を強く光らせた。

電子音声に僅かに怒りが滲んでいるようだった。

『再度前進を優先するように命令を出す。このままアルカディアに接近できなければ、こちらは一方的に攻撃を受けて壊滅すると付け加えておけ』

王国軍は、帝国に近付くためにアルカディアの主砲やモンスターが突撃してくる中を突き進むしかない。

ここで止まるようなことがあれば、自分たちはただ的にされるだけだ。

◇

アルカディアの内部に用意された司令部では、モーリッツが苦々しい顔をしていた。

「この程度か」

期待していたアルカディアの主砲の威力が、予想していたよりも低かった。

敵艦隊をどれだけ沈められるかと期待していたのに、結果は一隻だけ。

飛行戦艦を百隻単位で呑み込んでしまうようなビームが放たれたのに、見た目ほどの結果が伴っていなかった。

アルカディアが、モーリッツに状況を説明する。

『油臭い機械共が、宇宙戦闘艦を犠牲に防いだだけさ。確かに防がれてしまったが、このまま撃ち続ければ我々の勝ちだよ。何しろ、奴らの防御手段は限られているからね』

「奴らに接近されればお前の主砲も意味がない」

『――確かにね』

王国軍と乱戦にでもなれば、アルカディアの主砲は威力が大きすぎて使えないというのがモーリッツの判断だ。

接近される前に叩かなければ、帝国軍にも甚大な被害が出るだろう――と予想していた。

しかし、アルカディアは少しも慌てた様子がない。

『目覚めたばかりで、奴らはろくな整備も受けられなかったようだな。自らを犠牲にして盾とするのが精一杯だったわけだ』

旧人類の兵器たちが目覚めたとはいえ、万全の状態でなければ怖くないという態度だ。

モーリッツが腕を組む。

「次の発射までの時間は？」

『十五分後だ』

「それでは遅すぎる！　もっと早く撃てるはずだ。予定では十分だったはずだぞ」

『光学兵器へのシールドと、モンスターたちの生産でエネルギーを消費した。主砲に回すエネルギーが減っている』

「王国軍がこちらに向かってきているんだぞ」

急かしてくるモーリッツに、アルカディアは若干呆れた声で返事をする。

『接触するまでに数は減るよ。それとも、これだけの数がいながら王国に負けると思っているのかな？　――当初の予定通りだろうに』

アルカディアの主砲を封じられても、数の上では帝国軍が有利だった。

優勢な状況ではあるのだが、モーリッツは不安を拭いきれずにいた。

顔には出さないが、魔法生物たちからリオン――ルクシオンの情報が得られていない。

王国の切り札が姿を見せていないのは、モーリッツにとって不気味でしかなかった。

「敵の主力はどうなっている？　奴はどこにいるんだ？」

奴と言われてアルカディアも察したようだ。

『ルクシオンは確認できていない。どこかに隠れて、こちらの様子をうかがっているのかもしれないね』

「すぐに捜し出せ！　お前たちの話が本当なら、奴の一撃で帝国の艦隊は甚大な被害を受けるんだぞ！」

リオンがどのように動くか警戒しているモーリッツに、アルカディアは安心させるように言う。

『ルクシオンは確かに脅威だが、奴の一撃を防ぎさえすれば何の問題もない。それに、王国軍には主砲を使わずともこのまま疲弊させたところを通常戦力で叩いてもいい』

アルカディアは両の口角を上げて笑っていた。

『どうやっても勝つのは我々だよ』

モーリッツは天井を見上げる。

「だといいがな」

そして、モーリッツはフィンから聞いていた話を思い出していた。

(フィンから聞いた情報では、あの男がこのままで終わるとは思えない。必ず仕掛けてくるはずだ)

アルカディアは、ルクシオンに関して考察を始める。

『ルクシオン本来の役割は移民船だよ。もしかすると、既に一部を乗せて宇宙に逃げた可能性もあるね』

モーリッツはアルカディアから顔を背けた。

(そうであれば、俺も幾らか救われるというものだ。この化け物たちも、宇宙に逃げた連中までは追いかけないだろうさ)

モーリッツとしては王国の民を滅ぼしたくなどなかった。

だが、立場が許してくれない。

皇帝として、帝国の民を生かすために最善を尽くす――それがモーリッツの決断だ。

やつれて以前のような声量がないモーリッツが、努めて平静を装った声で命令を出す。

「全軍後退。王国軍の接近を許すな」

帝国軍は、王国軍と距離を取るため後退する。

第07話

「双子の巫女」

飛行戦艦の艦橋にて、ニックスは手すりに掴まっていた。

艦内は激しく揺れ、窓の外を見れば周囲はモンスターだらけだ。

「これが戦争なのか？　俺の知っている戦争と違いすぎる」

味方である旧人類の兵器たちから放たれる光学兵器や実弾が、周囲のモンスターたちを吹き飛ばしていた。

だが、幾ら倒しても帝国軍からモンスターが放たれ、自分たちに襲いかかってくる。

通信機からは、人工知能の無機質な声が聞こえてくるだけだ。

『前進せよ。迎撃は不要』

椅子に座ったバルカスが、手すりに拳を振り下ろした。

「この中を何もせずに突き進めって言うのか！」

バルカスの怒声を受けても、返信に変わりはない。

『全軍、前進せよ』

本来であれば、速度を落として鎧を出撃させる場面だ。

周囲のモンスターを倒さなければ、飛行戦艦に取り付かれて落とされてしまう。

しかし、ファクトたち人工知能がそれを許さなかった。

ただ、前進せよと命令するだけだ。

そうしなければ生き残れない、と。

ニックスも腹立たしく思っていた。

「簡単に言ってくれるけどさ、敵は後退しているんだぞ。この中を突き進んで追いつくなんて不可能だ！」

後退する帝国軍は、双眼鏡を使っても見えない距離にいた。

モンスターの群れに邪魔されて帝国軍を発見できないのもあるが、問題は後退速度だ。

艦首をこちらに向けたまま後退しているのだが、アルカディアの魔法のおかげなのか前進するのと同じ速度で下がっているらしい。

ニックスの知っている常識とは違いすぎた。

それでも、バルカスが慌てる船員たちに檄を飛ばす。

「全員、今は命令に従って全速前進だ！　俺たちがためらっていたら、後ろの味方まで足を止める。今は少しでも前に出ろ！」

前方に位置する自分たちの速度が落ちれば、それは後方の味方にも影響を及ぼす。

それを理解していたバルカスは、前に出ろと叫んだ。

ニックスは揺れる艦内で手すりに掴まりながら、バルカスを振り返って意見する。

「親父、あんなモンスターばかりの中を全速力で突き進めって言うのかよ!?　それに、さっきは

——」

続きを言う前に、前方が明るくなった。

艦長が目を丸くしながら叫ぶ。

「全員、何かに掴まれ！」

すぐに艦内が今まで以上に激しく揺れると、前方でシールドを展開する宇宙戦闘艦が爆散した。

沈んでいく宇宙戦闘艦の横を、バルトファルト家の飛行戦艦が通り過ぎていく。

その様子を見ていたニックスは冷や汗を拭った。

「ルクシオンと同じ飛行戦艦が、もう二隻も沈んだのかよ」

艦隊を呑み込むような大きな光を防げたのはいいが、それが敵の攻撃だと思うと前に進むのが怖くなった。

クルーたちがバルカスに涙を流しながら進言する。

「領主様、これ以上は危険です！　後方に下がりましょう！」

周囲に泣き付かれても、バルカスは腕を組んで前を見ていた。

「駄目だ。リオンがこの方法を選択したなら、きっと意味があるはずだ。あいつは勝つために行動する。今は信じて進め！」

いくら前進しても帝国の艦隊が見えてこない。

ニックスは焦る。

（リオン、本当に大丈夫なんだろうな？）

◇

その頃、ファクトたちは何度も計算を繰り返していた。

その結果、どうしても自分たちの作戦が失敗する結果が出てしまう。

『このままでは、アルカディアに接近する前にシールド艦を喪失してしまう』

そうなればこの戦いはお終いだ。

周囲の人工知能たちも再計算を繰り返すが、どうにもならなかった。

次善策に切り替える判断をしようとしていると、ファクトに通信が入った。

相手はクレアーレだ。

『お困りのようね』

『クレアーレ――リコルヌで中継役をしているお前が何の用だ？』

『あら冷たい反応ね。この状況を打開する方法を提案しようと思ったのに』

『打開だと？』

『資料は送ったわ。後はこっちでやるから、面倒な処理はお願いね。あ！　あとね、リコルヌは前に出すから』

通信が切られた後だというのに、ファクトは声量を上げてクレアーレを呼ぶ。

『通信の中継という重要な役割を持つリコルヌを前に出すな！　聞いているのか、クレアーレ！』

周囲にいた人工知能たちが、顔を見合わせるように一つ目で互いを見ていた。

そして結論を出す。

『クレアーレの作戦に賛成する』

ファクトは忌々しそうに、そして怒鳴るように言う。

『クレアーレの作戦を採用！　同時に、クレアーレの評価を大幅下方修正だ！』

◇

リコルヌの艦橋では、ノエルがマントを脱いでいた。

畳んだマントを預かるのは、ノエルと親しくしているマリエだった。

ノエルがパイロットスーツ姿で屈伸などの柔軟体操を始めると、マリエがため息を吐いて呆れつつも微笑む。

「その恰好はどうかと思うわよ。もしかして、リオンの趣味？」

ノエルは柔軟をしながら笑っていた。

「そうかも。お披露目した時の視線がいやらしかったからね」

「うわ〜、あんまり聞きたくなかったわ。――それで、本気でやるの？」

本気なのかと問われたノエルは、柔軟体操を終えて真剣な顔付きになった。

「やるよ」

決断したノエルに話しかけるのは、心配しているリビアだった。

「やっぱり、ここは私の方が」

自分がやると言い出すリビアに、ノエルは手を振って拒否を示した。

「いいのよ。それに、オリヴィアは色々と忙しいでしょ？　ここがあたしの——あたしたちの頑張りどころだと思うからね」

ノエルの右手の甲が淡く光を放つと、パイロットスーツの上に聖樹に認められた紋章が浮かび上がった。

巫女の紋章だ。

何か言おうとするリビアの肩に、アンジェが手を置いて引き下がらせた。

そのままノエルに言う。

「防衛戦無敗だった共和国の力を見せてやれ」

アンジェの言葉に、ノエルが苦笑した。

「リオンが来るまで、って前置きがつく話じゃない。もしかして嫌み？」

アンジェはクスリと微笑んだ。

「そうかもな。——ノエル、お前には期待している」

「任せなさい！」

ノエルが艦橋の前方に立つと、クレアーレが周囲にホログラムを投影して準備を整える。

ホログラムの一つには、レリアの姿が映し出されていた。

この場にいないはずのレリアが、まるでノエルの隣に立っているかのようだ。

立体映像ではあるのだが、音声での会話も可能。

双子が互いの顔を見合わせた。

『姉貴、準備はいい？』

「もちろん。レリア、途中で音を上げたりしないでよ」

『そんな恰好をした姉貴に言われたくないわよ』

「言っておくけど、性能はいいんだからね！　リオンも喜んでくれたし！」

『こんな時に惚気《のろけ》ないでよ！』

パイロットスーツをからかわれたノエルが、顔を赤くして抗議した。

クレアーレが全ての準備が整ったことを告げる。

『二人ともいつでもいいわよ』

ノエルがその場で目を閉じて一度だけ深呼吸をすると、何も言っていないのにレリアも同じ行動をしていた。

そして、ゆっくりと目を開けた二人が口を開く。

「力を貸しなさい、聖樹」

『エミール、私たちに協力して』

艦橋にある聖樹が緑色の光を発生させると、その光はリコルヌを包み込んだ。

緑色の淡い光に包まれたリコルヌに、モンスターたちが襲いかかるが――接近すると消滅してしま

った。

「若木だからって聖樹を舐めると痛い目を見るわよ」

ノエルのサイドポニーテールがふわりと浮かび、そして揺れていた。

それはレリアも同じであった。

『もう、あんたらの邪魔なんて意味ないから』

モンスターたちの脅威が失われると、王国軍の速度が上昇していく。

◇

モンスターの群団を退ける王国軍を前に、帝国軍の司令部は騒然としていた。

淡い緑色の光に包まれた王国軍は、モンスターたちの中を突き進んでこちらに向かってくる。

一体何をしたのか？　司令部の人間たちが騒ぎながら状況を調べようとしていた。

その中でモーリッツだけは、腕を組んでじっとモニターを見つめていた。

アルカディアは、その大きな目を細めて王国軍を観察していた。

『――淡い光を発する前に出てきた白い飛行船が原因か』

王国軍が陣形を一部変更したのは確認済みだった。

ただ、何をしたのかまでは予想できなかった。

そんな中、帝国軍の参謀たちが原因を突き止める。

「共和国の飛行戦艦を確認したというのは事実か？」

「はい。間違いありません」

「噂に聞く聖樹の力というやつか？　だが、あれは聖樹の近くでなければ発動しないはずだ」

周囲の話し声を聞いて、アルカディアは情報をまとめてニヤリと笑った。

そんなアルカディアを、周囲は気味が悪そうに見ていた。

『魔素を吸い込むという植物か。しかし、聖樹とは随分とご大層な呼び方じゃないか』

そう言うと、アルカディア本体が攻撃を開始する。

主砲ではなく、本体のあちこちに魔法陣が浮かび上がった。

『小手調べだ』

そこから放たれる魔力を凝縮したビームのような光が、王国軍に向かって伸びていく。

その光が掠めただけでも、王国軍の飛行戦艦は耐えきれず破壊され撃墜される威力を持っていた。

そんなビームを王国軍に向かって数百も放っていた。

◇

帝国軍――アルカディアからの砲撃を受ける味方艦は、ノエルとレリアが作り出した聖樹の障壁により守られていた。
だが、攻撃を受ける度に、ノエルとレリアの二人には大きな負担がかかる。

ノエルには嫌な汗が滲んでいた。

「ノエルさん!?」

心配するリビアの声を聞いて、ノエルは振り返って笑みを浮かべた。

強がって無理矢理作ったのでぎこちない笑みだった。

「このくらい平気よ。あたしたちを侮ってもらっちゃ困るわね」

強がるノエルに、隣でホログラムとして投影されたレリアが呆れていた。

呆れながら、どこか嬉しそうにしていた。

ノエルと同じように辛いはずなのに、それでも双子は意地を見せる。

『姉貴には結構きついんじゃないの？　聖樹の力を使う機会なんてあまりなかったでしょうに』

「あんたの方こそ限界じゃないの？　ここはお姉さんであるあたしに甘えてもいいのよ」

『少しは成長して大人になったと思ったのに、相変わらず腹が立つ姉貴だわ』

双子の姉妹が、互いに意地を張り合っていた。

ノエルが前を向いて拳を突き出した。

「この程度であたしたちの守りを破れると思わないでよね！」

遠くに見えるアルカディアに向かって宣言した。

◇

攻撃を防がれたアルカディアは、僅かに驚いて目をむいていた。

だが、それだけだ。

すぐに普段の表情に戻ってしまう。

『なるほど、この程度では貫けないか。――しかし、これだけの防壁を無条件で用意できるとも考えにくい』

使用したタイミングから、聖樹による防壁には制限があるとアルカディアは見抜いていた。

『距離を詰めるための切り札か、あるいは条件があるのか――だが、これは防げるかな？』

アルカディア本体正面に巨大な魔法陣が出現すると、その周囲に幾つもの魔法陣が展開された。

複数の魔法陣を使用し、主砲の威力を集約していた。

◇

ノエルとレリアが作り出した光景に、ファクトたち人工知能は演算を行っていた。

ファクトが呟く。

『――ノエル嬢とレリア嬢の評価を上方修正する。彼女たちの働きで、我々は勝利に大きく近付いた』

モンスターの脅威が取り除かれ、速度を上げられるようになった王国軍は帝国軍との距離を詰めていく。

周囲の人工知能たちが、再計算の結果を伝えてくる。

『シールド艦を失う前にアルカディアに接近可能』

このままならば、戦力を予定よりも維持できるとファクトは確信した。

それはつまり、勝率が上がったことを意味する。

『速度を維持しつつ陣形を整えさせろ』

すぐに命令を出すが、人工知能の一体が警告を出す。

『アルカディアが主砲の発射態勢に入ります。目標――リコルヌ』

◇

アルカディアの標的にされている、とファクトから知らせを受けた直後。

クレアーレが慌てていた。

『あの野郎！　私たちが邪魔だから狙ってきたわね！』

腹立たしいといった様子のクレアーレに、聖樹の制御で忙しいノエルは額に汗を滲ませた。

ユメリアが心配している。

「ノエル様」

涙目になっているユメリアに、ノエルはウインクをして見せた。

「平気だよ。だって、ここがあたしたちの見せ場だからね。ここで頑張らないとリオンに胸を張れないよ。――レリア、あんた怖いからって逃げないでよね」

『姉貴こそ倒れないでよね』

アルカディアの主砲が迫る中、双子の姉妹は軽口を言い合っていた。

二人揃って強がっている。

ノエルもレリアも、互いの考えが何となく通じ合っていた。

(ここで少しでも余裕を作らないと、後が厳しくなる――だったら、ここはあたしたちが踏ん張んないとね)

ノエルが覚悟を決めてレリアを見れば、言わんとすることを察したのか頷いていた。

小さく頷いたレリアを見て、ノエルがクシャッと笑った。

「シールド艦を前に出さないように伝えておいて」

その発言にクレアーレが振り返った。

『まさか、アルカディアの主砲を受け止めるつもり？　そこまで無茶をしないでもいいのに』

「ここで無茶をしないで、いつ無茶をするのよ。――大丈夫よ。これでもあたし、結構我慢強いんだから」

ニッと笑って見せたノエルに、リビアが両手を組んで祈る仕草をした。

「ノエルさん――頑張って」

「だから、任せなさいって言ったでしょう。それにさ――リオンがあたしと同じ立場だったら、ここで目立って存在価値を示しておきたい、って絶対に言うはずだからさ」

大事な人が同じ立場であったなら、きっとこの場面で無茶をしたはずだ。

だから、自分も踏ん張れる。

ノエルとレリアの二人が右手を前に出すと、リコルヌの前に巫女の紋章が描かれた魔法陣が二枚出現した。

ノエルと、レリアの紋章だ。

レリアが言う。

『味方をリコルヌの後ろに下げて！　私たちが必ず受け止めるから！』

クレアーレが警告する。

『来るわよ！』

直後、赤黒い光がリコルヌに向かって押し寄せてきた。

最初に防いだのはレリアの魔法陣であり、ノエルの隣で苦悶の表情を浮かべていた。

「レリア!?」

心配するノエルの声に、レリアが呼吸を乱しながら言う。

『エミールに生かされた命を――こんなところで失うわけにいかないのよ！』

力を振り絞って限界まで耐えたレリアだったが、途中で魔法陣が砕け散ってしまった。

すると、今度はノエルに重い負担が伸《の》しかかってくる。

「きつぅ」

アルカディアの主砲の威力を受けて、体の方は今にも投げ出したがっていた。

だが、ノエルの心がそれを踏みとどまらせる。

「あたしは――まだ生きていたい。みんなと――リオンと――だから、こんなところで死んでいられないのよ!!」

右手の甲が強く発光すると、ノエルの紋章がアルカディアの主砲に耐えきった。

カーラとカイルが、ノエルの後ろで跳びはねて喜んでいる。

互いに抱き合い、本当に嬉しそうにしていた。

「やった、やったよ、カイル君!」

「えぇ!　耐えきっちゃいましたね!」

二人の声を聞きながら、ノエルはその場に崩れ落ちるように座り込んだ。

いつの間にか汗だくになっており、息も絶え絶えだ。

「ははっ――見たか――」

気付けばアンジェとリビアが側に来ており、マリエも駆けつけていた。

マリエはレリアの方を見ている。

「あんたもよく頑張ったわね」

ノエルが隣を見れば、レリアの方は倒れて気を失っているようだ。

周囲の助けを借りて抱き起こされていた。

どうやら息はしているらしい。

気を失っているレリアに向かって、ノエルは礼を口にする。

「本当に助かったよ、ありがとう」

そのまま気を失ってしまうノエルを、アンジェとリビアが抱き締めた。

「よく耐え抜いてくれた」

「えぇ。おかげで、帝国軍との距離が縮まりました」

帝国軍の姿が肉眼でも確認できる距離まで接近していた。

◇

アルゼル共和国の飛行戦艦の艦橋。

そこには、クレマンに抱きかかえられたレリアの姿があった。

「お嬢様！　レリアお嬢様!!」

護衛として側にいたクレマンが必死に呼びかけると、レリアが目を覚ました。

随分と苦しそうにしながら、状況を確認してくる。

「こ、攻撃はどうなったの？」

「っ！　えぇ、お嬢様たちのご活躍のおかげで、味方の被害はありません！　帝国軍との距離を大きく縮められましたよ」

二人が稼いだ距離は、この戦争において重要な意味を持つ。

それだけの働きをしたレリアに、周囲は尊敬の念を抱いていた。

余裕のある兵士たちが、レリアに敬礼を行っていた。

無事に役目を果たせたレリアは、周囲の状況に汗だくのまま微笑む。

「それならよかった。ごめん――ちょっときついから休ませて」

報告を聞いて安心したのか、限界だったレリアが意識を手放す。

そんなレリアをクレマンが抱き支える。

「お二人とも、本当にご立派に成長なさいましたね」

第08話「誤認」

『――アルカディアの評価を下方修正』

ファクトがそう呟くと、サポートをする人工知能たちも次々に計算を行う。

『王国軍の消耗率は軽微』

『帝国軍と接触するまで、二度の主砲による攻撃が予想されます』

『残存するシールド艦は三隻』

このまま行けば、王国軍はシールド艦のみを犠牲にして接触が可能だ。

『聖樹による防御でシールド艦を温存できたのは大きい。だが――』

ただ、敵の主砲の威力を前に、王国軍の士気が下がり始めていた。

ノエルとレリアがアルカディアの主砲や砲撃を防いでくれたが、攻撃に晒され続けては王国軍の士気が下がるのも仕方がなかった。

実際、帝国軍を前に速度を落としている飛行戦艦も多い。

現状を詳しく説明したとしても、それを理解する指揮官が少なすぎた。

自分たちはこのまま行けば勝てるのだ、と信じる者が少ない。

ファクトは、帝国軍と接触する前に王国軍が内部から崩れる展開も予想する。

『このままでは艦隊を維持できない』

勝率が下がると考えたところで、前に出る飛行戦艦の一団がいた。

それは旧公国――ファンオース公爵家の艦隊だった。

クレアーレが手伝っているのか、味方全体に向かって通信を飛ばしていた。

『何だ？』

ファクトが余計なことをしないで欲しいと考えていると、ヘルトルーデの声が響き渡った。

『王国軍の皆さんは敵を前に足がすくんでしまったようね』

それは挑発するような声色だった。

実際に、敵を前に速度を落としている味方を煽っているのだろう。

『このままなら、ファンオース公爵家が一番槍かしら？　王国の殿方は口先ばかりで頼りにならないわね。代わりに我らが皆さんの分まで頑張らせてもらいましょうか』

小娘の私に負けて悔しくないのか？

そんな煽りを受けて、一部の王国軍が憤慨して前へと出た。

その光景をファクトは理解できなかった。

『何だ？　何故、このような挑発で速度を上げた？』

旧人類――正規の軍人たちしか知らないファクトには、理解できない光景だ。

ファクトが知る戦場は、旧人類と新人類が戦う生き残りを賭けたものである。

そこにプライドなど無縁だった。

ファンオース公爵家の艦隊に並ぶように前に出るのは、アルゼル共和国の艦隊だった。

率いているのはアルベルクだ。

『威勢の良いお嬢さんがいたものだ。だが、我らとて巫女様の献身を無駄にするような振る舞いはできないな。共和国の勇者諸君はどうか？』

アルベルクの話に乗るのは、共和国で鎧を駆るロイクだった。

『ファンオース公爵家には申し訳ありませんが、我々共和国が先陣を切らせて頂きましょう』

アルベルクが声を張り上げ、そして兵士たちに檄を飛ばす。

『勇敢なる共和国の勇者たちよ！　この程度の戦い、あの時の悪夢と比べればどうということはない！　恐れず進め！　共和国の意地を見せろ！』

悪夢とは、共和国で聖樹が暴走した日の出来事だ。

あの恐怖を知っている共和国軍は、勇敢にも速度を上げて前進した。

ヘルトルーデがロイクをからかう。

『あなたは聖女様の前で見栄を張りたいだけでしょうに』

『姉御――――んっ！　聖女様に我々の雄姿を見てもらえるなら光栄だ。だが、我々は勇敢なる共和国軍である。この程度で尻込みするような腑抜けではないのさ』

それはつまり、尻込みしている王国軍は腑抜け野郎共、と言っているのと同じだった。

年若いロイクの言葉に、王国軍も我慢の限界が来たらしい。

各艦から通信で罵声が飛び交い始めた。

『ファンオース公爵家が図に乗るな！』

『共和国の軍が勇敢だと？　長年引きこもっていた連中が勇敢とは笑わせてくれる！』

『奴らに遅れるな！　王国の意地を見せろ！』

この程度の煽りで味方が速度を上げ、全体のスピードが上がった。

ファクトは困惑する。

『――理解不能』

だが、これで予想よりも早く帝国軍に接触できることになった。

◇

アルカディアの主砲を王国軍が防いだ後。

モーリッツの周囲では、将軍や参謀、そして騎士や兵士たちが騒ぎ始めていた。

「王国軍が目視の距離まで接近！」

「やつら勢いづきやがって」

「あいつら何なんだ!?」

後ろへと下がる帝国軍に対して、突撃してくる王国軍の勢いは凄まじかった。

今まで黙っていたモーリッツが口を開く。

「ここまでだな」

アルカディアは頷いた。

『敵はこちらの切り札を知らない。いや、誤認しているだろうね』

モーリッツは総司令官の席から立ち上がると、帝国軍に命令を出す。

「全軍、王国軍を迎え撃て！」

帝国軍の陣形は、突撃してくる王国軍を待ち受ける形になっていた。

アルカディアの前に味方艦はおらず、敵から見れば丸裸になっているようにも見えるだろう。

だが、全ては計算の内だった。

「切り札まで使わされるとは思わなかった」

モーリッツの小さな声に、アルカディアが反応をする。

『問題ないよ。この程度で私は沈まない』

「そうだろうな。それに、敵もこちらが演技をしているとは思うまいよ」

『ふふっ、きっと驚くだろうね』

「お前たち魔法生物は本当に意地が悪いな。主砲を撃つのに十五分もかかると思わせて」

主砲を連続使用できない、というのは嘘だった。

アルカディアは、その大きな一つ目を弓なりに曲げて笑っていた。

『敵は次の攻撃を十五分後と考えているだろうね。でも——残念でした！　実は連続使用が可能なんだよね』

主砲を一度使用すると十五分は使用不可能、と人工知能たちにすり込んでいた。

人工知能たちに、正確な情報を与えず、取り返しが付かないタイミングで大打撃を与えるためだった。

モーリッツが力強く命令を出す。

「全艦、砲撃を開始せよ！　鎧も出せ！」

◇

レッドグレイブ公爵家の旗艦。

帝国軍に交戦可能距離まで接近できたことに、ヴィンスは安堵していた。

「これだけ接近すれば、アルカディアとやらの主砲も使えまい」

アルカディアの強力な主砲も、敵味方が入り乱れる状況では使えないと判断していた。

使えば味方を巻き込んでしまう可能性が高く、敵も使用をためらうはず、と考えていたからだ。

(味方の損害を無視する可能性も捨てきれないが、今はとにかく前に出るしかあるまい)

王国軍の最前線に立つヴィンスは、非常に危うい状況にいた。

だが、内心ではこの状況に安堵もしていた。

(ギルバートを後方に配置して正解だった。この私が最前線にいれば、レッドグレイブ家は公爵家の面子《メンツ》を保てる。――私が死んでもギルバートとアンジェがいる。レッドグレイブ家は潰《つい》えぬぞ)

貴族の面子も維持しつつ、自分が死んでも子供たちが残ればいい。

そうした気持ちで最前線に立っていた。

艦橋で双眼鏡を持った兵士が、ヴィンスに報告してくる。

「敵が鎧を出してきました！」

帝国軍が鎧を出撃させると、ヴィンスも即座に命令を出す。

「こちらも鎧を出撃させて迎え撃て！　飛行戦艦には近付けさせるな！」

出撃した鎧が帝国軍の鎧と交戦を開始し、飛行船艦同士が大砲を撃ち合いはじめる。

そんな中、ヴィンスは帝国軍の装備を見て苦虫をかみ潰した顔をした。

(帝国軍の軍事力を侮っていたつもりはないが、想像以上ではないか)

帝国軍の飛行戦艦だが、船体横に大砲を並べた旧式ではなく、可動式の砲台が用意されていた。

それも人力ではなく自動だ。

鎧にしても、王国で使用されている物よりも優秀そうだった。

「さすがは軍事大国だな。だが、我々も簡単にやられるつもりはないのだよ」

ヴィンスが目を細めて戦場を眺めていると、王国軍の飛行戦艦と鎧が奮闘していた。

直前にルクシオンたち人工知能による改修を受け、帝国軍とも戦える性能を獲得したのも大きい。

だが、奮戦している理由は、自分たちの後方に祖国があるからだ。

「貴様らの好きにはさせんよ」

今は王国が一丸となって帝国と戦っている。

自軍の士気は十分に高く、帝国軍にも通用するとヴィンスは感じていた。

だが、その直後――ヴィンスの乗る飛行戦艦が激しく揺れた。

艦橋にいた兵士たちは耐えきれず吹き飛ばされ、ヴィンスも揺れが収まると慌てて状況を確認する。

「な、何事だ!?」

近くにいた艦長が、頭を振りながら周囲を見ていた。

「わ、わかりません。急に光が降り注いだような気がしましたが――」

窓の外を見れば、アルカディアから真上に放たれた光が弾け、そして王国軍に降り注いでいた。

展開する魔法障壁を貫かれ、味方の飛行戦艦が次々に撃墜されていく。

公爵家の飛行戦艦も、同じように攻撃を受けたのだろう。ゆっくりと高度が下がっていた。

「おのれ、帝国！」

ヴィンスが眉根を寄せて叫ぶと、アルカディアから放たれた光が拡散して降り注いだ。

その中の一つが、ヴィンスの乗る飛行戦艦に直撃した。

飛行戦艦が爆発に包まれる中、ヴィンスは後方を見た。

(ギルバート――アンジェ――後は頼んだぞ――)

公爵家の飛行戦艦は炎に包まれ、そして爆散して海に落下していった。

◇

「父上！」

公爵家の飛行戦艦が沈む光景を、アンジェはリコルヌのモニターで見ていた。

モニターに向かって手を伸ばし叫んだが、無情にもヴィンスの乗った飛行戦艦は海中に沈んでいく。

アルカディアから放たれる光の雨の中、クレアーレがファクトに状況を確認していた。

クレアーレの声が荒れている。

『ちょっと！　敵がこんな攻撃をしてくるなんて聞いていないわよ！　それに、拡散しているだけで、元は主砲の攻撃じゃないの！』

アルカディアが主砲を打ち上げ、上空で弾けさせていた。

降り注ぐのは威力が分散した主砲の攻撃だが、王国軍の飛行戦艦を沈めるには十分すぎる威力だった。

不意を突かれた王国軍は、アルカディアの攻撃により百隻以上が撃墜されていた。

リコルヌが周囲の飛行戦艦を守るため、シールドを展開したが間に合っていない。

味方全体を守れてはいなかった。

ファクトも若干の焦り——予想外という反応を見せていた。

『アルカディアのこれまでの行動は、どうやら我々を誤認させるためのものだったようだ』

『連続で撃てないって言ったのはそっちじゃない！』

『現時点でも連続で使用するのは不可能と判断している』

『あっちは撃ってきているのよ！』

『——現時点の予想だが、アルカディアが我々と交戦するまでエネルギーを蓄えていた可能性が高い。

進軍速度の遅れは奴がエネルギーを補充する時間だったのだろう』

『冷静に解析していないで、さっさと対策を立てなさいよ！　私たちはともかく、王国の飛行戦艦は耐えられないわよ』

『現在検討中だ』

『このポンコツ！』

クレアーレとファクトが会話をしている間にも、戦場では状況が動いていた。

カーラが窓の外を指さしている。

「味方が敵に襲われています!?」

カイルは顔から血の気が引いていた。

「味方が崩れたところに敵が襲いかかって――一方的にやられています」

先程まで勢いのあった王国軍だったが、アルカディアの砲撃が状況を一変させてしまった。

前衛が崩れた王国軍に対して、帝国の通常戦力が襲いかかっていた。

一方的と言えるほどに、帝国軍が優勢だった。

騒いでいるカーラとカイルを落ち着かせようと思ったのか、マリエが聖女の杖の石突きで床を叩いて注目を集めてから言う。

「まだ戦っている味方も残っているわ！」

皆、マリエの視線の先にいた味方を見ていた。

「ファンオース公爵家と共和国の艦隊が生き残っている。ヘルトルーデもロイクも、まだ諦めていないわよ」

ギリギリ持ち堪えたファンオース公爵家の艦隊と、イデアルが建造した共和国の飛行戦艦は無事だった。

そんな彼らが前衛の中心となり、帝国軍を相手に戦っていた。

その状況を見たアンジェが、すぐにファクトに指示を出す。

「すぐに増援を送れ！　このままでは、帝国軍に前衛の艦隊が全て喰われるぞ！」

涙目で声が震えているアンジェは、父であるヴィンスを心配していたのだろう。

本来であれば救助に戦力を回したいはずなのに、それでは戦争に勝てないと判断して前衛に増援を送れと言う。

『増援を送れば、またアルカディアの攻撃に曝される。我々は現在の距離を維持しつつ攻撃を続行する』

ファクトの判断にアンジェが即座に噛みついた。

「味方を見捨てるのか！」

アンジェとファクトが言い争いを始めようとする中、リビアは落下していく飛行戦艦の一隻に視線が釘付けになっていた。

「ま、待ってください。あれは――リオンさんの家族が乗っている船です」

動揺したリビアの声は震えていた。

全員がリビアの視線の先を追うと、そこにはバルトファルト男爵家の飛行戦艦が沈む姿があった。

◇

降り注いだ光の雨の直撃を受けたバルトファルト家の飛行戦艦は、落下しながらもその速度は緩やかだった。

飛行戦艦を水着させようと、船員たちが怒鳴りあっていた。

「だからもっと浮力を上げろって言っているんだよ！」

「できないって言っているだろうが！」

「いいからやれよ！　このまま海に叩き付けられて死にたいのか！」

激しい揺れに倒れたニックスが、足下をふらつかせながら立ち上がる。

「お、親父！」

ニックスが起き上がってバルカスを見れば、額に怪我をしたのか血を流していた。

「親父、無事か!?」

「あぁ、心配するな」

「よかった。だったらすぐに撤退しよう。もう前衛の味方はほとんど沈められた」

周囲を見れば、次々に味方が撃墜され落下していた。

その光景を見ていたバルカスが、ニックスの両肩に手を置く。

「ニックス、お前は海で味方の救助をしろ」

「親父？」

逃げようと言ったのに、バルカスは味方の救助を優先しろと命令してくる。

バルカスはニッと笑みを浮かべた。

「被弾しての戦線離脱だ。言い訳も立つから。お前はこのまま、味方を救助したらさっさと逃げるんだ。こんな戦場からは、すぐに逃げちまえ」

「それなら親父も一緒に！」

バルカスの物言いは、まるで残るつもりのように聞こえた。

ニックスが心配して一緒に逃げようと言うのだが、本人は笑っていた。

「俺まで逃げたら、沈んじまった味方に申し訳がないだろ。――家族を頼むぞ」

それだけ言うと、バルカスは艦橋を出て行ってしまった。

「親父！」

ニックスが追いかけようとすると、艦長が止める。

「放せよ！　親父が！」

「坊ちゃん！　いえ、ニックス様――領主様のお気持ちを考えてください」

そう言われて体から力が抜けたニックスは、床に座り込んでしまった。

そうしている間に、飛行戦艦からバルトファルト家の鎧が飛び立っていく。

バルカスだけではなく、騎士たちもお供をして戦場に戻っていく。

帝国軍が優勢の戦場に、僅かな鎧だけで戻るなど危険すぎた。

ニックスは涙が溢れてきた。

「リオン、お前はいつまで隠れているつもりだよ！　お前が始めた戦争だろうが!!」

戦場に姿を現さない弟に向かって力の限り叫んだ。

すると、船員の一人が驚きながら叫ぶ。

「坊ちゃん！　下です！」

立ち上がって窓から海面を覗けば、そこからルクシオンの船首が姿を現した。

それのまるで、くじらが海面から跳び上がるような光景だった。

白い飛沫《しぶき》をまといながら、ルクシオンの主砲をアルカディアに向けている。

出現したと同時に、発射態勢に入っていた。

青く輝く巨大な光が、アルカディアに向かっていく。

その光がアルカディアの魔法障壁にぶつかり、遠く離れたニックスたちにまで聞こえるほどの衝撃音を立てていた。

エネルギー同士のぶつかり合いに、バチバチと大きな音が響き渡る。

ルクシオンの登場に、ニックスは笑みがこぼれた。

「遅いんだよ、この野郎！」

アルカディアの真下から攻撃を行い、そのバリアを貫こうとしているのだろう。

ルクシオンの主砲が障壁を貫けば、厄介な敵の要塞が沈む。

そうすれば帝国軍に勝利できる、と誰もが確信していた。

だが、アルカディアの魔法障壁は赤黒く変色する。

すぐに要塞真下に赤黒い塊が出現すると、エネルギーをため込んでいるのか膨らんでいった。

見ているだけで危険だとわかる光景。

そして、そのままその塊をルクシオンに向けて発射した。

ルクシオンの青い光の攻撃を引き裂き、赤黒い球体はルクシオン本体に命中して、その船体に穴を開ける。

「――え？」

ニックスは目の前の出来事が信じられなかった。

直撃を受けた穴から爆発が起き、ルクシオンはゆっくりと倒れて海の中へと消えていった。

ルクシオンが沈む姿に、多くの味方が絶望を味わっていた。

第09話

「三本の矢」

ルクシオンを撃破したアルカディアだったが、こちらも無事ではなかった。

アルカディア内部にある司令部は激しく揺れており、要塞内には警戒音が鳴り響いていた。

ルクシオンの主砲を魔法障壁で防ぎはしたが、そのためにかなりの無茶をしていた。

司令部のモニターでルクシオンが沈む様子を見るモーリッツは、強く握りしめた手が震えていた。

焦るように追撃するよう命令を出す。

「すぐに次弾を放て！　必ず奴を沈めろ！」

既にルクシオンは船体に穴を開け、そこから爆発を起こしていた。

海中に沈んでいく様子を見ていても、モーリッツは安心できなかった。

それはアルカディアのコアも同じらしい。

『私も追撃はしたいが、貯蔵していたエネルギーを使いすぎた。他の旧人類の兵器たちが残っている状況で、これ以上は危険すぎる』

「くっ！」

ルクシオンを沈めるために、アルカディアは最大出力の主砲をお見舞いした。

その選択に間違いはなく、実際にルクシオンを撃破した。

それなのに、モーリッツは落ち着かなかった。

「こんなにアッサリと終わるものなのか？」

フィンから聞いていたリオンの情報からすれば、呆気なさ過ぎて肩すかしを食ったような気分だった。

アルカディアが一つ目を横に振る。

『旧人類の兵器を過大評価しすぎだね。確かに強敵ではあるが、移民船風情が私に勝てるはずがないのだよ』

モーリッツが椅子に深く腰掛け、そして深呼吸をした。

「そうか。これで後は王国に攻め込むだけか」

リオンが倒れたとなれば、王国側の士気は簡単に崩れるだろう。

ルクシオンの脅威もなくなり、帝国を邪魔する存在はいない。

『王国の民を滅ぼすのは任せて欲しい。一人残らず見つけ出してみせるよ』

アルカディアにとって、王国の民とは旧人類の末裔だ。

そんな連中を滅ぼせるというのが、心底嬉しそうだ。

その顔にモーリッツはゾッとするのだが、これで帝国の民が救われると思うと役目を果たせた気分になった。

「――これで帝国の勝ちだ」

もはや、自分たちに王国軍が立ち向かえるはずがない。

帝国の勝利が確定したと思っていたモーリッツに、アルカディアの側にいた魔法生物たちが報告を開始する。

『今の攻撃でシールドに負荷がかかりすぎました』

『アルカディア本体のシールド出力低下』

『内部にも負荷がかかり、復旧には時間がかかります』

想定していたよりも被害が大きい。

アルカディアも報告を聞いて本体の状態を確認したようで、それらが事実とわかると忌々しそうにする。

『あの程度の攻撃でここまで負荷がかかるのか』

以前では考えられなかったのだろうが、目覚めたばかりのアルカディアにとってはきつい一撃だったようだ。

モーリッツは気を引き締める。

(王国軍を滅ぼすまで気は抜けないか)

巨大モニターには、王国軍の艦隊が映し出されていた。

今のアルカディアに主砲を撃たせるのは危険すぎるため、モーリッツは帝国軍にその役目を任せることにした。

「待機させている魔装騎士たちも全て出撃させろ。目の前の王国軍を叩けば、この悪夢のような戦争も終わる」

帝国軍の将軍が、モーリッツの命令を聞いて頷いた。

「序列上位の魔装騎士たちならば、今の王国軍など敵ではないでしょう」

「――いや、フィンだけは残しておけ」

モーリッツの指示に将軍が困惑していた。

「序列第一位の騎士を出さないのですか？」

モーリッツがアルカディアに視線を向けると、代わりに答えてくれる。

『奴は姫様のお気に入りですからね。姫様の機嫌を損ねてまで、出撃させる意味もありません』

姫様――ミリアリス皇女殿下のために、帝国最強の騎士を出さないというアルカディアの意見に周囲は何とも言えない表情をしていた。

だが、勝敗が決した状況で、無理をせずとも勝てると思ったのか誰も口答えはしなかった。

モーリッツが小さい声で言う。

「いざという時の保険にもなる」

◇

アルカディア内部にある魔装騎士たちの待機室には、フィンとブレイブの姿があった。

先程まで待機していた魔装騎士たちは、フィンを残して全員が出撃している。

フィンは黙って椅子に座って腕を組んでいた。

そんなフィンを心配したブレイブが、無理をして陽気に話しかける。

『相棒を出さないなんて上の連中も馬鹿だよな。相棒が出撃すれば、戦争なんてすぐに終わるのにさ』

「そうだな」

フィンは気持ちのこもっていない返事をするだけだ。

ブレイブは続ける。

『ま、まぁ、相棒は出撃しなくてよかったよな。リオンたちとも戦わずに済むんだしさ』

不器用ながら慰めてくれるブレイブに、フィンは苦笑した。

「気を遣わせて悪いな、黒助」

『俺たちは相棒だから気にしなくていいぜ！　それよりも、その黒助って呼び方だけはずっと変えてくれないよな。相棒は頑固だぜ』

フィンが微笑むと、ブレイブも笑った。

そんな待機室に、侍女たちを引き連れたミアが訪れる。

ミアの周囲には魔法生物たちも付き添っており、厳重に守られていた。

待機室に顔を出し、フィンを見つけたミアは心配そうな顔からパッと笑顔になった。

「騎士様！」

「ミリアリス皇女殿下？　どうしてこんな場所に？」

敬礼をするフィンを見て、ミアは目を丸くして驚いてしまった。

すぐに悲しそうに俯いたので、フィンはミアが何を求めているのか察した。

フィンはミアの護衛でもある侍女や魔法生物たちに、少し外して欲しいと願い出る。

「すまないが、皇女殿下と話をさせてほしい」

言われた侍女たちは、顔を見合わせてから首を横に振った。

「なりません。皇女殿下のお側から離れるなと厳命されています。それに、男性と二人きりなどと」

皇女殿下にいかがわしいことをされては、侍女たちも責任を取らされてしまう。

それが嫌で拒否しているようだ。

魔法生物たちの方は侍女たちと違って責任などは関係なく、ただ絶対に認めないつもりらしい。

『認められない』

『許さない』

『我らがいては駄目な理由がない』

こちらはミアを守るためなら命を捨てる勢いであり、余計に厄介だった。

フィンが困っていると、ブレイブが声を張り上げる。

『うるせぇ！　さっさと出て行かないと俺が暴れるぞ!!』

完璧な魔装のコアであるブレイブが暴れては被害が大きくなるため、侍女も魔法生物たちも渋々と部屋を出て行った。

そうして、待機室に残ったのはフィンとミア――ブレイブの三人になった。

フィンはミアをソファーに座らせ、その隣に腰掛けた。

「こんな場所まで来てどうした？」

皇女殿下に対する態度ではなく、普段通りの言動にミアの表情が目に見えて明るくなった。

だが、そんなミアの表情はすぐに曇ってしまう。

「騎士様。ミアは騎士様に戦ってほしくありません。こんな戦争は間違っています。どちらかを滅ぼすまで終わらないなんて、あんまりじゃないですか」

ミアの幼い正論に対して、フィンは苦笑していた。

何度も説明しただろう？　仕方がないんだ。そんな言葉が口から出そうになったが、それらを呑み込んだ。

優しい子であるミアが、前世の妹と重なって見えてしまったから。

「お前が気にする必要はない。それに、全ての罪は俺や陛下たちが背負うさ」

「騎士様？」

全ての罪を背負うと言い出すフィンに、ミアは不安を覚えたのだろう。

どこかへ行ってしまうのではないか？　寂しさからミアはフィンの服を握りしめていた。

「どうしてそんなことを言うんですか？　ずっとミアを守ってくれると言ってくれたじゃないですか。それに、騎士様が無理をして戦う理由だってありません」

フィンは優しい顔で微笑むと、服を掴んだミアの手を解《ほど》いて両手で握った。

「この状況で俺だけ逃げられないさ。それに、お前を守るのは俺の役目だ。お前が元気に外で走り回れるような世界を守るのも――俺の仕事だ」

（この子だけは守ってみせる。もう、あの頃のような非力な俺じゃない）

前世で妹が死ぬのを見ているしかなかった後悔が、今のフィンを突き動かしていた。

「騎士様、ミアは――ミアは――」

フィンはミアの話を強引に断ち切る。

これ以上話をしていたら、覚悟が揺らぎそうだったから。

「お前に罪はない。全部、俺や陛下たちで終わらせるさ」

「でも」

「大丈夫だ。俺がお前を守ってやるから」

ミアがフィンの手を強く握りしめ、顔を上げると潤んだ瞳で見上げてくる。

「だったら、必ずミアのところに戻ってきてくださいね。約束ですよ」

フィンは頷き返事をしようとする。

「あぁ、約そ――」

約束を交わす前に、何かを感じ取ったブレイブが天井を見上げた。

そして、焦りながら二人に叫ぶ。

『相棒、上だ!!』

◇

司令部でも騒ぎが起きていた。

アルカディアのはるか上空——大気圏外から、何かが突入してくるという知らせにモーリッツは席を立っていた。

「大気圏外からだと!?」

アルカディアもしてやられた、という顔をしていた。

『そう来たか』

司令部のモニターが、大気圏外から侵入してきた正体不明の物体を映し出した。

そこに映し出されていたのは、資料で確認したパルトナーだった。

「バルトファルト大公の船か！」

急速に接近してくるパルトナーを前に、モーリッツは焦りを隠せずにいた。

周囲の将軍や参謀たちも同じだ。

まさか、はるか上空から突撃してくるなど予想外だったのだろう。

アルカディアの側にいた魔法生物が、淡々と告げてくる。

『コース確認。アルカディア本体へ直撃コースです』

それを聞いたアルカディアが、忌々しそうに目を細くしていた。

『機械共お得意の特攻か。相変わらず芸のない連中だ』

パルトナーは七百メートルを超える飛行船だった。

それだけの質量を大気圏外からぶつければ、とんでもない破壊力を生み出すだろう。

さすがのアルカディアでも無事で済む保証はない。

『わざわざ大気圏を突破してからの再突入――だが、我々は何度も同じような攻撃を経験しているのだよ』

細くなった目を弓なりにし、アルカディアは笑っていた。

冷や汗を流すモーリッツが、アルカディアに指示を出す。

「すぐに本体を移動させろ！」

『無駄だよ。こちらが移動しても軌道修正をするだけさ。向かってくるなら、そこに障壁を厚く展開してやればいいだけだよ』

アルカディアの魔法障壁が、直撃すると思われるポイントに何重にも展開された。

その分、他の守りが薄くなってしまうが仕方がない。

その上で、アルカディアはパルトナーを撃墜するため主砲の使用を決断した。

『――まぁ、その前に撃ち落としてしまうのが一番だけどね』

貯蔵していたエネルギーを使用し、アルカディア本体の上空に赤黒い球体を出現させる。

主砲が発射態勢に入ると、アルカディアは告げる。

『撃て』

パルトナーに向かってアルカディアの主砲が放たれた。

直進してくるパルトナーに、真正面から主砲を撃ち込んでいた。

主砲の一撃を避けようとするパルトナーだったが、避けきれずに側面に当たって削られていく。

アルカディアの予想では、パルトナーは大量の爆薬を積み込んでいるはずだった。

その方が、アルカディア本体に命中した際にダメージを与えられるからだ。

しかし、主砲の一撃に削られ破壊されたパルトナーは、大爆発を起こさなかった。

それでも、大半を削られ、勢いを失い、既に目的を果たせそうにはなかった。

『おや？　爆薬を積み込んでいると思ったが、そうではなかったか。爆薬を用意している暇がなかったのか？』

パルトナーの姿を見て安堵していたモーリッツだったが、眉根を寄せていた。

「王国軍も、目の前の宇宙戦艦も全て囮だったわけだ。バルトファルト大公はやってくれたよ」

火を噴きながらパルトナーが迫ってくると、アルカディア本体がゆっくりと場所を移動し始める。

直撃を避けるためだったが、パルトナーに搭載された人工知能が体当たりをするため向きを変え、アルカディアを狙っていた。

『憐れだな。その程度で体当たりに成功しても、私は落とせないというのに』

アルカディアが白い歯を見せながら笑っていた。

人工知能たちの作戦を打ち破ったのが嬉しいのだろう。

『お前たちが幾ら足掻《あが》こうとも、我々の勝利は揺るがないよ』

アルカディアの展開した魔法障壁に、パルトナーが突撃すると爆発が起きた。

パルトナーの船体は押し潰され、爆発を起こし、そしてゆっくりと沈んでいく。

アルカディアの要塞内も僅かに揺れたが、それだけだった。

安堵のため息があちこちでこぼれる司令部で、モーリッツが気合いを入れ直させるために声を張り上げた。

「現状報告はどうした！」

するると、慌てて部下たちが動き出す。

「は、はい！　アルカディアに被害はありません」

「魔法障壁で耐えきりました」

「で、ですが、今の衝撃で魔法障壁が解除されてしまいました」

アルカディアが口を大きく開いて笑っていた。

『ヒャハハハ！　長い年月で錆び付いたか、人工知能共？　本気で私を沈めたかったら、お前らは全員で大気圏外から突撃するしかなかった。まぁ、それが出来ずに、苦し紛れにこんな作戦を立てたのだろうけどね』

人工知能たちの悪あがきを馬鹿にして笑っていた。

だが、実際にアルカディアの言う作戦をファクトたちが採用していたとしても、成功する確率は低かっただろう。

そもそも、この戦争はそれだけ王国側に不利な戦いだった。

『最初からお前たちに勝機などないのだよ』

勝ち誇ったアルカディアを見ながら、モーリッツは汗を拭う。

（今の攻撃は焦った。だが、これでバルトファルト大公の飛行戦艦を二隻も沈めた。ん？　いや、待て。もう一隻はどこだ？）

リオンが保有していたルクシオンは海中に沈め、パルトナーもアルカディアの魔法障壁を貫けず爆発して沈んだ。

ルクシオン本体がいない今、アルカディアの敵はいない。

だが、一隻だけ、今も戦場に姿を見せていない飛行戦艦があった。

モーリッツが慌てて周囲に命令を出す。

「アインホルンを捜せ！」

ルクシオン、パルトナーと来て、残り一隻はアインホルンだ。

アルカディアが目を見開き、帝国軍の後方を振り返った。

その声は動揺していた。

『この速度で接近する物体だと!?』

後方から信じられない速度で接近してくる物体は——アインホルンだ。

◇

アロガンツのコックピットの中で、俺は激しい揺れと重圧に苦しんでいた。

体はシートにめり込み、まるで押さえつけられたような気分だ。

だが、そんな苦しみよりも気になるのは。

「ここまでして失敗に終わるような間抜けな展開は勘弁してほしいよな」

ブースターを取り付けたアインホルンは、先に出発して帝国軍の後方を突くためにわざわざ大回りをして戦場にやって来た。

後方から一気にアルカディアに突撃するため、ブースターを点火した。

そこからはずっと、加速により発生する重圧に苦しめられている。

ルクシオンが、軽口を叩く俺に付き合ってくれる。

『我慢してください。これでも加速による重圧は軽減しているのですよ』

「軽減してこれかよ」

俺が苦労して声を出しているのに、ルクシオンは平気そうに喋っている。

機械だから当然だが、それでも腹立たしく思ったね。

『クレアーレ、ファクトからの情報を整理しました。今のアルカディアに、まともな迎撃機能は残っていません』

この時のために、アルカディアを疲弊させた。

そのために、パルトナーも使い捨てた。

「パルトナーを犠牲にした甲斐はあったたな」

苦しいのを我慢して笑ってみせると、ルクシオンが頷いてくる。

『はい。パルトナーは最後の仕事をやり遂げました。マスター、そろそろお時間です。今度は我々が役目を果たす番です』

「ちゃんと送り届けてくれよ。可能な限り揺れないように頼むぞ」

無茶な注文を付けると、ルクシオンが軽く受け流す。

『善処はしましょう』

俺は用意していたマウスピースのようなものを噛む。

舌を噛まないようにするためだ。

『衝突まで三十秒』

ルクシオンがカウントを始めると、外から攻撃を受けているのかアインホルンにこれまでと違う揺れを感じた。

『衝突まで——残り十秒です。——五、四、三』

◇

アルカディアの司令室。

迎撃するためにモンスターや、砲撃がアインホルンに向けられていた。

アインホルンの速度を落とさせるために、モンスターたちを盾にした。

砲撃でアインホルンを撃墜しようとした。

『あの程度の船に！』

しかし、アインホルンの速度は衰えなかった。

砲撃しても突き進まれ、配置したモンスターたちも呆気なく吹き飛ばされてしまった。

アルカディアの焦るような表情を見て、モーリッツは眉根を寄せた。

そして、モニターに映るアインホルンを見て呟く。

「三段構えか」

最初にルクシオン本体を突撃させ、その後にパルトナーを突撃させ、本命はアインホルンだったようだ。

アインホルンが、その名にふさわしい一本角をアルカディアに向けて突撃してくる。

襲いかかるモンスターたちに向けて、アインホルンはコンテナを射出した。

そこからミサイルが何百と発射されると、周囲のモンスターを吹き飛ばしていく。

アルカディアや、帝国軍の飛行戦艦からの砲撃を受けても止まらない。

逆に、アインホルンからの攻撃によって味方が次々に撃墜されていく。

「止められないか」

モーリッツが腕を組んで待ち構えると、部下が叫んだ。

「直撃します！」

その後すぐにアルカディアは、これまでにない大きな揺れに襲われた。

アルカディアは、その大きな目を血走らせていた。

『油臭い機械共がぁぁぁ！』

勝利を確信していたが、思わぬ攻撃で戦争の勝敗はわからなくなった。

だが、それをモーリッツは心中で受け入れていた。

(そうだ。それでいい。全力で向かってこい。そして、生き残った方が——この星の支配者だ。お前たちも本気で来い！)

何も知らない王国の民を一方的に滅ぼすのは、モーリッツも心苦しかった。

だが、こうして全身全霊を賭けた戦いの果てならば、幾分かモーリッツの心も軽くなるというものだ。

混乱している周囲に、モーリッツが命令を出す。

「艦隊にはこのまま王国軍の相手をさせろ。アルカディアが攻撃を受けても気にするなと伝えておけ。それから、魔装騎士たちを呼び戻せ！」

アルカディアが攻撃を受けたことで、帝国軍内に動揺が広がっていた。

モーリッツを守るために救援に向かった方がいいのではないか？　そんな風に考え、王国軍を前にもたつく飛行戦艦を出さないための指示だった。

そして、魔装騎士を呼び戻すのは、突撃してきたアインホルンが原因だ。

空中要塞であるアルカディアに激突したアインホルンは、その角を深々と突き刺している。

そんなアインホルンから、アルカディアの内部に侵入してくる者たちがいた。

アルカディアが大きな目をピクピクと動かし、侵入者たちを睨み付けている。

『よくも本体に侵入してくれたな』

モニターに映し出されるのは、アインホルンから降りてくる鎧たちだった。

大きなコンテナを背負った独特なデザインの鎧を見て、モーリッツの周囲にいた将軍や参謀たちが苦虫をかみ潰したような顔をする。

「アロガンツ」

「大公が直々に乗り込んできたのか」

「いかれていやがる」

アロガンツの他にも五機の鎧たちが存在し、その後ろに控えている数多くの無人機たちがカメラアイを不気味に光らせていた。

アルカディアの内部に用意されたカメラに気付いたアロガンツが、ライフルの銃口を向けてきた。

そのまま外部マイクを使用して、リオンが司令部に向かって語りかけてくる。

『こんにちは、ヴォルデノワ神聖魔法帝国の皆さん。そして、俺たちに喧嘩を売ってくれた糞野郎の新しい皇帝陛下様』

不敬極まりない物言いに、モーリッツの周囲は憤慨していた。

だが、モーリッツにはリオンの物言いが、何とも心地よく聞こえていた。

リオンがライフルでカメラを破壊すると、モニターの映像が途切れた。

モーリッツの声は聞こえていないが、リオンは関係なしに続ける。

そのままアルカディア内部で暴れ始めたのか、司令部にまで振動が伝わってくる。

僅かな揺れを感じながら、モーリッツは大声で笑い出す。

「フィンに聞いていた通りの口の悪さだな。この俺にあそこまで言える奴もそうはいない」

笑い出したモーリッツに周囲が困惑していた。

モーリッツは表情を引き締め、周囲に命令を出す。

「――お望み通りもてなしてやれ」

「は、はっ！」

周囲が慌ただしく動き出す中、アルカディアは不快感と怒りで震えていた。

『旧人類との戦いでも内部に侵入を許したことはなかったのに――許さない。絶対に許さないぞ！』

激怒して体の表面に血管が浮き出たアルカディアだったが、すぐに慌て始める。

『姫様の無事は確認したか!?　すぐに護衛を回せ!!』

激高したかと思えば、こんな時までミアの心配をしていた。

モーリッツは呆れて小さくため息を吐いた。

そのまま自分が持つ杖に視線を向ける。

（父上が手を組もうとしたバルトファルトが乗り込んできたぞ。奴を倒せば、俺たちの勝ちだ。全てが終わったら、俺も責任を取る。――その時は、どうして裏切ったのか教えてくれよな）

第10話「王国の剣豪」

帝国軍と王国軍が戦う戦場の空。

綺麗な青空を、爆発の煙が黒く汚していた。

両軍が命を賭けて戦う戦場の中、一人の魔装騎士の笑い声が周囲に響いていた。

「はい、これで五十機目。弱い、弱すぎるよ。これが本気とか笑わせてくれるよね」

魔装をまとったリーンハルトは、サーベルの二刀流で戦っていた。

片手で扱うには大きすぎるサーベルだが、リーンハルトの魔装は軽々と扱っていた。

力で強引に扱うのではなく、技術を用いて流れるようにサーベルを振るう。

すると、周囲にいた王国軍の鎧が簡単に斬り裂かれていく。

リーンハルトの魔装は翼を広げ、風をまとって戦場を素早く移動していた。

そのあまりの強さに、逃げ出す鎧も現れるのだが。

『た、助けて――』

「敵に背中を見せるなんて駄目だよ。殺してください、って言っているようなものじゃないか」

逃げ出した鎧に襲いかかり、その背中にサーベルを突き立てていた。

戦いを楽しむリーンハルトの姿は、まるで一人だけ狩りでもしているような様子だった。

実際、本人も狩りを行っている気分なのだろう。

「もっと強い奴がいないと面白くないよね」

帝国軍が優勢に戦いを進める中でも、魔装騎士たちの活躍は際立っていた。

特に上位陣の活躍は凄まじく、王国軍は苦戦を強いられていた。

「おや？」

リーンハルトを脅威と判断したのか、旧人類の駆逐艦が迫ってきた。

光学兵器を撃ち、そして無人機たちを出撃させてリーンハルトを囲い込もうとしている。

囲い込み袋叩きにするつもりなのだろうが、リーンハルトは慌てない。

「少しは手応えがあるかな？」

リーンハルトの魔装が、悪魔のような翼を大きく広げた。

翼は風をまとい、羽ばたくと同時に凄い速度を出して駆逐艦へと近付く。

リーンハルトがサーベルを振るうと、刃から斬撃が飛んで駆逐艦を斬り裂いた。

斬り刻まれた駆逐艦が爆発する。

「ははっ！　弱すぎない？」

駆逐艦が爆発して沈んでいく光景を見ながら、リーンハルトは笑っていた。

心から戦場を楽しんでいる姿は、王国軍を恐怖させていた。

味方ですら、リーンハルトの戦いぶりに僅かに引いた反応をしている。

『あれが最年少の魔装騎士！』

『帝国の天才剣士にして今代の剣聖か』

『戦争を楽しんでいるのか？』

リーンハルトは味方の声を無視して、次の獲物を探すため視線を動かす。

「さて、次の獲物はどこかな？　可能なら王国の剣聖か、それとも大本命の外道騎士と戦ってみたいよね」

リーンハルトが望むのは、敵の英雄との戦いだった。

強者と戦い、勝利するのが大好きだった。

無邪気な子供のように、戦場で強者を求める。

そんなリーンハルトに、王国軍の鎧が急接近してきた。

『これ以上、好き勝手に暴れさせるかよ！』

外部マイクから聞こえてくる声は、どうやら中年の騎士らしい。

リーンハルトの見立てでは、場数も踏んでいる経験豊富な騎士だ。

彼が引き連れている鎧たちも、歴戦の猛者《もさ》たちに見える。

何より、自分に向かってくる度胸が気に入った。

「活きの良い連中が残っているじゃないか」

向かってくる敵の鎧だが、ここに来るまでに戦ってきたと思われる傷があった。

その様子からすれば、味方が随分と落とされたらしい。

この騎士は強い、とリーンハルトの感覚が告げてくる。

だが、リーンハルトの好みではなかった。

「でも、戦い方にセンスがないね。時代遅れの騎士道ってやつ？　馬鹿の一つ覚えみたいに突撃する前に、実力差を考えた方がいいよ」

リーンハルトは敵機に急接近すると、その頭部を蹴り飛ばした。

『ぐっ!?』

先頭を飛んでいた鎧を蹴り飛ばしたら、その後続たちがフォローに入ってくる。

『バルカス様!!』

きっと家臣たちなのだろう。

美しい主従関係を見ながら、リーンハルトの魔装はサーベルを振るう。

「あはっ！」

バルカスを助けようとした家臣たちが、リーンハルトに斬り刻まれて落下していく。

『よくも俺の仲間を！』

激高するバルカスが斬りかかってくると、その一撃をサーベルで受け止めた。

「この程度で死んじゃう方が悪いのさ。さて、あんたもさっさと消え――」

止《とど》めを刺そうとしたら、後ろから大きな爆発音が聞こえてきた。

「何だ？」

リーンハルトは、振り返るためにバルカスの乗る鎧の両腕を斬り飛ばした。

そのままコックピットに刃を突き立てるのだが、振り返りつつ行ったため狙いが僅かに外れてしまった。

コックピット脇を貫かれ、バルカスは串刺しにされたまま動けずにいた。

『くっ！　何て奴だ』

暴れるバルカスの鎧を無視して、リーンハルトはアルカディアを見ていた。

アルカディアに何かが突撃し、そこから煙が上がっているではないか。

「あのアルカディアのシールドを貫いたのか？」

驚くリーンハルトに、魔装騎士たちが近付いてくる。

『リーンハルト様！　モーリッツ陛下より、アルカディア内部に侵入した敵の相手をしろと命令が出ました！』

皇帝陛下の命令ともなれば、さすがのリーンハルトも従うしかなかった。

暴れ回る敵の鎧から剣を抜くと、バルカスの鎧が落下していく。

そんなバルカスの鎧に、サーベルの切っ先を向けた。

「さっきから五月蠅いんだよ」

サーベルから放たれるのは、空気を圧縮した弾丸だった。

バルカスの乗る鎧に命中すると、鎧が弾けるように吹き飛んだ。

最後にバルカスの叫び声が聞こえる。

『うおぉぉぉ！　ニックス！　リオン！　みんなを——頼——』

爆発しながら落下していく鎧に興味もなく、リーンハルトは魔装の翼を広げてアルカディアへと向かった。

その後ろに、魔装騎士たちが続く。

リーンハルトは舌舐めずりをしてから呟く。

「侵入した連中の方が面白そうかも」

◇

「アルカディア本体が敵の侵入を許しただと？」

燃え上がる王国軍の飛行戦艦の甲板に立つのは、背中のバックパックの排出口から炎を噴出させる魔装騎士だった。

多くの魔装騎士たちを従え、彼――グンターの周囲には破壊された王国軍の飛行戦艦と鎧が落下していく光景が広がっていた。

知らせを持ってきたのは、同じ魔装騎士のライマーだった。

『魔装騎士全員を戻せとの命令らしい』

人伝《ひとづて》に聞かされたため、ライマーの方も詳しい情報を得ていないようだ。

グンターは眉根を寄せながら、王国軍を見た。

「もう少し時間があれば、王国の奴らに大打撃を与えられたものを」

甲板から飛び立ったグンターに続いて、部下の魔装騎士たちが続いた。

ライマーもグンターの後ろをついて行く。

『外道騎士が乗り込んだって話だ。急がないと、司令部がやられちまうよ』

まだ若いライマーは、この状況に焦っているようだった。

だが、グンターは慌てない。

忌々しいことに、アルカディアに残っているのは第一席のフィンだ。

いずれ第一席の地位を取り戻すつもりでいるが、グンターはフィンの実力を認めていた。

「落ち着け。アルカディアを守っているのはフィンだ。皇帝陛下たちがそう簡単にやられるものかよ」

『あ、あぁ、そうだよな』

「それよりもフーベルトはどうした？」

◇

フーベルトの魔装は、他のものよりも細身で長身だった。

頭部がT字の形状をしており、頭頂部には円盤が取り付けられている。

そんなフーベルトだが、彼の戦い方は集団戦を重視していた。

『フーベルト様！　第一から第三小隊が敵の追撃部隊を撃破しました！』

「面倒なことだな」

魔装騎士全員に帰還命令が出されたが、敵陣深くに斬り込んでいたフーベルトの魔装騎士隊は戻るのに苦労していた。

背中を向けると王国軍が襲ってくるからだ。

戦えば勝てるのだが、無視するには厄介すぎる。

また、フーベルトの魔装騎士隊は三機編制の小隊が八つ存在していた。

フーベルトの魔装騎士は指揮官としての適性が高い。

その能力を活かした戦い方をするため、二十四機もの魔装騎士を率いる許可が出ていた。

部下の一人が近付いてくる。

『グンター様が先にアルカディアに戻られたそうです』

「先を越されてしまったね。これでは、外道騎士の首はフィンか、グンターが手に入れてしまいそうだよ」

大手柄を奪われてしまった、と軽い感じで笑っていた。

そんなフーベルトのもとに、ライマーの魔装が近付いてきた。

「おや？　グンターと一緒に戻らなかったのかい？」

『一応、あんたの指揮下に入っているからな。それよりも、早く戻らないとフィンの奴に手柄を奪われちまうぞ』

「そうだね。急ごうか」

王国軍を振り切ってアルカディアに戻るフーベルトだったが、少々気になることがあった。

（フィンがいるのに、我々を呼び戻す――思っていたよりも危険な状況かもしれないな）

◇

アルカディア内の通路は広く造られていた。

動力炉に通じる通路は、魔装をまとった新人類も通るために広く設計されたそうだ。

そんな通路を守っているのは、魔装騎士ではなく帝国軍の守備隊だ。

鎧にマシンガンやらバズーカを持たせ、盾を構えている鎧もいた。

通路内の戦闘を想定して準備をしてきたのだろう。

「剣を持って斬りかかってくる敵はいないのかよ。世界観ぶち壊しだな」

アロガンツのコックピット内でぼやくと、ルクシオンが生真面目に返答してくる。

『王国のように騎士道を重んじる設計思想ではないのでしょう。現実的で優れていると判断しますが、アルカディアたち魔法生物が関わっていると思うと複雑な気分ですね』

帝国の鎧は勝つための物であり、王国のように騎士云々は関係ないらしい。

だが――。

「でも俺たちには関係ないな！」

『はい、マスター』

――アロガンツは床を滑るように移動し、右手に持った戦斧《せんぷ》で盾を持った敵を両断した。

そのまま、左手に持ったライフルで銃器を持った敵の鎧を撃つ。

乱暴に突き進んだことで被弾もしたが、アロガンツの装甲が全て弾いてくれた。

「こっちはルクシオン製の特別品だ。――悪く思うなよ」

倒した敵機を一瞥《いちべつ》してから先へと進むと、後ろからユリウスの乗る鎧が近付いてきた。

『リオン、前に出すぎるな！』

「早くこの要塞の動力炉を落とす必要があるんだよ！」

俺たちの目的は、アルカディアの動力炉の破壊だ。

アルカディアの動力炉は、エネルギーを生み出すと同時に魔素も生成している。

動力炉さえ破壊してしまえば、魔素の製造は行えない。

そして、アルカディアも機能を停止する。

わざわざ乗り込んだのは、その方が破壊できる可能性が高いから。

「ルクシオン、無人機たちの様子は？」

『現在、敵の増援を防ぎつつ、動力炉までのルートを探しています。魔素の濃度が高いため、レーダー類が頼りになりません。もう少し時間をください』

連れてきた無人機たちが、動力炉までのルートを捜索中だ。

だが、アルカディア内部にかなりの戦力が配置されているため、簡単には見つけられずにいた。

「魔素の発生源みたいな場所だからな。簡単には見つからないか」

侵入した際に通信用の中継器を幾つも配置しているおかげで、無人機たちからのデータは届いていた。

　おかげでやり取りはできているが、動力炉を見つけるほどではない。

　軽口を叩いていると、ルクシオンが赤い瞳を光らせた。

「どうした？」

『――無人機の部隊が一つ壊滅しました。最後に送信したデータを確認しましたが、敵は魔装騎士でした』

「魔装騎士を配置している場所か――」

　わざわざ魔装騎士が守る場所ならば、そこは動力炉に繋がるルートの可能性が高いと判断した。

「案内しろ」

『こちらです』

　アロガンツが加速すると、後ろのユリウスたちも加速する。

　ユリウスが話しかけてくる。

『フィンの乗る魔装騎士は、アロガンツと引き分けていたな。他も同じように強いのか？』

　ユリウスと同じ疑問を抱いていたのか、ジルクも会話に加わる。

『恐ろしい話ですね。こちらも鎧を強化していますが、どこまで通用することやら』

　ブラッドの方は楽観視しているらしい。

『アロガンツ並みの強さなら怖がることはないよ。だって、僕たちはアロガンツを倒すために頑張って来たんじゃないか』

グレッグはそんなブラッドの意見が気に入ったのか、賛同する。

『そうだな。俺たちの三年間は無駄じゃなかったと証明してみせるぜ！』

正確に言うならば、三年ではないはずだ。

それよりも、俺に勝つためにずっと努力してきたのか？　根性があるというべきか、それとも執念深いというべきか。

よく諦めずに戦いを挑もうと思ったものだ。

そんな余計なことを考えていると、目の前を先行していた無人機たちが吹き飛んだ。

壁はズタズタに切断され、そこから出て来たのは魔装騎士だった。

『みぃ〜つけたぁ〜。わざわざこんなところまで来るなんて、君たちは度胸があるね』

風をまとったような魔装騎士は、危うい雰囲気を出していた。

声には幼さが残っているのに、その言動はこちらを侮っているようだ。

「フィンじゃないな」

俺は心の中で安堵しながら、アロガンツに武器を構えさせる。

敵は俺を見て興奮しているようだ。

『まさか大公様直々に乗り込んできたの？　噂の外道騎士はやることがぶっ飛んでいるね！　先輩の言っていた通りだ！』

無邪気に喜ぶ子供のような反応に、俺は辟易していた。

彼の後ろには二体の魔装騎士が見えており、斬り刻まれた壁にできた穴から入ってくる。

「三体か——全員でやればいいか」

このまま数で押し切ろうとする俺だったが、クリスの青い鎧が前に出た。

いつになく真剣な雰囲気を出していた。

『リオン、悪いがここは譲って欲しい』

「何を言っているんだ？　全員で叩けばいいだろうに」

クリスは現れた魔装を前に戦う姿勢を見せていた。

『魔装の装甲にある紋章が見えるか？　あれは帝国の剣聖だ』

サーベルの二刀流というスタイルの敵が、クリスに興味を示していた。

『へぇ、ボクを知っているの？』

クリスは一人残って魔装三機を相手にするつもりらしい。

『こいつの相手をするなら私の方が向いている。リオン、お前たちは先に進め。ここで時間を無駄にするな』

俺に構わず先に行け、か。

まるで死亡フラグみたいではないか。

そんなの——俺が許すと思うなよ。

「お前は馬鹿か！　ここは全員で袋叩きにして先に進めばいいだろうが！」

『時間が勿体ない。私が残っている間に、お前たちは先に進め』

クリスは意見を変えるつもりがないらしい。

ルクシオンまでもが、そんなクリスの判断に賛成する。

『マスター、ここは先を急ぎましょう』

「――阿呆が」

これ以上は時間の無駄だと説得を諦めた俺は、苦々しく呟いていた。

クリスの方は逆に微笑みを浮かべている。

『心配するな。ここで死ぬつもりはないさ。後で必ず追いつくよ』

「期待しているぞ、剣豪様」

『あぁ、期待してくれていいよ』

クリスを残し、俺たちは先へと進むのだった。

◇

帝国の剣聖を前に、クリスは名乗りを上げる。

「クリス・フィア・アークライトだ」

サーベルをだらりと下げている魔装騎士も名乗り返してくる。

『リーンハルトだよ。それはそうと、アークライトって剣聖の苗字だったよね？』

「剣聖は私の父だ」

『何だ、息子の方かよ。剣豪だって話は聞いていた気がするな』

「理由があって戦場には来ていない。私がアークライト家の当主代理としてこの場に立っている」

本当はクリスが試合でボコボコにしてしまったので、戦争に参加できなかった。

それを教えてやる必要もないので、クリスは黙っていた。

しかし、リーンハルトは不満げだ。

『一つ聞いて良いかな？』

「何だ？」

クリスが油断なく武器を構えると、リーンハルトが苛立ちをぶつけてくる。

『何で武器が銃器なんだよ！』

クリスの乗る青い鎧だが、所持している武装は銃火器だった。

右手にはサブマシンガンを持たせ、左手にはガトリングガンを所持していた。

バックパックには弾を詰め込んだコンテナを背負っており、右肩の方にはミサイルポッドが背負われていた。

剣豪であるはずのクリスの鎧は、火薬庫のように武装した遠距離型の仕様になっていた。

クリスは堂々と言い返す。

「戦場では銃の方が優秀だからだ！」

当然のように言うと、リーンハルトはガッカリした様子を見せた。

心底呆れたような口振りで言う。

『王国の剣士が黒騎士を倒したって聞いたから期待していたのに、銃火器を装備とか本当に呆れるよ。

てか、剣士を名乗らないでほしいよね』

サーベルを構えたリーンハルトに、クリスは問答無用で引き金を引いた。

「黒騎士を倒したのは私じゃない。リオンだよ」

ガトリングガンが火を噴くと、リーンハルトの魔装の周囲に風が発生した。

弾丸がその風に方向を変え、リーンハルトには当たらない。

だが、リーンハルトの後ろにいた魔装騎士は、油断をしていたのかガトリングガンの弾丸を数発受けてしまった。

その程度ならダメージにならないと思ったのだろうが、魔装用に調整した弾丸は容赦なく魔装騎士を吹き飛ばした。

『ちっ、馬鹿が。事前に気を付けるように説明を受けたのを忘れたのか？』

リーンハルトは撃破された味方に舌打ちをした。

クリスはそのまま、弾丸やミサイルをリーンハルトに撃ち込んでいく。

「ミサイルも駄目か」

弾丸は魔装を守る風に阻まれ、ミサイルはリーンハルトのサーベルに斬り裂かれた。

どれだけ攻撃しても致命傷を与えられない。

だが、もう一機の魔装騎士にはミサイルが命中した。

爆発に呑み込まれ、焼かれていく魔装騎士。

味方が二人も犠牲になったのだが、リーンハルトの反応は薄かった。

『あ～あ、やられちゃった。まぁ、この程度で死ぬんだから魔装騎士として才能がないよね。死んでも仕方ないよ』

その言葉にクリスは怒りを覚えた。

「味方が死んだのにその程度の反応とは冷たい奴だ」

『味方？　名前も知らない奴らなんてどうでもいいよ。名前を知っていてもどうでもいいけどね。そもそも、ボクが興味を持つのは強い奴だけさ。強い奴は最高だよね。このボクを楽しませてくれるし、ボクの手柄になってくれるんだから』

「気に入らないな」

クリスはガトリングガンを使用する。

狭い通路内は銃火器の方が有利だが、近付かれてしまうとサーベルを持つリーンハルトの方が有利になる。

近付けさせないために、攻撃を絶え間なく続けていた。

そんなクリスの戦い方に、リーンハルトは呆れ果てている。

『仮にも剣豪が銃を使ったら駄目でしょ』

「悪いが、剣ばかりにこだわるプライドは捨てている。戦場で剣にこだわるのは浅はかだと教えられてね」

(そんなものでリオンに勝てるなら苦労はしないからな)

クリスはリオンとの出会いで沢山のことを学んだ。

その一つが自身の大きな欠点についてだ。

戦いで剣しか使わないクリスは、遠距離の敵に対して極端に弱い。

それでも、剣の届く範囲に近付けば問題なかった。

自分は剣だけを極めればいい――そんな風に考えていたが、リオンと決闘したあの日に、自分の考えが間違いだったと思い知らされた。

決闘ならば剣だけでいいが、戦場ともなれば致命的だった。

常に剣だけで戦える戦場などない。

『それなら、剣豪も名乗らない方がいいんじゃないの？』

リーンハルトの一撃はとても鋭く、クリスから見ても羨むほど才能に溢れていた。

距離を詰められると、リーンハルトがサーベルを舞うように振るう。

斬撃から風の刃が発生しており、間合いの外から斬られた。

「強い!?　だが！」

クリスはリーンハルトの実力が、自分を超えていると認めた。

ガトリングガンを放り投げ身代わりにしつつ距離を取るクリスは、ミサイルやサブマシンガンで攻撃する。

後ろ向きで床を滑るように移動しながら。

狭い通路内を器用に飛び回るリーンハルトだったが、随分と苦労しているらしい。

飛びにくい上に、弾丸やミサイルを次々に浴びせられて苛立っているようだ。

クリスは撃ち尽くしたミサイルコンテナをパージすると、リーンハルトに投げ付けた。

それを斬り裂き、リーンハルトは迫ってくる。

『剣で勝てない？　それは君が弱いからだよ。戦い方を見ていればわかるよ。君にはセンスがない。剣聖の息子の癖に才能がないなんて憐れだね』

リーンハルトに挑発されても、クリスは動じなかった。

むしろ、強がって笑みを浮かべた。

「魔装をまとって斬撃を飛ばしている君は、純粋に剣の技量だけで戦っていると言えるのか？　魔装の性能のおかげで戦えているようにしか見えないぞ」

――冷静に煽り返した。

そうしている間にも、クリスの機体は武装を次々に捨てて軽くなってくる。

リーンハルトの風の刃に、追加装甲も斬り刻まれていく。

「やはり、付け焼き刃だったな」

銃の扱いも練習し始めたが、他の四人と比べても拙《つたな》かった。

だから、狙って当てるよりも、数をばらまいて敵を落とす方法を選択した。

それなのに、大量の弾薬を使ってもリーンハルトを撃破できない。

「今後も練習が必要だな」

まだ先があるというクリスの物言いに、リーンハルトは静かに激高していた。

『お前は今後の心配をする必要なんてないよ。だってここでボクが殺すからね』

冷たい声で言うと、魔装を加速させ一気にクリスに詰め寄るリーンハルトの一撃が鎧の装甲を削り取った。

そのままクリスの鎧を通り過ぎ、リーンハルトは速度を落として振り返ってくる。

『浅かったみたいだね。でも、今度で終わらせるよ』

クリスは操縦桿《そうじゅうかん》を握りしめ、そしてモニターに映るリーンハルトの鎧を睨み付ける。

「――来い！」

一気に加速したリーンハルトの魔装が、クリスの目の前に迫っていた。

『これで終わりだよ！』

「っ！」

二人がすれ違った直後、クリスの鎧は、抜いていた剣を杖代わりに床に突き刺した。

コックピットの前面部分には大きな亀裂が入り、鎧の破片がコックピット内に散らばっていた。

リーンハルトに斬られてしまった。

しかし――。

『嘘だ。こんなの嘘だ』

クリスが苦しそうに呼吸をしながら、鎧を立たせて振り返った。

そこには、すれ違い様にクリスに斬られたリーンハルトの魔装が這いつくばっていた。

サーベルを放り投げ、液体が流れ出る腹部を押さえていた。

『血、血が――ボクのお腹が!?　早く治療しない――こふっ！』

すれ違い様に振るったクリスの剣は、魔装の腹部を斬り裂いていた。

クリスは苦しそうに呼吸をしながら、眼鏡の位置を正す。

「私は剣を捨てたとは言っていない。不用意に私の間合いに飛び込んだお前の負けだ」

リーンハルトはクリスが剣を使わないと思い込み、不用意に飛び込んでしまった。

だが、その不用意な一撃も、クリスでなければ斬られて終わっていただろう。

現実を認められないリーンハルトが、涙を流しながら言う。

『死にたくない。こんなこと間違っている。だって、ボクは剣聖だよ。帝国でも指折りの騎士なんだから』

剣に固執し、そして戦場を甘く見ていたリーンハルトを見下ろしながら、クリスは目を閉じた。

「戦場に絶対はない。自分が死なないと高をくくっていたお前は、最初からこの場にいる資格がなかったんだ。――お前は昔の私と同じだな」

クリスはリーンハルトに近付き、怪我の様子から助からないのを察した。

「今楽にしてやる」

リーンハルトに止めを刺したクリスの鎧は、その場に座り込む。

クリスは震える手で腰の辺りを押さえた。

リーンハルトに斬られた際、飛び散った鋭い破片の一つがパイロットスーツを突き破って刺さっていた。

「まいったな。必ず追いつくと言ったのに――これでは――約束を守れ――」

第11話「ナルシストな君」

クリスを残して先を進む俺たちは、通路の関係から外壁に一番近い場所を移動していた。

随分と遠回りをしているような気もするため、不安からルクシオンに疑問をぶつける。

「本当にこのルートで間違いないのか？」

疑う俺に対して、ルクシオンは冷静だった。

『問題ありません。それにしても、理解に苦しむ内部構造ですね。機能美に欠けています』

新人類が建造した要塞だからか、それとも本当に機能美がないのか。

アルカディアの内部は、複雑に入り組んでいて厄介だった。

「侵入者対策じゃないのか？」

『可能性はありますが、そんなことをするくらいなら利便性を重視するべきでしたね』

ルクシオンの文句は止まらない。

『大体、無駄が多すぎます。これではスペースを有効利用しているとは――マスター！』

ルクシオンが文句を中断して叫んだので、俺はアロガンツをその場から下がらせた。

アロガンツがいた場所を狙って攻撃したのだろう。

壁を突き破る程の攻撃が外から行われた。

あのまま進んでいたら、アロガンツは敵の攻撃を受けていただろう。

壁に開けた穴から侵入してきたのは、どうやら帝国軍の鎧らしい。

魔装騎士ではないが、こちらは数が多い。

『見つけたぞ、侵入者共！』

「おいおい、お前らの要塞だろ？　外壁に穴を開けるとかどんな神経をしているんだよ」

軽口を叩けば、敵機は怒鳴るように言い返してくる。

『壁などお前たちを倒した後で、いくらでも修復してやる！』

開いた穴から次々に魔装騎士たちも侵入してきた。

敵機たちはアロガンツに向かってくるのだが、割り込んできた赤い鎧に阻まれた。

『俺たちを忘れてもらったら困るぜ！』

槍を振り回すグレッグの鎧に、敵機が貫かれて破壊された。

鋭い一撃はコックピットを的確に貫いていた。

鎧の性能もあるのだろうが、グレッグの鍛え上げてきた槍術や操縦技術の高さがうかがえる。

ただ、敵機を倒して落ち着けたわけではない。

ユリウスは、敵機の開けた穴を見て言う。

『まずいな。外壁の向こうに敵が集まっている』

ぶち抜かれた穴から、外の景色が見えていた。

アルカディアの危機に駆けつけたのだろう飛行戦艦に加えて、鎧やモンスターの姿が沢山だ。

「多いな。倒せない数でもないけど、これを相手にするのは――」

――時間がかかりすぎる。

『この数を相手にするのは面倒ですね』

ルクシオンも同じ考えらしいが、無視して先を進めば後ろを突かれてしまう。

俺たちの姿を確認した敵機やモンスターが、こちらに向かってきていた。

すると、紫色の鎧に乗るブラッドが、開けられた穴から外へと飛び出してしまった。

背負ったランスを翼のように広げ、わざわざ両手を広げて舞台で舞うようなポーズを披露しながら言う。

『それなら、ここは僕の出番だね。僕の機体は多数を相手にするのに向いているから、安心して先に進んでくれ』

鎧の背中にあるランスだが、これらは遠隔操作が可能だ。

ブラッドはこのランスを同時に複数操作可能であり、俺たちの中では確かに多数との戦いを得意としていた。

だが、それでも一人だけ残すのは危険すぎた。

「馬鹿野郎！　お前一人をここに残していけるか。お前は、この中で一番――」

一番弱い、という言葉が出そうになるが、寸前で呑み込んだ。

そんな俺の言葉を引き継いだのは、ブラッド本人だった。

怒りも不満もない声色は、むしろ清々《すがすが》しさを感じる。

『一番弱い、だろ？　自分でも理解しているよ。だから、ここで僕が時間を稼ぐ意味があるのさ』

「お前もクリスの真似をするのかよ」

『二番煎じは嫌だけど、ここで時間を浪費するのは得策じゃないからね。それから、この僕がこの場に残って戦うんだ。リオン、必ず作戦を成功させてくれ』

クリスに続いてブラッドまで。どうしてお前らは――。

俺はブラッドの決意に、心の中で感謝した。

「――本当にどうしてこういう時だけ、お前らはかっこいいのかね。一人で勝手に死ぬんじゃないぞ」

『かっこいいのは元からさ。それから、お世辞でも追いつけと言って欲しいね』

俺たちが移動しようとすると、ルクシオンが動く。

『無人機を一部残します。ブラッド、好きに使いなさい』

心配されたブラッドは、少し驚きながらも嬉しそうにしていた。

『君に心配されるとは思わなかったね。――ありがとう』

無人機たちがブラッドに続いて外に飛び出すと、サポートするため配置についた。

すると、ジルクの乗る緑色の鎧が立ち止まった。

ユリウスが振り返る。

『ジルク？』

『リオン君、そして殿下。ブラッド君だけでは不安でしょう。ここは私も残ります』

ユリウスの乳兄弟であるジルクは、いつ何時もユリウスの側を離れない。
こんな状況でもユリウスを守るよう教育されてきたはずだ。
だが、そんなジルクが残ると言い出した。
ユリウスは即座に許可を出す。
『お前が必要だと判断したなら好きにしろ。ブラッドを助けてやれ』
『そうさせてもらいますよ。ここから敵が流れ込むのは避けたいですからね』
ジルクの鎧は長距離狙撃用のライフルを持っている。
ブラッドの後ろから掩護《えんご》射撃をすれば、大きな助けとなるだろう。
外へは飛び出さず、鎧を膝立ちさせるとライフルを構えて射撃を開始。
すると、外に行った敵機が落下していく。
アッサリと敵機を撃ち抜いたジルクが、先に進もうとする俺に声をかけてくる。
『すみませんが、殿下のことをよろしくお願いしますね』
「俺にユリウスの世話を押し付けたな」
『ふふっ、お願いしますよ』
それを聞いたユリウスが不満を漏らす。
『お前ら、俺を何だと思っている。――リオン、行くぞ。時間を無駄にできない』
グレッグも残ったブラッドとジルクに声をかけていく。
『死ぬんじゃねーぞ！』

二人は笑っていた。

『君たちこそ』

『殿下たちも気を付けてください』

◇

要塞の外に出たブラッドは、外壁に開いた穴に押し寄せてくる敵を前に冷や汗を流していた。

「今更ながら、残ったことを少し後悔しているよ。けど——後悔している僕なんて、かっこよくないよね！」

押し寄せてくるモンスターの集団に向かって、ブラッドは鎧が背負っていたランスを発射した。

ランスはそのまま空中を飛び回り、回転しながらモンスターたちを貫いていく。

鎧にも同じランスを持たせてはいるが、ブラッドの武器は飛び回る六本のランスだ。

「簡単に通すと思わないでほしいね」

六本のランスを同時に操作していた。

まるでランス自体が意思を持って動いているかのように、ブラッドの周囲を飛び回ってモンスターたちを消し飛ばしていく。

モンスターたちだけでなく、敵機——鎧が襲いかかって来た。

『貴様らに家族を殺されてたまるかぁぁぁ！』

乗っているのは帝国の騎士だろう。

負ければ家族が死ぬと知らされていたのか、随分と戦意が高い。

ブラッドは気迫で負けないように声を張り上げる。

「こっちだって、はいそうですか、と負けるわけにはいかないんだよ！」

敵機に接近されたブラッドは、鎧の左腕を向けた。

左腕に仕込まれた銃を相手のコックピット間近から撃ち込んだ。

コックピットを撃ち抜かれた敵機が落下していく。

こうしている間も、ブラッドの飛び回る六本のランスは敵を撃破していく。

だが、幾ら倒しても終わりが見えてこない。

むしろ、敵の数は増えていた。

「何て数だ」

要塞内から狙撃を行っているジルクは、押し寄せる敵の中で厄介な相手を優先して狙っていた。

今も飛行戦艦の艦橋を撃ち抜き、その後にエンジンを撃ち抜いて一隻を沈めていた。

ルクシオンが残してくれた無人機たちも戦ってくれているため、ブラッドは心強く思う。

「やっぱりジルクの狙撃は頼りになるね」

『頼ってくれて構いませんよ。ただ、この数は少々厳しいですね。リオン君たちがさっさと動力炉を破壊してくれることを祈るばかりですよ』

リオンたちが動力炉を破壊するまで耐えれば勝ちだ。

だが、ブラッドには不安もあった。

「止めてくれるといいけどね」

動力炉を破壊すればアルカディアは止まるが、帝国軍は別だ。

破壊しても、その後に帝国軍が自棄《やけ》になって突撃してこないとも限らない。

それに、戦っているのは自分たちだけではない。

味方の状況もわからず不安だった。

ルクシオンたちが事前に集めた情報からの予想では、現時点で二百隻以上は沈められた可能性がある。

自分たちの作戦が成功しても、王国軍が残っていなければ負けたのと同じだ。

「何とか持ち堪えてくれているのは、共和国とファンオース公爵家のおかげかな？　僕としては複雑な気分だよ」

フィールド家は旧ファンオース公国との国境に配置され、防衛を担ってきた。

長年、ファンオース公爵家に苦しめられてきたのが、ブラッドの実家である。

それなのに、今は頼りになるのだから不思議な気分だった。

『共和国も奮戦してくれていますね』

「僕としては、共和国が手を貸してくれたのは予想外だけどさ」

思い出されるのは、アルゼル共和国に留学した頃のことだ。

ブラッドは共和国の貴族に暴行を受け、酷い目に遭わされた。

リオンたちも随分と苦しめられてきたのだが、今は味方として戦っている。

「それなら、僕もいいところを見せないとね！」

押し寄せるモンスターたちを前に、ブラッドは魔法陣を幾つも展開した。

鎧の前に展開された魔法陣から放たれるのは、広範囲を攻撃する魔法だ。

モンスターたちが炎に焼かれ、黒い煙となって消えていく。

（僕らも自分たちのことで手一杯の状況だ。味方には申し訳ないけれど、もう少し頑張ってもらうしかない）

多くの敵が押し寄せる中、ブラッドとジルクは必死に耐えていた。

（これなら時間は稼げるか）

何とかしのげると思った直後だった。

魔装騎士の集団が向かってくる。その編隊を組んで飛ぶ姿を見て、ブラッドは嫌な予感がした。

「おいおい、他の魔装騎士とは雰囲気が違いすぎるじゃないか」

個人プレイが目立っていた魔装騎士だったが、その集団は統制が取れていた。

警戒するブラッドを、ジルクがやんわりとなだめる。

『魔装騎士ですね。ですが、こちらは対魔装用の装備が揃っています。心配する必要はありませんよ』

魔装相手にも十分に戦えると確信しているジルクの意見は、間違ってはいなかった。

それでも、ブラッドは目の前の集団が脅威であるという認識は変えない。

「いや、今度の連中は厄介極まりないよ」

ブラッドの音声を拾ったのか、魔装騎士を率いる隊長機が興味を持ったらしい。

『我々を脅威と認識しましたか。君の判断は間違っていませんよ』

「それはどうも」

『私はフーベルト。フーベルト・ルオ・ハインです』

「ブラッド・フォウ・フィールドだ」

互いに名乗り合ったのは、多数を相手取る戦いを好む共通点があったからだろう。

自分たちの戦い方は似ている、とブラッドは感覚で理解していた。

ブラッドがランス型のドローンを操り、フーベルトの魔装騎士隊を警戒する。

「やっぱり僕は幸運の女神に愛されているようだ。他の連中が君を相手にしていたら、苦戦を強いられていただろうからね。僕がこの場に残ったのは大正解だったよ」

ブラッドの物言いに、フーベルトは落胆したようだ。

『自惚《うぬぼ》れるのは結構ですが、その物言いですと我々に勝てると思っているように聞こえますね』

ブラッドはコックピットの中で笑みを浮かべ宣言する。

「勝つさ。何しろ僕は、運命にも愛された男だからね！」

『――自己愛の強い方のようだ』

◇

リコルヌの艦橋では、リビアに異変が起きていた。

発汗と呼吸の乱れに加えて、苦しいのか胸元を押さえていた。

「こ、声が」

リビアは戦場から聞こえてくる声を一身に受け止めていた。

リビアの補助をするクレアーレが、事前に必要のない情報は抜いている。

それでも、命が散っていく兵士たちの声が聞こえてくる。

「声がどんどん消えていく。死にたくないって叫んでいるのに」

目に涙を浮かべ苦しみながら耐えるリビアの背中を、アンジェがさすっていた。

クレアーレに対して険しい視線を向ける。

「何とかならないのか？　これではリビアの心が持たない」

『これでも危険な情報はかなりカットしているのよ』

膨大な情報を処理しているクレアーレからすれば、リビアに届いている情報は制限している方だろう。

リビアを心配したアンジェが、これ以上は無理と思ったようだ。

「少しでいいから休ませろ」

『急に通信が途絶えたら味方は大混乱するわよ』

「そ、それは」

アンジェの視線が泳いでいた。

リビアを休ませてやりたいが、そんなことをすれば味方が大混乱に陥ってしまう。

現在は王国軍に不利な状況が続いており、そこに追い打ちをかけるのはアンジェとしても本意ではないのだろう。

悩むアンジェを見て、リビアは微笑んで見せた。

「ありがとう、アンジェ。でも、ここで頑張らないと、リオンさんの助けにならない。だから、私はこのまま続けます」

涙を流して耐えているリビアは、いつ倒れてもおかしくない状況だった。

マリエは窓の外に見えるアルカディアを眺めていた。

「成功するわよね、兄貴たち？」

この場にいる全員が、リオンたちに無事に戻ってきてほしいと願っていた。

すると、急に空中にホログラムが出現した。

浮かんだ画面にはギルバートのバストアップの映像が映し出された。

険しい表情をしていた。

『これより私が後方の艦隊を率いて前に出る』

後方にいたギルバートが前に出ると言い出し、アンジェは軽く混乱していた。

「あ、兄上？」

『何を惚けている？　父上の飛行戦艦は既に沈んだ。誰かが前に出て指揮を執る必要がある。このま

ま、共和国とファンオース家に頼るつもりか？』

「い、いえ」

ヴィンスに続いて兄のギルバートまで前に出せば、兄ももう帰ってこないかもしれない。

そんな考えが頭をよぎると、アンジェは決断できずにいた。

そんなアンジェをギルバートが叱責する。

『今更狼狽えるな！　これはお前が選んだ道だぞ』

「――はい。ご武運を」

『そうだ。それでいい』

ギルバートが微笑むと、窓の外を見ていたカーラが叫ぶ。

「味方が前に出ますよ！」

リコルヌの横を通り過ぎるのは、ギルバートが乗り込む飛行戦艦だった。

後方にいた飛行戦艦をまとめ上げ、これより味方を救助しつつ帝国軍と戦うのだろう。

ギルバートの飛行戦艦の後に、王国軍の飛行戦艦が続いていく。

前衛艦隊に襲いかかる帝国軍に攻撃を開始していた。

ギルバートがアンジェに頼み事をする。

『私が死んだら、レッドグレイブ家の後継人を頼むぞ。必要ならお前の子供に継がせてもいい』

「っ！」

動揺するアンジェに、ギルバートは少し悲しそうに微笑みながら言う。

『今のお前には家族すら犠牲にしても、国を守る義務がある。それを忘れるな』
アンジェが俯く。
そして、すぐに顔を上げると、表情を消した冷静な顔になっていた。
「レッドグレイブ家のことはお任せください。必ず守ってみせます」
『それでこそ、私の妹だ』
王国軍は既に三百隻近くが沈んでいた。
だが、同時に帝国軍も大きな被害を出していた。
互いに引けない状況下であり、戦力の出し惜しみなどしていられない。
これが普通の戦争であれば、王国が敗北を認めて撤退している場面だろう。
だが、ここでの敗北は死を意味する。
両軍共に引けないのだ。
リビアは胸を押さえながら立ち上がり、前を向いた。
「私たちも前に出ましょう」
クレアーレが驚いていた。
『リビアちゃん!?　もうノエルちゃんは限界なのよ!?』
聖樹の力でシールドを張ったノエルだったが、疲れ果てて限界のようだった。
しかし、リビアが前に出ると言うと、横になっていたノエルが立ち上がろうとする。
「また出番なの？　人気者は困っちゃうわね」

立ち上がろうとするが、ノエルは体が動いていなかった。

ノエルを抱き締めたユメリアが泣いている。

「ノエル様、もう駄目ですよ」

「ははっ、どうしてこういう時に動かないかな」

悔しそうに涙を流すノエルに、リビアが微笑みを向けた。

「ありがとうございます。でも、今は休んでください」

「オリヴィア？」

顔を上げたノエルだったが、リビアは前を向いていた。

「リコルヌを前に出してください。王国の皆さんは私が守ります」

リビアが自身の力を使うと言うと、クレアーレが待ったをかける。

『駄目よ！　今だって負荷がかかっているのに、これ以上無茶をしたらリビアちゃんが壊れちゃうわよ！』

「ここで前に出なかったら！　――私は自分が許せなくなります。私にとっては、今ここが頑張りどころなんです。だから！」

負荷のかかっている状態で、更に無茶をすると言い出した。

そんなリビアを周囲が止めようとする中、アンジェだけは違った。

「お前もリオンに似てきたな。無茶をするところがソックリだ」

「アンジェ？」

「お前がやると言うなら、私は最後まで付き合うさ」

アンジェは艦橋にいる全員に視線を巡らせると、腰に手を当てて言う。

「リコルヌを前に出す。降りたい者は、今すぐに脱出しろ」

カーラとカイルが顔を見合わせていたが、マリエが降りると言わないので黙って残ることにしたようだ。

ノエルがユメリアに支えられながら、苦しそうに笑っていた。

「冗談言わないでよ。ここまで来て降りられるかってのよ」

ユメリアも小さく頷く。

「私も残ります。ノエル様のサポートが必要ですし、何よりカイルも残りますから」

ユメリアがカイルを見て微笑む。

だが、カイルの方は複雑な表情をしていた。

母親に降りてほしいと願いながら、ノエルの補佐――聖樹の制御に欠かせない人物だと理解している。

降りろとは言えないのだろう。

マリエは聖女の杖を肩に担ぐと、アンジェやリビアを前に堂々と言い放つ。

「あんたたちが前に出るって言わなかったら、私が背中を蹴飛ばして突撃させていたところよ」

胸を張って答えるマリエに、アンジェは一瞬呆気にとられた後に微笑む。

そしてチクリとマリエの発言を訂正する意地の悪さも見せる。

「前には出るが、リコルヌで突撃するとは一言も言っていない」

「お、同じような意味でしょ！」

指摘されたマリエが、恥ずかしくなって声を荒らげた。

その様子を周囲は笑いながら見ていた。

◇

ブラッドと一緒に戦うジルクは、ライフルのスコープで戦場の様子を確認していた。

「後方の艦隊を前に出しましたか。王国側が追い詰められていますね」

現状は王国軍にとって不利であると理解していた。

そもそも、帝国軍の方が通常戦力でも勝っている。

何とか戦えているのは、人工知能たちの手助けがあるからだ。

無人機たちが厄介な敵を相手にしているため、王国側の負担は減っている。

だが、そんな無人機たちも次々に落ちていく。

敵が多すぎるためだ。

『狙撃手から先に仕留めろ！』

ライフルで敵機を狙うが、撃ち続けたおかげで砲身の熱が限界に達したらしい。

弾丸は敵機の肩を掠めただけだった。

「これも限界ですか」

強引に距離を詰めてくる敵機に対して、ジルクはライフルを放り投げてハンドガンに持ち替えさせた。

そのままコックピットを撃ち抜き、敵機が落ちていく姿を見ながら近くにいた無人機に声をかける。

「ライフルの交換をお願いしますよ」

アロガンツと同じコンテナを背負っていた無人機は、ジルクの鎧に近付いた。

そのままコンテナから取り出したライフルを手渡してくる。

受け取ったジルクは、ライフルを構える。

ライフルに取り付けられたスコープから、鎧の方に映像が届いた。

拡大された映像を見て、ジルクは呼吸を止めた。

引き金を引くと、こちらを目指して飛んできていた二機の帝国の鎧が一発の弾丸に貫かれて落ちていく。

二機が直線上に重なった瞬間を狙ったのだ。

すぐに次の敵を探し、同じように引き金を引いていく。

「本当に嫌になりますよ。こんなにも簡単に命が散っていくのは」

数年前、自分は騎士になるのだから戦争など恐れない、と思っていた。

戦ってこそ騎士。敗北したら潔く死んでやろう、と。

だが、こうしてリオンと共に、何度も戦場を経験して気付かされた。

戦争などするものではないな、と。

そして、いかに自分が愚かだったのか。

「私は書類仕事をする方が向いていそうです。銃は人でなく的を狙うだけで十分ですよ」

生き残ったら、もう戦争は出来るだけ回避する道を探ろうと考える。

幸いなことに、次の王様は平和主義だ。

(いや、平和主義ではありませんね。甘いだけだ)

だが、そんな王様も嫌いではない。

(足りない部分は臣下が補う。それだけのことですからね。だから、私も彼もこんなところでは死んでいられませんよ)

押し寄せる敵に逃げ出そうとする心を叱咤し、何とかその場に残って自分の役目を果たしていた。

◇

アルカディア内部を進む俺たちだが、どうやらルートは間違っていなかったらしい。

動力炉を守るためか、数多くの守備部隊が配置されていた。

そんな守備部隊を強引にアロガンツで押し通す。

「邪魔だぁぁぁ!」

次々に敵の鎧を破壊し、そして突き進むと広い空間に出た。

そこに待っていたのは魔装をまとった騎士たちだった。

『魔装騎士を確認。随分と厳重な警備ですね』

「ルートが間違っていない証拠だな」

魔装騎士のリーダーと思われる男が、俺たちを前に言う。

『まさか本当にここまで来るとは思わなかったぞ』

「随分と厳重に守っているな。動力炉はお前らの後ろか？」

『――我らを甘く見るなよ。アルカディア様に用意して頂いた魔装のコアを得て、新しく魔装騎士になった我々に敵はない！』

魔装騎士たちがコウモリのような翼を広げ、各々が違った武器を構える。

「アルカディアの奴、魔装のコアまで用意できるのかよ」

嫌な話を聞いてしまったと思っていると、ルクシオンが即座に俺の考えを訂正してくる。

『ブレイブ並みの魔装騎士は用意できないでしょう。ここにいるのは、フィンたちの劣化版に過ぎません』

俺たちの会話を魔装騎士たちは聞いていたのか、声に怒りがにじみ出す。

『我らを侮辱するつもりか！　我々はアルカディア様に認められた親衛隊だぞ！』

フィンの劣化版と聞いて、俺は安堵から小さなため息を吐いた。

だが、劣化版でも魔装騎士には変わりない。

「少しばかり厄介だな」

ここで時間をかけてもいられない俺は、アロガンツを構えさせた。

すぐに、グレッグとユリウスが俺の前に出て止めてくる。

『リオン、お前は少し落ち着け！　さっきから無茶をしすぎだ』

『補給を受けろ。俺たちがこいつらの相手をする』

二人が武器を構えるが、対する魔装騎士たちは三十体もいる。

その後ろに控えているのは、帝国軍の通常鎧を使用する守備隊だ。

大きな盾を持ち、ここから先は通さないという意志が感じられた。

今の二人なら何とか勝てそうな気もするが――ここで無駄な時間を使ってはいられない。

クリスとブラッド、そしてジルクにあまり負担をかけたくなかった。

ルクシオンが、アルカディアの主砲が放たれる時間が来たと知らせてくる。

『マスター、敵主砲の発射態勢が整います。あまり時間をかけていては、外で戦っている味方の損害が増えます』

「そうだな。――ルクシオン、強化薬の投与を頼む」

強化薬の使用を決断した俺に、ルクシオンが抵抗する。

『つ!?　それは駄目です！　許可できません！』

俺に強化薬を使わせたくないのだろうが、今はこのやり取りをしている時間も無駄に思えていた。

「ルクシオン――命令だ」

ルクシオンは俺の命令には逆らえない。

『――はい。強化薬を投与します。中和剤投与まで残り時間は九分五十八秒です』

背中のバックパックから針が打ち込まれ、液体が俺の体の中に入ってきた。

「かはっ！」

急激に全身が熱くなり、目の前の視界が狭くなってくる。

苦しくて呼吸もできず、涎《よだれ》が垂れる。

数秒が何十秒、何分にも感じられる苦痛の時間に耐えていると、体に馴染んだのか苦しみから解放されて体が軽くなった。

視界が広がるのに加えて、高揚感に包まれて何でも出来そうな気がしてくる。

全身に普段よりも力が入る。

心臓がいつもよりも強く鼓動している気がした。

俺は手で涎を拭うと、ユリウスとグレッグに言う。

「二人とも、下がれ」

『リオン、お前まさか!?』

グレッグを押しのけて前に出ると、親衛隊長と思われる魔装騎士が口を開く。

『外道騎士自ら我らの相手をするというのかな？　お前の首を手土産にすれば、さぞかしアルカディア様も喜ばれるだろう』

魔装という力を与えられ、アルカディアに大きな恩を感じているらしい。

この段階で皇族の名が出て来ないのに、親衛隊を名乗るのはいかがなものかとも思ったが――今の俺には興味もなかった。

「悪いけど、お前たちの話には興味ないね」

『アロガンツのリミッターを解除します』

ルクシオンがアロガンツのリミッターを解除した。

リミッターとは、安全装置のようなものだ。

アロガンツが本気を出して動けば、パイロットの負担になるため普段は制限をかけている。

俺でなくとも、一般的なパイロットがリミッターを外したアロガンツに乗ればコックピットの中で大惨事になるだろう。

だが、強化薬を投与した俺ならば、リミッターを外したアロガンツにも耐えられる。

それ程までに、マリエが俺に届けてくれた強化薬の効果は絶大だった。

アロガンツが加速して、魔装騎士との距離を詰めた。

『なっ!?』

魔装が武器を振るう前に、アロガンツが敵の頭部を掴んで——そのまま握り潰した。

右手に持った戦斧を振り下ろすと、魔装騎士が綺麗に両断される。

圧倒的なアロガンツのパワーを、強化薬を使った俺なら完全に制御できていた。

「——悪いけど時間がないんだよ」

徐々に周囲の動きが緩やかに見えてきた。

慌てている敵が剣を抜いてこちらに向けてくるが、その攻撃を紙一重で避けたアロガンツが手の平を魔装騎士に当てる。

敵も素早く攻撃をしてきたつもりだろうが、俺には敵の動きがスローに見えていた。

「やれ」

『インパクト』

二体目が爆散すると、親衛隊の魔装騎士がアロガンツに群がってくる。

武器を振り下ろし、魔法を放ち、アロガンツを囲んで叩こうとする。

戦斧を振るって敵を斬り裂いていく。

ルクシオンがモニターに中和剤投与までのタイムリミットを表示しているのだが、デジタルの数字がゆっくりと動いているようにしか見えない。

「マリエ、お前のおかげで俺は目的を果たせるぞ」

敵からすれば、アロガンツが急に高速で動いているように見えるのだろうか？

一方的に親衛隊を屠《ほふ》っていた俺だが、いつの間にか操縦桿を強く握っていた。

ギチギチと音がするほどに。

そして、違和感があった。

「涙？」

何故か涙が流れたと思って指で触れたら、それは目からの流血だった。

これだけ強力な効果を発揮する薬だから、当然のように体への負担は大きいはずだ。

気が付けば敵を倒すことに集中しすぎており、タイムリミットが迫っていることに気付いていなかった。

『マスター、中和剤を！』

ルクシオンの声で我を取り戻した俺は、周囲を見て呟く。

「あぁ――終わったのか」

気が付けば、魔装騎士だけでなく守備隊までもアロガンツ一体だけで文字通り全滅させていた。

第12話

「仮面の騎士たち」

戦闘が終わった光景を見て、ユリウスは目を見開いていた。

敵機の残骸に囲まれたアロガンツは、無傷でそこに立っていた。

その姿が、ユリウスには禍々《まがまが》しく見えて仕方なかった。

「リオン、お前は一体何をしたんだ？」

これまでとは明らかに違う動きをしたアロガンツに、ユリウスは嫌な予感がしてしょうがない。

間違いであってほしいと強く願っていると、アロガンツが振り返ってくる。

『——何も。それよりも、少し疲れた。ちょっと休ませてくれ』

先程まで信じられないような動きを見せたアロガンツだが、今は動くのもやっとという状態だ。

いや、アロガンツではなく、リオンに限界が来ているのだろう。

リオンは随分と消耗していた。

グレッグが苦々しさを出した声で言う。

『マリエの薬を使ったのか』

「薬!?　おい、本当にアレを使ったのか!?」

強化薬。

様々な種類が存在しているが、この手の薬にはデメリットがあるとユリウスも知っていた。

身体能力や魔力を増強してくれる便利な薬だが、効果が大きくなれば体への負担も当然ながら大きくなる。

また、即効性がある薬ほど体への負担は大きい。

さっきまでのアロガンツの動きを見れば、リオンが効果が大きく、それでいて即効性のある強化薬を使用したのは明白だった。

そんな薬をリオンに届けたのはマリエである。

マリエがリオンに届けてしまい、後悔していたあの強化薬だ。

ユリウスの鎧が、アロガンツの肩を掴んだ。

「あの強化薬を使ったのか!?　どうしてそんな無茶をするんだ！」

だが、リオンはユリウスの忠告を聞き入れるつもりがないらしい。

『時間がないんだよ。さっさと先に進むぞ。動力炉を破壊しないと――この戦いが終わらないだろうが。それに、フィンだってまだ出てきていないんだぞ』

ユリウスは、噴き出した冷や汗を手で拭った。

「あいつは今のお前よりも強いって言うのか？」

フィンの強さはユリウスも聞いていたが、今のリオンに勝てるとは思えなかった。

リオンが苦しそうな声で答える。

『――あいつは俺がやる』

無茶を言うなと言いたかったが、リオンがこれだけ決意をしているとなると、ユリウスには止めることができない。

(覚悟を決めているとは思ったが、ここまでとは――)

リオンがここまでの覚悟をしているとは思わず、ユリウスは自分が見誤っていたと後悔する。

そして、アロガンツを鎧で押しながら移動を開始した。

「お前はフィンと仲が良かっただろ。無理して戦う必要もないはずだ。俺とグレッグに任せていいんだぞ」

自分たち二人では到底勝てるとは思えなかったが、それでもリオンとフィンを戦わせることは避けたかった。

そんな気持ちを察したのか、リオンは苦しそうに笑っている。

『無理だな。お互いに退けないし、退くつもりもない』

「そうか」

先頭を進むグレッグだが、リオンを気にかけていた。

動力炉までの距離を尋ねてくる。

『おい、ルクシオン。目的地はまだ先なのか？』

アルカディア内部に侵入してから、迷路を進み時間を取られてしまった。

予想よりも時間がかかりすぎているため、グレッグも焦っているのだろう。

リオンの様子に加えて、クリスやブラッド、ジルクの三人のことも心配しているようだ。

『この先にあるはずです。動力炉と思われる強力な反応があるので、間違いありません』

徐々に魔素の濃度が濃くなっている。

メーター類がそれらを示し、ようやく目的地に到着しそうだ。

「動力炉さえ破壊すれば、この巨大な要塞も沈むのか？」

『それは間違いありません』

グレッグが暗い雰囲気を吹き飛ばすために、あえて陽気に振る舞い出す。

『何だ。割と簡単じゃないか。こんな要塞に勝てなかったご先祖様たちは、いったい何をしていたんだ？』

その疑問に答えるルクシオンは、グレッグの気持ちを台無しにするほどに冷静だった。

『アルカディアが万全な状態であれば、私たちは既に滅ぼされていました。全く勝負になりませんでしたよ』

グレッグは微妙そうに言う。

『そ、そうか』

ユリウスは、ルクシオンの話を聞いて少しばかり安堵していた。

「万全の状態ならば、か。追い詰めてくれたご先祖様たちに感謝しないといけないな、グレッグ」

『ユリウスも意地が悪いよな』

ルクシオンは、アルカディアを追い詰めてくれた旧人類の軍人たちに感謝していた。

『ここまでアルカディアを追い込めたのは、旧人類の軍人たちのおかげです。我々が戦えているのは、彼らの奮戦があればこそですよ』

グレッグは、ばつが悪そうにしながらも、努めて陽気に振る舞う。

『なら、俺たちが止めを刺して、ご先祖様たちの心残りを解消してやるか』

その時、後方から何かが接近する気配にユリウスは気が付いた。

ユリウスはアロガンツを手放し、そして盾を構えて庇うように立つ。

「追いつかれたか」

リオンが苦しそうにしながらも、友人がいるかを尋ねる。

『フィンはいるか？』

解析を終えたルクシオンが、リオンに答える。

『ブレイブの反応は感知できませんでした。ですが、敵は魔装騎士の集団と予想されます』

追いかけてくる敵の中に、フィンはいなかった。

だが、厄介なことに変わりはない。

グレッグがジルクたちを心配する。

『おい、もしかしてジルクたちは突破されたのかよ!?』

ルクシオンは言葉を濁す。

『別ルートから要塞内に入った可能性もあります。敵の存在が、彼らの敗北を意味するとは現時点では断言できません』

会話をしている間に、魔装騎士たちが追いついてきた。

その後ろには、通常部隊の鎧を引き連れている。

ユリウスたちを発見すると同時に敵が発砲してくるので、ユリウスがアロガンツを庇っていた。

ユリウスは盾を構えながら、敵の様子を確認していた。

（魔装騎士の数が多いな。それに、鎧の数も多い。守備隊ではないようだが、外から連れて来たのか？）

チラリとアロガンツを見れば、リオンの動きがぎこちなかった。

「ルクシオン、リオンは戦えるのか？」

『既に中和剤を投与しました。すぐに回復するでしょうが、現状では戦闘に耐えられるとは思えません』

「それでも回復はするんだな？」

『はい』

ルクシオンとの会話で、ユリウスは覚悟を決めて深呼吸をした。

「それなら、この場は俺が残ろう」

ユリウスの白い鎧が剣を抜いて右手で構えると、バックパックに固定された二門の大砲が敵に向けられた。

ユリウスの鎧はキャノン砲を背負っていたが、ルクシオン製の特別品だ。

発射されるのはエネルギー弾であり、着弾すると大きな爆発を起こした。

「行けよ。わざわざ俺が残ってやるんだぞ」

まだ回復しきらないリオンが、ユリウスの行動に驚いていた。

『お前は王子様だろうに』

そんなリオンの台詞を聞いて、ユリウスは自嘲した。

「今はお前の方が価値は上さ。――先に行け。俺がお前のために時間を稼いでやる」

『一人でこの数を相手に出来るわけが――』

二人の会話に割り込むのはグレッグだ。

『なら俺も残るぜ！　ユリウスだけを残すのが心配なら、俺も残ってやるよ』

リオンが何かを言いかけるが、ユリウスはアロガンツを押した。

「行け！　時間がないのだろう？」

アロガンツが背中を向けると、リオンは何も言わずに先へと進んでいく。

「それでいい。後はお前に任せるぞ、リオン」

アロガンツを見送ったユリウスだったが、魔装騎士の一体が飛び込んできた。

リオンの乗るアロガンツに気が付き、これ以上先へ進ませてはいけないと強引に突撃してきたのだろう。

それをユリウスは盾で防ぐ。

「悪いが通行止めだ！」

『ぐっ!!　外道騎士のオマケが偉そうに！』

ユリウスの白い鎧は、魔装騎士を強引に弾き飛ばした。

ルクシオンが用意してくれた鎧は、魔装騎士とも十分に戦えた。

「オマケと思って侮れば痛い目に遭うぞ」

後方からは銃撃されるが、それを盾で防ぎつつ背中のキャノン砲を使って応戦する。

もう一体の魔装騎士が飛び出してくるが、横からグレッグが槍で串刺しにした。

『ユリウス！　あんまり飛ばすと、後で息切れするぜ！』

「大きなお世話だ。ほら、次が来るぞ！」

二人がリオンのために敵の増援を防ぐため戦い始める。

◇

フィンはミアを連れて司令室を訪れていた。

現状では司令部が一番安全であるためだ。

『姫様ぁぁ！　ご無事で何より！　——おい、姫様の席を用意しろ』

案の定、ミアが来るとアルカディアは泣いて喜んでいた。

司令部にいる忙しそうな兵士たちに命令をして、ミアの席を用意させるなど無茶ぶりを始めていた。

そんなアルカディアを無視して、ブレイブが状況を知らせてくる。

『相棒、アロガンツが動力炉に迫っている。味方は蹴散らされるか、足止めを受けて止められない。

このままだと危険だ』

知らされた状況に、フィンは手を握りしめた。

「そうか」

険しい表情をするフィンに、ミアが抱きついた。

「ミア？」

驚くフィンだったが、ミアが震えていることに気付くとそっと抱き締める。

「騎士様、お願いです。お願いですから――戻ってきてください。ミアを一人にしないで！」

泣いているミアの頭を、フィンは優しくなでる。

「大丈夫だ。必ず戻ってくるよ」

「本当ですか？」

「あぁ、本当だ。だから、ここで待っていてくれ」

ブレイブもミアを安心させる。

『ここが一番安全だからな。ミアがここにいれば、相棒も心置きなく戦えるぜ』

陽気に振る舞って安心させるブレイブに、ミアは潤んだ瞳を向けた。

「ブー君もちゃんと戻ってきてね。いなくなったら嫌だからね」

『任せろ！　というか、ブー君って呼び方はどうにかならないのか？　相棒は黒助って呼ぶし、みんなブレイブって呼んでくれないよな』

いじけるブレイブを見て、フィンは可笑しくなった。

「似合っているだろ、黒助」

ミアも微笑む。

「ブー君って可愛いと思うよ」

『やっぱ、お前らの感性って理解できないわ』

普段通りの会話をして安心したのか、ミアがフィンから離れた。

そして両手を握って、祈るようにフィンを見上げた。

「騎士様、ご武運を」

フィンは笑顔で応えるのだ。

「――あぁ」

◇

アルカディアの外でも動きがあった。

『ロイク様、お下がりください！』

味方の鎧に止められているのは、ボロボロの鎧に乗ったロイクだった。

今も襲いかかってくるモンスターや、帝国の鎧を倒している。

「ここで俺が引いてどうする！」

共和国軍の鎧部隊を率いるロイクは、自分が部隊の中核であるのを正しく理解していた。

そんな自分がこの状況で下がれば、共和国軍の鎧部隊が崩れると察していた。

「姉御のためにも踏ん張らないと駄目だろうが。それに、俺たちはあの人に何度も救われたんだぞ。ここで下がれるかよ」

何度もリオンに助けてもらった。

だから、恩を返さなければならない。

奮戦するロイクだが、鎧の方が先に限界に達してしまう。

関節が悲鳴を上げ、空中で分解してしまった。

背中のエンジン部分も火を噴く。

「こんなところで!?」

鎧が空中分解を始めると、味方が強引にロイクを下がらせる。

『ロイク様を下がらせろ！』

『アルベルク様に連絡を急げ！』

『もう無茶をしないでくださいよ！』

部下たちに叱られながら戻るロイクは、自分が抜けても戦う共和国の鎧部隊を見て安堵する。

(何だ、やればできるじゃないか)

◇

ファンオース公爵家の飛行戦艦。

艦橋にいるヘルトルーデは、奮戦する共和国軍の様子を眺めていた。

「紋章頼りだった共和国軍にしては、随分と踏ん張るわね」

近くにいた艦長がヘルトルーデに提案する。

「ヘルトルーデ様、我々も限界です。王国軍も前に出てきました。ここで下がっても問題ありません」

王国軍の後方にいた艦隊が前に出たことで、戦況はいくらか楽になった。

それでも、油断できる状況でもない。

ヘルトルーデは、艦長の意見をはね除ける。

「駄目よ。この戦いで引くことは許さないわ」

「しかし！」

「それに、逃げたところで」

逃げたところで、待っているのは種族としての死だ。

その言葉を言い終わる前に、アルカディアの様子が変わる。

要塞が主砲を放とうと準備を始めていた。

艦橋にいた兵士が叫ぶ。

「敵の攻撃が来ます！」

ヘルトルーデもここまでかと覚悟を決めると、飛行戦艦の横を白い何かが横切った。

「あれは！」

それは一本角が特徴的な――リコルヌだ。

その両脇には、旧人類の残した宇宙船が従っている。

シールド特化に改修された宇宙船が、アルカディアの主砲からの盾になった。

途中で防ぎきれずに大破すると、今度はリコルヌが前に出て味方を守るように魔法障壁をカーテンのように展開する。

敵の主砲を完全に防いでいた。

ヘルトルーデは、リコルヌを見て肩をすくめた。

「王家の船以上に厄介な存在になっているじゃない」

かつて戦った王家の船よりも、今のリコルヌの方が敵に回したくないと思えた。

だが、今はアルカディアの主砲を防いでくれる味方である。

この状況を利用することにしたヘルトルーデは、味方に檄を飛ばす。

「皆の奮戦を期待します。ここでファンオースの名を知らしめなさい！」

ファンオース家にとっては、ここで頑張らねばならない理由も多い。

今後の王国での立ち位置に関わってくるためだ。

それを考えると、安易に下がるという判断はできない。

そして、個人的な理由もある。

（あの聖女様だけは、今も嫌いになれないのよね）

◇

『キャアアア！　私のリコルヌがぁぁぁ！』

主砲の一撃を何とか防いだリコルヌだが、無事というわけではない。

船内は激しく揺れたし、各部にかかる負荷にクレアーレが悲鳴を上げていた。

聖樹の若木からエネルギーを得ているから、シールドで防げば問題ない、という単純な話でもなかった。

両手で杖を握りしめ、立っているマリエは呼吸が荒くなっていた。

シールドを展開する役目を、リビアだけでなくマリエも担っていた。

いや、むしろ大半をマリエが担っていた。

「マリエさん」

心配するリビアの顔を見て、マリエは強がってみせた。

「これくらい平気よ。あんたは力を温存しておきなさい」

だが、アルカディアに近付いて主砲の一撃を防いだのだ。

その負担は相当であり、マリエが苦しんでいることに気付いたカーラが焦っていた。

「マリエ様、疲れているなら休んだ方がいいですよ！」

優しいカーラに、マリエは笑顔を向ける。

無理矢理作った笑顔であるためか、引きつっていた。

「だ、大丈夫よ。心配しないで」

カイルが水とタオルを持ってくる。

「ご主人様、あんまり無理をすると倒れちゃいますよ」

「だ、大丈夫よ。これくらいで倒れるほど――柔じゃない、から」

杖を握りしめ、何とか立っている状態だった。

受け取った水を飲むと、周囲で戦っているリオンの友人たちの声が聞こえてくる。

彼らは前に出たリコルヌを守るため、周囲に護衛として展開していた。

『リコルヌに敵を近付けるな！』

『狙って撃とうなんてするな！　前に撃てば嫌でも当たる！』

『あぁぁぁ！　やっぱり恰好をつけて参戦しなければ良かったぁぁぁ！　リオンの馬鹿野郎ぉぉお!!』

悲鳴交じりの声だ。

リオンの友人たちが扱う飛行船も鎧も、ルクシオンが建造しているだけあって性能がいい。

そして、彼らは数年前から扱っており、練度も高い。

リオンに付き合い戦わされること数回――慣れてしまっているのだろう。

だが、そんな彼らがマリエには頼もしく見えた。

マリエが汗を拭う。

（兄貴の友達も頑張っているわね）

リオンが学園で用意した貴重な戦力は、この大事な戦いでも役立っていた。

契約に縛られた関係とは聞かされていたが、マリエから見るとそれ以上の何か——友情のようなものを感じられた。

しかし、そんな彼らがいても油断できない状況が続いている。

彼らが頑張っても、戦力差は簡単には縮まらない。

クレアーレが青い目を光らせた。

『ちっ！　抜けてくる連中がいるわね』

モンスターたちも脅威に感じたのか、リコルヌに群がり始めた。

味方がリコルヌの盾になるため前に出るが、味方の飛行戦艦を無視してモンスターたちは押し寄せてくる。

窓の外に二十メートルを超えるモンスターが迫っていた。

アンジェがクレアーレに叫ぶ。

「迎撃は！」

『ごめんなさい。さっきのダメージで無理よ。復旧まで三十秒かかるの。あ、でも大丈夫よ。実はこういう時のために——』

迎撃は間に合わないと思われた時だ。

マリエは目を見開く。

「——え？」

迫り来る大きなモンスターたちが、剣で斬り裂かれた。
そのまま黒い煙になって消えていくのだが、そこにいたのは二機の白い鎧だった。
鎧の姿はユリウスの機体に似ているが、アレンジが加えられていた。
頭部に仮面を付けたような飾りが用意されていた。
そんな二機の白い鎧が、リコルヌを振り返った。
『困っているようだね、レディたち』
艦内のモニターには、白い鎧のパイロットと思われる人物たちの映像が映し出された。
揃いも揃って、似たような仮面を付けていた。
アンジェが無表情で、二人に対して言う。
「何をされているのですか？」
仮面を付けた男たちは、それぞれ似たようなポーズを取る。
まるで事前に示し合わせたのではないか？　と疑いたくなるような出来映えだ。
そして同時に口を開くと。
『私は名前のない騎士。今は仮面の騎士とでも呼んでほしい』
『今は仮面の騎士と名乗っておこう』
二人揃ってユリウスと同じようなことを言い出した。
マリエは体の力が抜けて、膝から崩れ落ちる。
（こいつらやっぱり親子だぁぁ！）

二人から駄目な臭いを感じ取り、マリエは血というものの恐ろしさを知るのだった。

そんな仮面の騎士たちだが、今になって相手の存在に気付いたらしい。

互いに向き合って罵り合う。

『貴様は誰だ！　仮面の騎士は私だぞ！』

『そっちこそ誰だ！　徹夜で考えた俺様の恰好を真似やがって！』

どうやら互いに相手の正体に気付いていないらしいが、それが余計に第三者から見ると何とも言えない微妙な気分にさせられる。

『センスのない仮面をしやがって！』

『言ったな！　アーレも恰好いいと言ってくれた仮面を侮辱したな！　そこに直れ！　叩っ切ってやる！』

喧嘩を始める二人だが、周囲は呆れたため息を吐いていた。

仮面の騎士の正体は、ローランドと、ジェイクだった。

疲れた顔のリビアが、二人に対して冷たい態度を取る。

「邪魔をするなら帰ってください」

女性に冷たい対応をされたのが悲しいのか、ローランドの方が露骨に狼狽えていた。

『お、お嬢さん？　それはちょっと冷たいんじゃないかな？』

ジェイクの方は、アーレ一筋なのかリビアの態度に興味がないようだ。

『ここで帰ったら笑いものだろうが。まぁ、いい。今はこいつとも共闘してやる。俺様の足を引っ張るなよ、偽仮面の騎士』

偽者扱いを受けたローランドは、必死に自分がオリジナルだと叫ぶ。

『私が本物だ！　私こそがオリジナルだ！　それよりも、声からすれば若造か？　親の顔が見てみたいものだな！』

親を貶されたのが許せないのか、ジェイクが噛みつく。

『貴様の方こそ、言動から想像するにろくでもない大人なのだろう？　あぁ、返事をしなくてもいいぞ。お前がロクデナシだと言わないでも伝わってくるからな』

『こ、この糞ガキがぁぁぁ』

言い争う二人を無視して、クレアーレが事情を説明してくる。

『実は出発する前に二人が別々に相談に来てね。この戦いに参加したいって言うから、ルクシオンが用意していた鎧の予備機を貸してあげたのよ。それにしても、親子揃って同じ恰好をするって興味深いわね』

どうやら、仮面などの恰好までは、クレアーレも関わっていないらしい。

それなのに、親子揃って似たような恰好をしてきた。

マリエが窓の外で戦っている二人を見る。

「親子って怖いわね」

ユリウスも同じ恰好をしていることから、この二人と同レベルなのだと思うと悲しくなるマリエだった。

第13話「バーニング」

「おらぁぁぁ!!」

要塞内の広間で槍を振るうグレッグは、次々に押し寄せてくる帝国の鎧を前に息を切らしていた。

「はぁ――はぁ――きりがねーな」

隣で戦っているユリウスも、グレッグに同意する。

その声には疲労が感じられた。

『帝国も必死だな。だが、ここから先に行かせるわけにはいかない』

ユリウスが敵を通したくない理由を、グレッグは何となく察していた。

「フィンのことか? 俺はリオンと奴を戦わせたくなかったけどな」

友人であった二人を戦わせたくなかった。

だが、ユリウスは止めるつもりはないらしい。

むしろ、二人が戦うことを肯定していた。

『リオンが戦うと覚悟を決めたんだぞ。俺たちが止めるのは野暮だろ』

「――そうだな」

二人の後ろに控える無人機が、背負っているコンテナから交換する武器を取り出していた。

グレッグはボロボロの槍を床に突き刺すと、新しい槍を受け取る。

「よし！　ドンドン来いや――ん？」

槍を構えたグレッグが見たのは、広間の入り口に現れた新しい集団だった。

魔装騎士たちの登場に、一般の鎧に乗る騎士たちがざわついている。

まるで勝ちを確信したように騒いでいた。

ユリウスも違和感を覚えたらしい。

『何だ？　これまでの敵とは様子が違うぞ』

グレッグの視線は、炎を翼のように広げた魔装騎士に釘付けにされていた。

ハルバードを持ったそいつは、魔装騎士たちを従えている。

周囲の魔装騎士たちよりも僅かばかり大きく、見るからに強そうだ。

それ以上に、威圧感が放たれていた。

何より、率いている魔装騎士たちは傷ついていた。

ここに来るまでかなりの無茶をしたのだろう。

それなのに、炎を操る魔装騎士には傷一つ付いていなかった。

「ヤベぇの一人いるな」

グレッグが呟くと、炎を操る魔装騎士が地面に降り立った。

『要塞内に乗り込んできた覚悟は認めてやろう。だが、お前たちにはここで死んでもらう』

低く重い声は、歴戦の猛者を思わせる。

グレッグが槍を構えたところに、魔装騎士のハルバードが振り下ろされた。

その衝撃に、グレッグの乗る赤い鎧がギシギシと音を立てる。

鋭く重い一撃に、グレッグは冷や汗をかいていた。

だが、相手はそんなグレッグに興味を持ったらしい。

『今の一撃を受け止めるか』

「そんなに驚くことかよ」

平静を装って魔装騎士を押し返すと、相手は下がってハルバードを構えた。

『グンターだ。グンター・ルア・ゼーバルト！　帝国魔装騎士の第二席である！』

相手の名乗りに、グレッグも応える。

「グレッグ・フォウ・セバーグだ。てめぇをぶっ倒す男の名だぜ」

軽口を叩くが、グンターは気にした様子がなかった。

『威勢の良い奴は嫌いじゃない。だが、これは戦争だ』

グンターの部下と思われる魔装騎士たちが、グレッグを囲もうとしていた。

「ちっ!?」

強敵を前に、他の魔装騎士たちの相手をする余裕がないグレッグが焦りを覚える。

すると、ユリウスがグレッグに近付いて背中を合わせた。

『グレッグ。これまでの奴らと違ってこいつらは手練れだ』

「あぁ、理解しているぜ。それでよ、ユリウス。相談があるんだけどよ――あのグンターは俺に任せてくれねぇか？」

『一人で相手をするつもりか？』

グンターの強さをユリウスも見抜いたのだろう。

だから、グレッグに近付き二人で戦おうとした。

しかし、このままでは敵に囲まれて、思うように戦えぬまま負けてしまう可能性が高い。

「俺の鎧は一対一に強い。それに、第二席となれば帝国で二番目の騎士って意味だろ？　俺に戦わせてくれ」

グレッグの言い方では、ユリウスを軽んじているようにも捉えられる。

だが、ユリウスはグレッグに侮られたとは考えていなかった。

『確かに、万能型の俺の鎧よりもお前の方が勝率は高い』

襲いかかってくる魔装騎士たちの相手をしながら、二人は会話をしていた。

ユリウスはグレッグの提案を受け入れた。

『他は任せてもらおうか』

「――感謝するぜ、ユリウス！」

グレッグが前に飛び出すと、グンターの部下たちが襲いかかる。

それをユリウスがキャノン砲の砲撃で牽制した。

『お前たちの相手はこの俺だ！』

友の助けを借りてグンターとの距離を詰めたグレッグは、槍を突き出した。

その攻撃をハルバードで受け止めるグンターは、僅かに呆れていた。

『ワシを一人で止めるつもりか？　お前では無理だ』

グレッグを侮るような発言ではあったが、それは事実だった。

ハルバードを振るうグンターは、グレッグよりも実力も経験も上だった。

しかし、グレッグも引き下がれない。

「俺の取り柄は諦めの悪さだ。勝てないって言われたら、挑んでみたくなるんだよ！」

鋭く槍を突き出すグレッグに、グンターも脅威と感じたのか真剣味が増す。

『いい動きだ。お前の技量は才能と努力を併せ持った者のそれだ。それに、お前の動きに追従できる鎧も素晴らしい——だが！』

そんなグレッグの鎧を、グンターはハルバードの一振りで強引に吹き飛ばしてしまった。

「ぐっ!?」

吹き飛ばされたグレッグだが、即座に槍を構えた。

そうしなければ、次に襲いかかるグンターの攻撃を防げないからだ。

強引に吹き飛ばされ飛び上がったグレッグの赤い鎧に、グンターの魔装騎士は背中から炎を吹き出して追撃を仕掛けてくる。

『操縦者の実力も！』

「がっ!!」

グンターの振り抜いたハルバードの一撃を受け止めるが、グレッグの鎧は簡単に吹き飛ばされた。

『鎧の性能も！』

「っ!?」

次々に振るわれる重い一撃を受け止めるが、鎧からきしむ音が聞こえてくる。

『ワシの方が上だ！』

グンターの渾身の一撃に、グレッグの鎧は吹き飛ばされて壁に激突した。

そんなグレッグの姿を見て、他の魔装騎士や鎧を相手にするユリウスが呼びかけてくる。

『グレッグ!?　しっかりしろ、グレッグ!!』

ユリウスの呼びかけに、グレッグは口の両端を上げて笑みを浮かべた。

「心配するなよ、ユリウス。――こいつは俺が止める。じゃないと、リオンの邪魔になっちまうからな」

このままグンターをリオンのところに向かわせては、作戦が失敗する可能性が高まってしまう。

グレッグはコックピットにあるレバーに手をかけ、ロック解除のトリガーを引きながら前に押し込んだ。

コックピット内に電子音声が警告を出す。

『強制過負荷状態へ移行します。機体の爆発まで残り三分です』

「ははっ！　いいね。三分もあれば余裕だぜ!!」

グレッグが行ったのは、赤い鎧に搭載された切り札の使用だ。

鎧を改修してもらった際に、グレッグの赤い鎧は全力を出せば機体が暴走すると説明を受けていた。

暴走と言っても暴れるのは内部の装置であり、短時間だけならば鎧の性能を倍増させることが可能だった。

グレッグの赤い鎧が、関節から炎を噴出する。

その様子にグンターも危険を察知したらしい。

『貴様、何をした？』

急激に性能が上昇したグレッグの赤い鎧は、今度はグンターの魔装騎士を吹き飛ばしてしまう。

「何って？　切り札を使ったんだよ」

『その様子からして尋常ではない。まさか、内部を暴走させたのか!?』

赤い鎧のコックピットが、熱を持ち始める。

グレッグは無視して、グンターの魔装騎士に襲いかかった。

「お前をリオンのところに行かせるくらいなら、自爆してでも止めてやるよ!!」

グンターがグレッグから距離を取ろうと下がるため、無駄に時間を消費していく。

どうやら、時間稼ぎをしているらしい。

「逃げるのかよ、二番目野郎！」

『その様子なら時間切れまで逃げればワシの勝ちだ。焦って切り札を切るタイミングを間違えたお前の負けだ』

グレッグの鎧が内部エネルギーの暴走に耐えきれず、徐々に崩壊を始める。

装甲はひび割れ、関節部が若干溶け始めていた。

「言っただろ――俺は諦めが悪いんだよ」

グレッグの鎧が速度を上げてグンターに体当たりをした。

槍を突き出そうとするが、鎧が発する炎でドロドロに溶けてしまっている。

仕方がないので、グレッグはグンターを捕まえた。

捕まったグンターは焦っているようだ。

『このままワシを自爆に巻き込むつもりか!?　ワシは本来であれば第一席の――』

「関係ない。お前を先に進ませねぇ！」

グレッグの鎧が赤く光り始める中、グンターは言う。

『若造が、ワシに勝ったつもりでいるなら大間違いだ！　お前が勝てたのは、その鎧があってこそだぞ』

「あぁ、知っているよ。俺が弱いなんて誰よりも自分が一番よく知っているさ。だから、強い鎧を用意したんだろうが」

『――自分の弱さを認めるとは潔い男だ』

この状況で落ち着いているグレッグの覚悟を知り、グンターは炎に焼かれながら笑い出す。

『若造。いや、グレッグ！　誇っていいぞ。このワシを！　第二席のワシをこの場で止めたのは、大きな功績だ！　貴様のような敵と最後に戦えてよか――』

タイムリミットが来ると、グレッグの鎧はグンターを巻き込んで爆発した。

燃えさかるコックピットの中、グレッグは第二席の足止めに成功しながらも悔しさを滲ませた顔をしていた。

もう少しだけ――リオンたちと一緒に戦いたかったのだ。

「あぁ、ちくしょう。これで終わりかよ。リオン――後は任せたぞ」

第14話「愛」

グレッグの赤い鎧が、グンターの魔装を巻き込み大爆発を起こした。

広間に爆風が発生し、帝国軍の鎧が吹き飛ばされていった。

「グレッグ――グレッグ!!」

グレッグの鎧は溶けてなくなり、残ったのはグンターの魔装の一部のみ。

周囲はグンターが負けたことに驚いていた。

『グンター様が負けた!?』

『嘘だ。あの人が負けるなんてあり得ない!』

『敗北者の末裔共が、いつまでも抵抗しやがって!!』

激高する魔装騎士や、立ち上がる鎧たち。

ユリウスはグレッグの安否をすぐにでも確認したかったが、それが許される状況ではなかった。

奥歯を噛みしめて気持ちを押し殺し、そして自分の役目を果たす覚悟を決める。

「ここで敵を通したら、グレッグたちの覚悟を無駄にしてしまう」

生き残った無人機たちが、ユリウスの側に来ると武器を構えた。

帝国軍の鎧も、そして魔装騎士たちも、ユリウスを見ていなかった。

『動力炉に進んだ外道騎士を追え！』

『グンター様の意志を無駄にするな！』

『白い鎧は無視しろ！』

自分を無視して先へと進もうとする魔装騎士たちに向かって、ユリウスはキャノン砲をお見舞いした。

その砲撃は一体に直撃し、床に落下させる。

ユリウスを脅威と思ったのか、魔装騎士たちの動きが変わった。

『こいつも厄介な奴か』

『袋叩きにしてやればいい』

自分を囲んでくる魔装騎士たちに向かって、ユリウスは言う。

「来るなら本気で来い。今の俺は、マリエへの愛のため――そして、リオンとの友情のために命を捨てる覚悟だ」

そう言うと、ユリウスの鎧がキャノン砲をパージした。

そして、バックパックから青白い炎が噴出する。

僅かに青白く輝く鎧は、出力を上げていた。

そんなユリウスの発言を、帝国の騎士たちはからかい始める。

『何が愛だ。何が友情だ！　ここは戦場だ。強い奴が勝つんだよ！』

戦斧を持って斬りかかってきた魔装騎士の一撃を、ユリウスは盾で受け流すと剣を突き刺して止めを刺した。

ユリウスの動きに、周囲の魔装騎士たちは黙ってしまう。

強敵である、とユリウスを認めたからだ。

「お前たちは笑うだろうが、今の俺は本気だよ。愛している人の願いでここにいる。友を助けたいから、ここにいる！」

言いながら、ユリウスはかつての自分を思い出して自嘲した。

リオンと初めて戦った時――決闘でボロ負けをした時だ。

（俺はあの時もマリエへの愛を語っていたな。だが、今ほど重い言葉ではなかった）

今この場にて、愛と友情を本気で語った。

襲いかかってくる魔装騎士たちは、連携を取っていた。

帝国軍の鎧たちが、魔装騎士たちの掩護をしている。

銃弾に晒され、魔装騎士たちに斬り刻まれながらユリウスは戦っていた。

白く美しい鎧の装甲がひび割れ、みすぼらしくなっていく。

だが、それでもユリウスは飛び回る魔装騎士に飛び付いて剣を突き立てた。

ボロボロになりながらも戦意は衰えず、立ち向かってくる白い鎧の姿に魔装騎士たちも怯え始める。

その様子を見て、ユリウスは剣を掲げた。

「ユリウス・ラファ・ホルファート――元王太子の命が、簡単に取れるとは思わないことだ」

魔装騎士たちが一斉に、ユリウスに飛びかかった。

一斉に武器を白い鎧に突き立てていく。

ユリウスはコックピットの中で笑っていた。

「近付いてくれて感謝するぞ」

青白い炎が勢いを増すと、出力が更に上昇した。

ユリウスが剣を振り抜くと、魔装騎士たちを複数巻き込んで斬り裂いた。

暴れ回るユリウスに、魔装騎士たちが倒されていく。

残った魔装騎士は一体だけとなってしまった。

青白い炎をまとって戦うその姿に、最後の魔装騎士が鎧たちに命令を出す。

『奴はもう限界だ！　このまま撃ち続けろ！』

接近せずに銃撃で倒してしまえ、と。

ユリウスの鎧は、駆け出すと今にも砕けてしまいそうなひび割れた盾を構えた。

銃撃を受けて砕け散ってしまうと、噴出していた青白い炎も勢いを失って消えてしまった。

機体は既に限界を迎えており、動くのもやっとという状態だった。

それでもユリウスは諦めず機体を前へと進ませる。

「まだまだぁぁぁ!!」

残ったのは剣一本。

ライフルを構えた敵機たちへと、果敢に立ち向かっていく。

その鬼気迫る姿に敵も気圧《けお》されていた。

『は、早く撃ち殺せ！』

無情にも銃弾の雨に晒されるユリウスの鎧は、装甲を貫かれて左腕が吹き飛ばされた。

「あと少し――もう少しだけ――俺はリオンのために――!!」

ユリウスの白い鎧が、ボロボロになった剣を振り上げて――銃弾に撃ち抜かれた刃が砕け散った。

◇

要塞の外では、ブラッドがフーベルトと戦っていた。

「くっ――」

ランス型のドローンと、ルクシオンが残した無人機を操作するブラッドは、フーベルト率いる魔装騎士たちに苦戦を強いられていた。

『第二小隊は下がりなさい。第五小隊はそのまま、狙撃手を相手に。第八小隊は敵の飛び回るランスの破壊を優先してください』

既にランスは三本が撃破され、無人機も数体を失っていた。

（魔装騎士たちを手脚のように扱っている。本当に厄介極まりない）

フーベルトが率いる魔装騎士たちだが、実力的にはお世辞にも強いとは言えなかった。

だが、フーベルトが指揮すると話が違ってくる。

ブラッドに接近してきた魔装騎士が、そのまま剣を振り下ろしてきた。

右手に持ったランスで受け止めるも、ブラッドの鎧は押されてしまう。

相手は血気盛んな若い騎士のようだ。

彼だけは他との連携が悪く、時折無理をして向かってくるので異質だった。

『どうやら近接戦闘は苦手らしいな！』

ただ、強さに関して言えば相手をしている中で一番強かった。

「完璧すぎると可愛げがないからね。僕にも一つくらい苦手なことがあるのさ」

冷や汗をかきながらも、ブラッドは強がった。

『ほざけよ！』

魔装騎士が、このままブラッドに止めを刺そうとする。

ブラッドの鎧に刃が届こうとする寸前に、ジルクが魔装騎士の狙撃に成功した。

弾丸は魔装騎士の左腕を掠めたが、魔装用に用意された弾丸は彼らにとって毒にも等しい。

魔装騎士の左腕は膨張し、そして弾け飛ぶ。

『がぁぁぁ!?』

絶叫する相手の操縦者を、フーベルトが下がらせる。

『ライマーは下がりなさい！』

ライマーと呼ばれた魔装騎士は、フーベルトの命令に従って下がる。

『ちくしょうが』

『要塞内に戻って傷を癒しなさい。ここは我々だけで十分です』

ライマーは悔しそうに撤退していく。

その際、ジルクに対して恨みを向けていた。

『緑色の鎧――てめぇのことは覚えたからな！』

フーベルトの指示が中断された瞬間に、ジルクがブラッドの無事を確認してくる。

『ブラッド君、これ以上は無理です。君も下がってください！』

狙撃を行っているジルクの方にも、魔装騎士たちが張り付いていた。

ジルクの鎧が顔を出せば、魔法を放って狙撃を許さない。

そんな状況で無理をして狙撃をしたせいで、ジルクの鎧は少なくないダメージを受けていた。

弾薬も心許なくなったのか、ジルクは一緒に撤退しようと提案してくる。

だが、ブラッドは引けなかった。

「フーベルトをここで倒さないと下がれないよ。それに、相手も僕を下がらせるつもりがないみたいだ」

ブラッドの言う通りだった。

フーベルトはブラッドを警戒している。

『君のせいで私は部下たちを大勢失いました。ここまでやられるとは想定外もいいところですよ』

苦戦を強いられていたブラッドだったが、それでも魔装騎士の半数を撃破していた。

「ほらね、僕が魅力的すぎて、相手が逃がしてくれないのさ」

『こんな時まで冗談を言いますか』

ブラッドのナルシストぶりに、ジルクは呆れつつも安堵した様子だった。

まだ余裕がある、と思ったのだろう。

だが、ブラッドに余裕などない。

ないのだが、それでも普段の言動を止めない。

「冗談？　心外だな。僕はいつだって本気だよ」

フーベルトの魔装騎士たちが襲いかかってくる中、二人はそれでも会話を楽しんでいた。

『君には本当に呆れますよ。――わかりました。私も最後まで付き合いましょう』

ブラッドは残ったランスを器用に操作する。

数は減ってしまったが、その分一本一本に注意を向けられた。

飛び回るランスの動きは、より洗練されている。

それはフーベルトも感じていたらしい。

『この状況で更に強くなりますか』

魔装騎士たちに囲まれても、ランスが後ろに回り込んで攻撃する。

一体、また一体と魔装騎士たちが撃破され落下していった。

「僕を甘く見ないことだ！」

そうして数を減らしていくと、フーベルトの部下たちが命令を無視して動き出す。

『お前たち、何をしている!?』

声を荒らげるフーベルトだったが、魔装騎士たちは止まらない。

ジルクを牽制していた魔装騎士たちまでも加わり、ランスや無人機に向かっていく。

「何だ？」

ブラッドは不用意に近付いた魔装騎士たちに、ランスを向けた。

回転するランスが魔装騎士を貫こうとするのだが――魔装騎士は突き刺さったランスを抱き締めるように押さえ込んだ。

「こいつらまさか!?」

気付いた時には遅かった。

魔装騎士たちの狙いは、ブラッドを丸裸にすることだ。

『これがなければ、フーベルト様がお前に負けるかよ』

『フーベルト様――こいつらに止めを！』

自分たちを犠牲にした部下たちに、フーベルトは怒気を強める。

『誰が捨て駒になれと命令した!?』

怒鳴りながらも、部下たちの犠牲を無駄にしないために、フーベルトは剣を握ってブラッドの鎧に向かって来る。

「何て奴らだ」

フーベルトのためならば命を投げ出す魔装騎士たちに、ブラッドは恐れと同時に尊敬を抱いていた。

それだけ、フーベルトが部下たちに慕われていたのだろう。

そんなフーベルトの部下も残り三体となり、ブラッドに向かって来る。

ライフルを放り投げたジルクが、外へと飛び出し、残りの魔装騎士たちに斬りかかった。

『ブラッド君、少しだけ耐えてください！』

フーベルトの攻撃を受け止めながら、ブラッドは考える。

(指揮能力だけじゃなくて、ちゃんと強いとか本当に厄介だよね)

魔装騎士たちを指揮するだけだったフーベルトだが、弱いというわけではない。

むしろ、部下たちよりも個人の技量は高い。

鋭く突き出してくる攻撃に、ブラッドの鎧は装甲を削られていく。

『やはり接近戦は苦手なようですね』

「くそっ」

視界の隅では奮戦するジルクが、魔装騎士を二体も撃破していた。

ブラッドを助けるために無理をしているのか、ジルクの鎧は左腕を失っていた。

「無茶しやがって。似合わないよ——ジルク」

ブラッドの方も既に武器の残弾はなく、左腕の隠し武器も使えない。

残ったのはランス一本と、予備の短剣くらいだ。

フーベルトもそれを見抜いており、わざわざ接近してきたのだろう。

『これで終わらせる』

部下たちの仇とは言わないが、失った者たちのために自らの手でブラッドを討とうと、フーベルトが加速して距離を詰めてきた。

ブラッドの鎧に剣を突き立てた先は、コックピットである。

「ははっ、お見事ってね」

フーベルトの勢いは止まらず、そのままアルカディアの外壁に激突した。

外壁に串刺しにされたのはブラッドの鎧だったが、フーベルトの様子がおかしい。

『何がお見事なものですか――それはこちらの台詞ですよ。侮っていたのは、どうやら私の方だった――みたい――だ』

フーベルトの魔装の腹部には、短剣が突き刺さっていた。

衝突した際に、ブラッドが突き刺した物だ。

フーベルトの魔装が、ゆっくりと落下していく。

「どうだい――僕だって――やれば――できるん――だよ。もう、剣が苦手なんて言わせ――ないから――」

ブラッドが喋らなくなる頃、残りの一体を片付けたジルクが駆けつけてくる。

『ブラッド君!?　ブラッドォォォ!!』

◇

ルクシオンが自動操縦を行うアロガンツは、アルカディアの動力炉へと到達した。

動力炉は要塞の中心部に、柱のような形で存在していた。

部屋もそれに合わせて、円柱の形をしていた。

そんな部屋には幾つも通路が繋がっており、壁には出入り口がいくつもあった。

巨大な部屋に巨大な柱。

柱は黒く、そして何本もの赤いラインが血管のように張り巡らされている。

それらが鼓動しているかのように、弱く、そして強く、と交互に発光を繰り返していた。

発光しながらゆっくりと回転し、そして魔素を放出していた。

通路からそんな部屋を覗くルクシオンは、しきりにレンズ内のリングを動かして動力炉を観察する。

『これが動力炉――魔素を生み出す装置ですか』

旧人類が、長年到達できなかった場所に足を踏み入れることができたが、ルクシオンにはそれよりも気になることがある。

『マスター、気分はいかがですか？』

中和剤を投与されたリオンの顔色は悪かった。

「最悪だ」

即答するリオンは、汗が噴き出ていた。

強化薬を使用したおかげで、随分と体に負担がかかっている。

中和剤がなければ、今頃は会話も出来なかっただろう。

『先程まで意識が朦朧《もうろう》としていましたので、それを考えると十分ですね』

「あぁ、おかげで大事な場面に間に合った」

リオンが操縦桿を握りしめると、アロガンツはコンテナを開放してミサイルを発射する。

後ろに控えていた無人機たちも同じように攻撃を開始すると、動力炉は自動的に魔法障壁を展開して攻撃を防いだ。

リオンが苦しそうに眉間に皺を寄せる。

「簡単に終わらせてはくれないか」

『接近して攻撃することを提案します。——申し訳ありませんが、もう少しだけ頑張ってください。魔素の影響でマスターのサポートが最低限しか行えません』

本来であれば操縦を代わりたいのだが、ルクシオン本体は海の底だ。

魔素の影響も強く、通信を維持するだけで精一杯だった。

メインの操縦はリオンに頼るしかなかった。

魔法障壁を突破して攻撃を叩き込めば、十分に破壊できるとルクシオンは確信していた。

随分と強固に作られてはいるものの、アロガンツに直接攻撃を叩き込まれればそれで終わりだった。

「——ミサイルも撃ち尽くした。先にコンテナを入れ替えるぞ」

『了解しました』

武器を使い果たしたので、リオンはコンテナを交換するため振り返った。

アロガンツはコンテナをパージして、受け取る態勢に入る。

無人機の一体が前に出ると、自分のコンテナをアロガンツに渡そうとした。

そのタイミングで、ルクシオンは敵機の急接近を確認した。

『マスター、敵です！　緊急回避!!』
「――来たか」
無人機たちは襲撃者の攻撃に晒され、そのまま爆発していく。
全て破壊されてはいないので、コンテナの交換は可能だ。
しかし、相手が悪かった。
ルクシオンも聞き慣れた声がする。
『久しぶりだな』
円柱状の部屋――天井から降りてくるのはブレイブだった。
他の魔装よりも一回り大きく、そして紫電をまとっていた。
バチバチと放電させているのは、操縦者であるフィンが本気ということだろう。
苦しそうにしているリオンが、それでも笑みを浮かべた。
「会いたかったぜ、フィン！」
そう言いながら、リオンは全速力で下がってバックパックを受け取ろうとする。
フィンのブレイブと戦うならば、武装は必要だ。
だが、この状況ではコンテナを装備するのは困難だった。
何よりも、リオンが何をしようとしているのか、フィンは気付いていた。
『俺もだよ』
苦しそうに、そして悲しそうに、フィンは言葉を絞り出していた。

無人機たちがアロガンツにバックパックを渡そうとすると、フィンがその邪魔をする。
電撃を放って無人機たちを破壊し、武装を渡さないようにした。
「邪魔しやがって！」
リオンが苛立つも、フィンは冷静だった。
『お前を相手に手を抜くつもりはない。悪いが俺は――負けられないんだ！』
迫り来るフィンのブレイブに対して、ルクシオンは演算を行っていた。
それが終了し、リオンに告げる。
『マスター、準備が出来ました』
「俺の相棒も頼りになるね」
『当然です。ブレイブと比べないでください』
そんな二人の会話を拾ったのか、ブレイブが激怒する。
『俺の方が頼りになるからな！』
リオンはこのままではコンテナを受け取れないと判断し、無人機たちに指示を出した。
無人機たちはコンテナのハッチを開くと、そこからミサイルを発射する。
「ぶちかませ！」
リオンの言葉を合図に、コンテナから次々にミサイルが発射された。
無人機たちが持つ銃火器も火を噴き、この場で撃ち尽くすような勢いだった。
動力炉に繋がる通路は広く造られていたが、それでも鎧と魔装が戦闘するには狭い。

大量のミサイルを前に、逃げ場のないブレイブは広げた翼を自分の前に持っていく。

翼を盾代わりにすると、そのままミサイルの攻撃を受け止め――吹き飛ばされた。

その隙を突いて、アロガンツはブレイブの横を通り過ぎた。

床に転がるのは、無人機たちが放出したアロガンツの武器だ。

その中から床に突き刺さっていた戦斧を拾うと、アロガンツは動力炉を目指した。

しかし、フィンが逃がしてくれるはずもない。

『その程度でどうにかなると思ったのか、リオン！』

フィンが振り返って剣を振り下ろしてくると、戦斧で受け止めたリオンはその体勢を維持する。

「どうにかするんだよ！　ルクシオン！」

『はい、マスター』

リオンに名を呼ばれただけで、ルクシオンは何をするべきか理解していた。

生き残った無人機の一体が、ライフルを構えていた。

そのままブレイブを狙撃させると、撃ち抜けはしなかったが体勢を崩させることには成功する。

『痛ぇ!?』

叫ぶブレイブに、ルクシオンの電子音声が苦々しく言う。

『今の攻撃で撃ち抜けないのですか』

他の魔装ならば、今の一撃で終わっていただろう。

それをブレイブは痛い、という程度で済んでいる。

ブレイブを脅威と判断していたルクシオンだが、自身の評価が間違っていたことを痛感させられた。

ブレイブは狙撃した無人機に電撃を放って破壊し、アロガンツに顔を向けた。

ブレイブの目がアロガンツを――リオンたちを睨み付ける。

ルクシオンはチャンスを潰したことを悔やんでいた。

『――申し訳ありません、マスター。せっかくのチャンスに、ブレイブを仕留めきれませんでした』

だが、リオンはあまりに気にした様子がない。

これで終わるとは考えていなかったようだ。

「この程度で終わるなら最初から苦労しないから気にするな。さて、どうしたものかな」

襲いかかってくるブレイブは、ロングソードを振り下ろしてきた。

戦斧一本で立ち向かうアロガンツは、ブレイブの攻撃をいなした。

しかし、刃同士がぶつかり合う毎に、戦斧はダメージを蓄積させ、欠け、砕け、ボロボロになっていく。

『リオン、ここで終わらせる！』

フィンが告げると同時に、ロングソードから放電が発生した。

電撃をまとった刃は、光の刃となる。

振り下ろされた刃をアロガンツは下がって避けるが、電撃が周囲に広がった。

刃を避けても電撃を受けたアロガンツだが、ブレイブとの戦いで想定される魔法――特に電撃魔法――への対策は何重にも施されていた。

それほどまでに厳重なアロガンツの装甲を、僅かとはいえ焼くほどに、今の一撃は強力だった。

ルクシオンは撤退を進言する。

『これ以上は危険です。距離を取りましょう』

しかし、リオンは否定的だった。

「背中を見せたら斬られるぞ。それよりも、このまま勝負だ」

戦斧を放り投げたアロガンツに、リオンは無手でブレイブの相手をさせる。

◇

武器を放り捨てたアロガンツを見て、フィンは警戒していた。

「悪あがきか？」

往生際が悪いだけと思いながらも、相手がリオンであることを思えば警戒してしまう。

実際に、ブレイブは酷く警戒していた。

『今の一撃で装甲を少し焼いただけって――相棒、今のアロガンツは俺たちにとって相性最悪だぞ』

ブレイブも今の攻撃には自信があった。

それなのに、アロガンツには通用しているように見えない。

止めを刺すことは無理でも、それなりにダメージを与えられる想定だった。

それを覆されてしまったブレイブは、フィンに謝罪をする。

『すまねぇ、相棒。俺のせいだ。あいつらを侮っていた』

「――気にするな。元から簡単に終わるとは思っていなかったさ」

ロングソードには魔力により生み出された電撃が宿ったままだ。

強引ではあるが、フィンはこのままアロガンツを斬り刻むことにした。

「一撃で終わらないなら、終わるまで斬り続ける！」

翼を広げて加速したブレイブは、アロガンツに体当たりをする勢いで接近した。

振り下ろされたロングソードがアロガンツを削るも、フィンは目を見開く。

「硬い!?」

『野郎！　追加装甲でガチガチに防御していやがる!!』

アロガンツに取り付けられた追加装甲が、ロングソードの一撃を防いでいた。

そして、アロガンツは両腕を前に出す。

フィンは即座にアロガンツから数メートルの距離を取った。

「お得意の衝撃波か？　だが、有効射程は見切っているんだよ！」

衝撃波を相手に叩き込むリオンたちの必殺技だが、フィンはその弱点を見抜いていた。

相手と接触しなければ威力が激減してしまう、と。

しかし、アロガンツはそのまま――。

『インパクト！』

衝撃波を発生させた。

距離を取れば大丈夫だと思っていたフィンだが、次の瞬間には衝撃波に襲われた。

「かはっ!?」

内臓が揺さぶられる衝撃を受けながら後ろへと吹き飛ばされる。

アロガンツを見れば、胸部に取り付けられた追加装甲が冷却装置を起動して煙を排出していた。

ブレイブは気付いたらしい。

『衝撃波の威力を上げやがったのか。だが、あんなのを何発も撃てるはずがない』

実際にアロガンツの追加装甲は、バチバチと放電して限界を迎えている。

「切り札の使い時を間違えたな」

今の攻撃で自分を仕留めきれなかったリオンに、フィンは勝利の喜びと空しさを同時に感じていた。

ミアと、そして前世の朧気《おぼろげ》な妹の顔が思い浮かび、気合いを入れてアロガンツに向かおうとした。

その時、アロガンツの追加装甲がパージされ、そして煙が周囲に発生する。

「何だ？　――煙幕か!?」

視界を遮られてしまうが、フィンはあまり慌てていなかった。

魔素の扱いは魔法生物であるブレイブが得意としており、魔素の濃度が高い状態は自分たちにとって有利であると知っていたためだ。

いくら視界を塞ごうとも、アロガンツの位置はわかる、と。

しかし、ブレイブが困惑している。

『ただの煙幕じゃねー！　あいつら何か混ぜ込んで、こっちのレーダーが――』

本当に一瞬。一瞬だけ、フィンたちはアロガンツを見失った。

◇

煙幕を放出したルクシオンは、魔法生物のレーダーを一時的に阻害できたことを確認した。

『どうやら効果はあったようですね』

「おかげで大助かりだ」

成功する可能性を信じて用意した煙幕は、魔法生物たちのレーダーを阻害する効果もあった。

問題は、一度も試しておらず、効果が出るかどうか不明だったことだ。

『非常に危うい賭けでした』

「勝てばいいんだよ」

追加装甲をパージしたアロガンツは、既にほとんどの武器を喪失した。

しかし、この状態になったのは二人にとって予定通りだ。

ルクシオンは後方を注視する。

『シュヴェールト、来ます』

破壊された無人機たちの残骸の中から、バックパックの一つであるシュヴェールトが浮かび上がり飛んでくる。

元はエアバイクという空飛ぶバイクだったが、ルクシオンに魔改造されて今はアロガンツのバックパックになっていた。

飛行機のような姿をしたシュヴェールトが、ルクシオンの背中に近付くと合体するためスピードを落とした。

煙幕の中、勘を頼りに突撃してきたブレイブが目の前に現れる。

『させるか！』

シュヴェールトとの合体を阻止したいのだろう。

だが、本当に数秒だけ遅かった。

アロガンツの背中にシュヴェールトはドッキングを済ませた。

バックパックのジェネレーターも合わさり、アロガンツの出力が上昇していく。

ブレイブのロングソードが迫る中、ルクシオンは落ち着いていた。

『ドッキング成功しました。出力上昇。いつでもいけます』

リオンが操縦桿を押し込む。

「やっぱり最後はシュヴェールトの出番だよな！」

アロガンツのツインアイが赤く光り、そのまま突撃してくるブレイブに——体当たりを行った。

両者がぶつかるも、互いに退かず加速して拮抗していた。

パワーは完全に互角にまで並んだ。

「やれ」

『はい、マスター』

リオンが命令をすると、シュヴェールトの装甲の一部がスライドし、そこに並べられた丸いレンズが露出した。

そこから放たれるのは、青い光のレーザーだった。

レーザーは放たれると角度を変えて、ブレイブに直撃する。

表面を焼かれたブレイブが叫ぶ。

『あちぃぃぃ!!』

装甲を焼かれた叫びを聞いて、フィンはブレイブを下がらせた。

翼を盾代わりにして、レーザーの攻撃を防ぐ。

それを見たリオンは、背中を見せると全速力で動力炉の方向へと向かった。

「お前の相手をしているほど、今の俺は暇じゃないんだよ」

逃げられたと思ったフィンが、慌てて追いかけてくる。

『つ!　逃がすか!　――なっ!?』

翼を広げ、加速して追いかけようとした。

だが、そんなブレイブにしがみつくのは、先程まで倒れていた無人機たちだ。

いつの間にかブレイブの周辺に集まり、しがみついてアロガンツを追わせない。

「お前との勝負は後回しだ」

汗を流しながら、ギリギリのところでフィンから距離を取れた、とリオンは安堵していた。

『マスター、このまま動力炉の破壊を優先しましょう』

「そのつもりだ」

強化薬を使用したリオンは、中和剤を使っても苦しそうにしていた。

それだけ薬の影響が残っているのだろう。

ルクシオンはすぐにでもこの戦いを終えたかった。

(このまま動力炉を破壊できれば、この無益な戦いも終わる)

だが、後方から爆発音が聞こえてくる。

ブレイブがしがみつく無人機たちを破壊したのだろう。

ルクシオンが再計算を行うと――動力炉の破壊前に、ブレイブに追いつかれる可能性が高くなっていた。

『想定よりも早い!?』

シュヴェールトを得たことで推進力は増しているが、それでも向こうは現代最強と言える魔装騎士だ。

何よりも、ブレイブは過去の戦争でネームドだった魔装である。

旧人類と新人類との戦いを生き残った危険な奴だ。

(このままではブレイブがアロガンツに追いつく。そうなれば、マスターが再び強化薬を使用する可能性が高くなってしまう)

ルクシオンが気にかけているのは、リオンが薬を使用することだけだ。

リオンが無事に生還することを最優先にしていた。

だが、そんなルクシオンの願いも虚しく、ブレイブが追いついてきた。

『リィイオォォンッ！』

ルクシオンはすぐにブレイブの評価を修正する。

(ここに来て更に加速した？　魔法生物の不安定さは理解に苦しみます)

迫ってくるブレイブに気付いたリオンは、ルクシオンに平然と言う。

「ルクシオン、投薬だ」

『っ！　許可できません。まだ、一度目に使用した際のダメージが抜けきっていません』

拒否する理由を探して並べるも、リオンには通じなかった。

「命令だ。やれよ」

低い声で命令されたルクシオンは、再びリオンに投薬を開始する。

『――了解しました。マスター』

リオンの背中のバックパックから、強化薬が打ち込まれる。

それにリオンが苦しむのを見て、ルクシオンは思うのだ。

(こんなに早く二度目を使用することになるなんて。私ではどうやっても止められない)

リオンは苦しみから解放されるが、一度目とは様子が違っていた。

二度目の投薬では、すぐに目から血が流れてくる。

(使用する間隔が短すぎる。このままでは、三度目の投薬でマスターの体がもたなくなる)

リオンはアロガンツを振り返らせ、そのまま後ろに飛びながらブレイブを攻撃するのだった。

レーザーがブレイブを襲うが、フィンもそれらを器用に避けていく。

避けきれない攻撃は、ブレイブも当たっても気にしないことにしたらしい。

それよりも、距離を詰めることを優先しているようだ。

その動きを見て、ルクシオンが気付く。

『──おかしい。先程と動きが違います』

予想以上の性能を見せるブレイブだが、その秘密は二人の会話から判明する。

ルクシオンは、フィンとブレイブの音声を拾う。

『あんまり無茶をしないでくれ、相棒！』

『ここで無茶をしないで、いつ無茶をするんだ！　ミアの未来のためなら、これくらいのこと！』

『だけどよ。あんな強い薬を使ったら、相棒の体が！』

二人の会話を聞いて、ルクシオンは答えにたどり着いた。

──フィンたちも強化薬を使ったのだ。

強化薬を使用したフィンは、ブレイブの性能を更に引き出していた。

リオンはフィンが自分と同じ結論に達したのを、あまり歓迎していなかった。

「お前もドーピングかよ」

『──そう言うお前もか』

互いに将来を捨てて、今この瞬間に全力を出し切ろうとしていた。

ルクシオンは、この二人が戦うことになって後悔する。

（過去のことさえなければ――旧人類と新人類の戦いに巻き込まなければ、マスターは友人と戦うこともなかったのでしょうか？）

それは、自分がリオンの負担になってしまったという後悔だった。

通路を抜けて、再びアロガンツは動力炉のある部屋へと出る。

すぐにシュヴェールトのレーザーで攻撃を行うが、動力炉は魔法障壁を張って攻撃を通さなかった。

「レーザーでも駄目か」

『――はい。ですが、接近して攻撃するのは難しいと判断します』

ブレイブがアロガンツに迫っていた。

リオンはアロガンツに、シュヴェールトから大剣を引き抜かせる。

そうして互いの剣が交差した。

『させない。ミアの未来は――誰にも奪わせない！』

フィンの決意を聞いて、リオンも吠える。

「はいそうですか、ってこっちも引けるかよ！」

リオンにとっても、エリカという前世の姪の命がかかっている。

だが、リオンはエリカの名前を出さなかった。

リオンが戦っている理由は、エリカだけのためではないからだ。

エリカだけを助けるためなら、リオンはどこか安全な場所に移住させて終わらせていた。

それをしないのは、これから王国で生まれてくる命のためだ。

普段は憎まれ口を叩くことが多いリオンだが、ルクシオンは知っている。
リオンが人一倍優しいことを。
やり過ぎてしまうことも多く、時に間違う。
それでも、今は誰かのために命を張って戦っていた。
そんなリオンが許せなくて——自分のマスターであることが誇らしかった。
(私は——)
以前のルクシオンが求めていたのは、新人類を滅ぼしてくれるマスターだった。
今はリオンが旧人類の末裔のために立ち上がり、戦ってくれている。
ルクシオンの願いは叶えられつつあった。
(——マスターに生きてほしいだけなのに)
だが、それがルクシオンにはとても悲しかった。

第15話「好敵手」

アルカディアの外では、戦況が動いていた。

王国軍が巻き返し、帝国軍を押していたのだ。

それというのも、敵の一部が要塞内部へと戻ってしまったためだ。

リオンたちがアルカディア内部へと突撃したことで、魔装騎士という有力戦力が戦場を離れてしまった。

自分たちの要塞が攻められているという焦りもあって、帝国軍は浮き足立っていた。

その様子を艦橋から見ていたギルバートは、すぐに周囲の味方と連携して帝国軍に攻勢をかける。

「この機を逃すな！　押し続けろ！」

互いに全力でぶつかり合い、損耗率はとんでもない数字になっているだろう。

これが普通の戦争であれば、両国揃って、後世に引き際を間違えた愚か者たち、と評価されていたに違いない。

前線で指揮を執り続けるギルバートに、艦長が焦っていた。

「ギルバート様、お下がりください。あなたはレッドグレイブ家の跡取りです。ヴィンス様の安否がわからない今、生き残ってもらわないと困ります！」

その意見を聞いても、ギルバートは下がらなかった。

「ここで逃げては末代までの恥になる。私に恥をかけというのか？」

「耐えるべき恥もあります！　それに、今は味方が優勢です。下がったところで恥にはなりませんよ」

「恥など建て前だ。この場から逃げるのは、私の意地が許さないだけだ」

「ギルバート様」

艦長が説得を諦めると、飛行戦艦の近くを二機の白い鎧が通り過ぎていく。

モンスターたちを斬り裂いて倒していく姿は、実に頼もしかった。

鎧の性能も高いのだろうが、二人の操縦者の技量の高さも目立っている。

しかし、だ。

聞こえてくる会話は戦い方のように洗練されてはいなかった。

『これで敵を倒した数は私の勝ちだな！』

『俺様の獲物を横取りしておいて偉そうにするな！』

レッドグレイブ家の飛行戦艦は、改修を受けた際にモニターが取り付けられていた。

そこに映し出されたのは、変な仮面を付けている男が二人。

ただ、二人の声を聞いたギルバートは、それが誰なのか見当が付いていた。

額を押さえて膝をつく。

慌てた艦長が、ギルバートの身を案じるのだった。

「ギルバート様!?　お気を確かに!!」

艦長も薄々気が付いているのだろう。

ギルバートの気持ちを察しているらしい。

「も、問題ない。それよりも艦長——あの二機を狙えるか？」

「は？」

ギルバートは、目の前で喧嘩をしながら戦っている仮面の騎士たちを無表情で見ていた。

「一発なら誤射だと思わないか？」

「いや、駄目ですよ。アレでも味方ですよ!?」

ギルバートは苦々しい顔をする。

「わかっているんだよ！　けどなっ！　けれども!?」

(こんなところに出てくるとは、一体何を考えておられるのか？)

二人の声は、今もモニターから聞こえてくる。

『お前、本当に誰だ？　戻ったら捕まえてやるからな！　王宮の地下牢にぶち込んでやるから覚悟をしておけ！』

『貴様こそ、俺様に逆らったことを後悔させてやる！　逆に地下牢に放り込んでやるから、その後に自分の罪を自覚するんだな』

悲しいことに、仮面の騎士たちは相手が誰であるのか気付いていなかった。

◇

アルカディアの動力炉。

そこで戦う相手は、俺と同様にドーピングをしたフィンだ。

互いに機体性能を出し切っている状態。

性能的に言えば――ブレイブの方が勝っているだろうか？

「アロガンツがここまで押されるなんて、黒騎士の爺さん以来だな」

思い出すのは黒騎士だ。

元公国の英雄で、油断していた俺をとことん追い詰めてきた爺さんだ。

その時の経験がなかったら、今頃はフィンに負けていただろう。

あの時、苦戦したおかげで俺は戦えている。

『お前に動力炉は破壊させない！』

ブレイブがロングソードを振るってくるので、それを受け止めるとパワー負けをして壁に叩き付けられた。

壁にめり込むと、ブレイブの両肩から角のような突起が出現して、電撃を充填してから放ってくる。

魔力を随分と消費しているようだが、近くに動力炉があるため魔素を吸収し放題なのだろう。

戦場はフィンに有利になっていた。

「ルクシオン！」

『装甲表面にシールドを展開します』

放たれた電撃を防ぐのは、アロガンツの表面に展開された薄い魔法障壁だ。

追加装甲をパージしたため、今のブレイブの攻撃はアロガンツに通ってしまう。

だが、アロガンツは無事でも、周囲は違っていた。

電撃があった周囲は溶解し、爆発を起こす。

その場から飛び立つと、ブレイブがロングソードを振り下ろした。

壁を大きく切断する威力にゾッとする。

『俺は――俺たちは負けられないんだ！』

「お互い様だろうが！」

不用意に斬りかかってくるブレイブに、アロガンツが左腕を伸ばして衝撃波を放った。

寸前で避けられてしまったため、ダメージは入っていない。

しかし、距離を作れたので十分だ。

今度はこちらから攻勢をかける。

横薙ぎに払った大剣を、フィンは弾き飛ばしてこちらに蹴りを入れてきた。

「足癖の悪い奴！」

『お前に言われたくない！』

蹴られた勢いのまま後ろに飛びつつレーザーを放てば、表面が焼かれるのを無視して距離を詰めてくる。

フィンと同様にブレイブも興奮しているのか、ダメージを痛がらない。

「これ以上時間をかけていられるかよ」

ペダルを踏み込むと、シュヴェールトの推力可変ノズルが狭まり、青い炎を噴出してアロガンツが速度を上げた。

同様にブレイブも速度を上げる。

蝙蝠《こうもり》のような羽を大きく羽ばたかせ、こちらについてくる。

その羽を狙ってレーザーを撃ち込むが、焼かれ、貫かれても、即座に再生していた。

そして、追われる俺に向かって、電撃を放ってくる。

電気を丸めたような球体が、幾つもアロガンツに向かってきた。

『追尾型の魔法です。数は——八十一！』

「撃ち落とせ！」

シュヴェールトがレーザーで対処するが、数が多いため対処しきれなかった。

シュヴェールトのエネルギー残量も計算してルクシオンが対処しているが、フィンを相手にしているとエネルギーの減りが速すぎる。

『どうしてあんなに動ける!?　いくらリオンとアロガンツでも、あそこまで動けるはずがない！』

フィンたちはアロガンツの動きに違和感を覚えているようだ。

自分が強化薬を使用しているのに、勝てない状況にフィンは嫌な予感がしたのだろう。

俺が何をしたか気付いたのは、ブレイブの方だった。

『――やりやがった』

『どうした、黒助？』

『相棒、ルクシオンの奴がやりやがった！　あいつ、自分のマスターを殺すつもりだ！』

『嘘だろ!?』

聞こえてくる声に、俺はルクシオンに言う。

「気にするなよ。全部俺の命令だ」

聞き流せばいいのに、ルクシオンは反応して震えだしていた。

『何も知らない癖に』

ブレイブがルクシオンを責める。

『俺たちに勝つために、自分のマスターを犠牲にするのかよ！　お前たちが使っている強化薬は普通じゃない。命を削って使うような代物のはずだ！　旧人類の機械共が使いそうな手だよな！』

責められたルクシオンが、激高しながら言い返す。

『――お前たちさえいなければ、マスターがこんな薬に手を出すこともなかったのに。新人類など、最初から存在しなければ!!』

感情が高ぶるように戦闘が激しさを増していく。

そんな中でもフィンは俺に問い掛けてくる。

『リオン！　お前はどうしてそんなに簡単に命を投げ出せる！　お前はもっと自分の命を大事にする奴だろ。どうして簡単に命を!!』

――俺が命を賭けて戦うなど似合わないと言いたいのか？　それは俺が一番理解しているよ。

だけど、俺がこの両手で救えるものは限られていた。

「あれこれ救おうと思ったら、何かを手放すべきだろうが！」

欲張ってあれこれ救おうとしていたら、いつの間にか俺の両手は荷物で一杯だった。

それなのに、まだ救いたいものばかり周囲に転がっていた。

仕方がないだろ？

この両手で抱えられるものには限界があったんだから。

フィンが俺の行動を責める。

『それが自分の命でもか！』

「おかげで沢山救えそうだ！」

この戦いに勝てたとしたら、俺の命一つでは釣り合わないほどに救えるだろう。

だから負けられない。

――フィンが相手だろうと負けるつもりはない。

互いの攻撃が更に激しくなっていく。

電撃が球体になって追尾してくるのだが、ブレイブの怒りに反応して大きく、そして加速してアロガンツに迫ってきた。

回り込んでくる一発の電撃を大剣で斬ると、動きを止めたためにブレイブに追いつかれた。

「ちっ！」

近付いてきたフィンに蹴りを入れると、左手でアロガンツの脚を掴んでくる。

「しまっ！」

気付いた時にはもう遅く、ブレイブにアロガンツの脚を破壊された。

『右脚をパージします』

「野郎、やってくれたな！」

ブレイブの表面を見れば、血管が脈打っていた。

「ブレイブまで薬を打ち込んだのか!?」

『いえ、パイロットとリンクしており、影響を受けているようです』

相当無理をしているのだろう。俺に対して凄い集中力を発揮していた。

そして、一つの可能性が浮かんだ。

俺は視線を動力炉に向けた。

「だからか。――フィン、お前は無茶をしすぎたな」

追いかけてくるフィンは、薬の影響なのか随分と周りが見えていなかった。

『リオン！　これで終わらせてやる！』

フィンの持っていたロングソードが光を放ち、そして雷を宿したような姿になった。

刃の長さは何倍にも伸びて、避けるのも一苦労だ。

それを振り回すブレイブが近付いてきた。

「何でもいいから撃ち込め！」

『了解！』

レーザーを撃ちながら逃げ回ると、周囲の光景がとんでもなく速く流れていく。

互いに円柱状の空間を飛び回り、激しく戦闘を繰り広げていた。

強化薬を使用していなければ、きっとこの速度にはついて行けなかっただろう。

逃げ回る俺に、フィンはどこまでも食らいついてくる。

「フィン——お前は俺よりも強かったよ」

確かに強かった。だけど——薬に頼ったのは間違いだったな。

俺が追い詰められて建造物を背にすると、フィンは持っていた雷を宿したロングソードを振り上げて——ためらいなく振り下ろしてきた。

俺の命を奪おうという一撃だ。

『これで終わりだぁぁぁ！』

『相棒、駄目だ！』

先に気付いたのはブレイブだったが、今更止めてももう遅い。

フィンも言われてようやく気付いたが、手遅れだ。

『し、しまっ』

慌ててロングソードを止めようとするが、勢いは止められなかった。

俺が背にした建造物に深く突き刺さったので、フィンが引き抜こうとするが叶わない。

——アロガンツの左腕が、ブレイブの腕を掴んで引き寄せた。

ロングソードの刃が、建造物にめり込んでいく。

「フィン、お前のミスは、その薬の効果を実際に体感しておかなかったことだ。少しばかり視野が狭かったなぁ！」

フィンの使用した強化薬は、確かに強い効果があったのだろう。

だが、そのために試すことをしなかったらしい。

もし試していたら、本人が使用を諦めたか、もしくはブレイブが止めたか。

いずれにしろ、フィンの視野は普段よりも狭くなっていた。

敵である俺に集中しすぎて、周りが見えなくなっていたのだ。

魔法生物と繋がっているため、その影響はブレイブにまで伝わって気付くのが遅れた。

俺が追い詰められた場所は、動力炉――柱そのものだ。

フィンの大剣が動力炉に突き刺さり、その熱が内部に届いたのか柱が軋んでいた。

ひびが入り、そして変な音が聞こえてくる。

それはまるで、悲鳴のようだった。

『マスター、動力炉の破壊は終わっていません』

ルクシオンの声を聞き、唖然としているフィンを押しのけて俺は自分の持っている大剣を振り下ろした。

「やれ！」

刃が深々と柱に突き刺さると、ルクシオンに言う。

『はい！』

アロガンツの両腕から大剣に衝撃が伝わり、そのまま動力炉の内部で爆発が起きる。

「もっとだ！」

『アダマンティスの大剣でも耐えきれません。それに、アロガンツでも耐えられるかどうか』

「全力でやれ！　破壊できるなら壊れたっていい！」

『つ！　――了解！』

ルクシオンが懸念したとおり、衝撃波を発生させていた右腕が火を噴き、そして大剣も砕け散った。

だが、成功した。

柱は内部から膨れ上がり、そして亀裂が入っていたところから割れた。

勢いよく赤い粒子が噴き出し、発生した風にアロガンツも吹き飛ばされた。

赤く膨れ上がった柱は、そのまま溶解していく。

周囲が赤く染まって何も見えない。

「どうなった!?」

『動力炉の破壊に成功しました。ですが、動力炉は溶解中です。ここにいては危険です！』

「ならすぐに避難を――ぐっ！」

口を押さえると、咳と一緒に大量の血を吐いてしまった。

『マスター！　中和剤を――』

投薬してから十分も過ぎていなかった。

まだ残り時間を数分残していたのに、俺の体の方が限界を迎えていた。

「ははっ、もっと鍛えておくべきだったな」

『中和剤の使用を求めます！』

「残念だな、ルクシオン――無理だ」

操縦桿を握りしめてアロガンツを動かせば、今までいた場所にロングソードが振り下ろされた。

フィンの乗ったブレイブが、まるで涙を流すかのようにツインアイから液体を流している。

『よくも――よくも――よくもミアの未来をっ!!』

激高するフィンに俺は告げる。

「俺の勝ちだ」

『うわぁぁぁ！』

叫びながら向かってくるフィンから逃げるため、上へと移動する。

ルクシオンが武装の状況について説明してくる。

『右腕は動きません。左腕に関しては、衝撃波を発生する部位が焼かれて攻撃できません。マスター、ここまでです。中和剤の投与を！』

「まだだ！」

シュヴェールトにレーザーを撃たせ、天井に丸を描いた。

すると穴が開いて、そこからアロガンツを脱出させる。

「外に出たか!?」

『アルカディア、出力低下しています。落下を確認しました！』

俺たちが飛び出してきた穴からは、火が噴き出していた。

そこから装甲を焼かれたブレイブが出てくる。

俺はシュヴェールトに詫《わ》びる。

「今までありがとな、シュヴェールト」

ルクシオンは俺が何をやりたいのかを察し、そしてシュヴェールトを切り離してフィンに向かわせた。

『シュヴェールトをパージ。遠隔操作を開始します』

シュヴェールトが速度を上げてブレイブに突撃すると、胴体部分に突き刺さりそのまま飛んでいく。

ブレイブが悲痛な叫び声を上げる。

『ちくしょうがぁぁぁ!!』

シュヴェールトの先端は、魔装の胴体部分に深々と突き刺さっていた。

操縦者は無事では済まない。

――フィンは即死だっただろう。

アルカディアの天井――デッキ上に転がったブレイブは、もう動けないようだ。

アロガンツをブレイブの近くに降ろすが、片脚だけの状態なので安定しない。

『マスター、既に十分を超えています。中和剤の投与を！』

慌ただしいルクシオンの声を聞くと、俺はまた口元を押さえた。

大量の血を吐いてしまう。

『マスター！』

「あ、焦るなよ。中和剤を――早く――」

◇

ブレイブに近付くが、フィンは何も言わなかった。

ブレイブのツインアイから赤い涙が流れている。

ルクシオンが、そんなブレイブに声をかけた。

『――まだ、戦いますか？』

ブレイブに戦う意思はないようだ。

『相棒もいないのに戦えるかよ』

段々とブレイブの体が崩れていく。

そして、ブレイブが俺にフィンの言葉を伝えてくる。

『リオン、お前に相棒からの伝言だ。相棒は――お前に殺されても恨まないって言っていた。お互い様だって』

「そ、うか――あいつらしい、な」

うまく喋れない。

中和剤を使用したが、体から痛みが引いてくれなかった。

ブレイブは魔装の姿を維持できず、崩れるように消えていく。

『安心するのは早いぜ。何しろ、アルカディアのコアは残っているんだ。俺はあいつが大嫌いだけどな。──それよりもさ』

ブレイブが腕を上げて指さしたのは、デッキ上に突き刺さったロングソードだった。

何を言いたいのか察した俺は、アロガンツに引き抜かせる。

アロガンツの姿を見て、ブレイブは笑っていた。

『相棒──ごめんな』

灰色になって崩れたブレイブが風に流されると、その場には何も残らなかった。

フィンの死体も残らなかった。

「──フィン」

自分が殺してしまった友の名を呟くと、涙が出てくる。

俺にそんな資格などないというのに。

感傷にひたる俺に、ルクシオンが警告してくる。

『マスター、まだ終わっていません。今の話が本当ならば、アルカディアのコアが残っています。本体が再生できるとは思えませんが、破壊が優先されます。味方に伝えるべきです』

後はコアさえ破壊すれば、俺たちの勝利で終わるだろう。

血の滲んだ涙を拭いながら、気を引き締める。

「そうだな。早く終わらせて」

これで全部終わると思っていたら、俺たちが飛び出してきた穴から赤い粒子の光がどこかに流れていた。

風に流されているのではなく、どこかに吸い寄せられているようだった。

『――魔素を急激に吸収している個体がいます』

フィンから手に入れたロングソードをアロガンツの左手に強く握らせる。

「敵さんも往生際が悪すぎるよな」

まだこの戦いは終わらないらしい。

第16話 「復讐」

司令室のモニターに流れた映像は、丁度ブレイブが崩れていくところだった。

その様子を見ていたミアは、目を見開き、呼吸が乱れている。

「き、し――様？」

目の前の映像が理解できなかった。

悪い夢でも見ている気分だ。

ミアが両手で頭を押さえると、髪が乱れてしまう。

「嘘だ。嘘だよ。こんなの嘘だよ！」

ミアが涙を流す。

自分に優しかった――自分を守ってくれたフィンが、アロガンツに倒されてしまった。

そのことがミアには処理しきれなかった。

そんなミアに悲しい瞳を向けるのは、モーリッツだった。

ミアには声をかけず、モニターを見る。

「帝国最強の騎士が負けたのか」

周囲の部下たちが絶望した顔をしている。

外道騎士に、皆が期待していたフィンが敗れたのだ。

また、上位の魔装騎士たちも全て討ち取られてしまった。

アルカディア本体も動力炉を破壊されてしまった今、ここから再起を図るのは不可能に近い。

アルカディアが、ミアを一瞥した後にモーリッツに血走った目を向けてくる。

『このままでは終わらない。終わらせるものか』

まだ諦めていないアルカディアに、モーリッツは首を横に振る。

憑き物が落ちたような顔をしていた。

「もういい。俺たちの負けだ。これ以上、戦っても何の意味もない」

だが、その言葉がアルカディアには許せなかったらしい。

『我々に敗北はない！　私は海の底で鉄屑共を全て破壊し、旧人類を滅ぼすことだけを夢見て生きてきた！　気が遠くなるほどの時間を耐えてきたのだ！　それに、まだ希望は残っている』

アルカディアの視線は、泣き崩れてしまったミアに向かっていた。

敗北という結果を受け入れられないアルカディアを、モーリッツは鼻で笑う。

「アルカディア本体はもう落ちる。今後は二度と海中から浮上することもあるまいよ」

『それなら放出された魔素を取り込み、奴らの住処《すみか》を徹底的に焼いてやる！　こちらに姫様がいる限り、我らに敗北などあり得ない。そうだ――あってはならないんだ』

鬼気迫るアルカディアの雰囲気に、周囲は息を呑む。

新人類の勝利を願うその姿に、モーリッツは疑問を持った。

「そんなことをしても帝国に未来はない」

だが、アルカディアは口を三日月のようにして笑い出す。

『帝国？　そんなものに興味などないよ』

「なっ!?　お前は我らを勝たせるために！　民を守るために戦うと言ったではないか！」

問い詰めるモーリッツに、アルカディアはつまらなそうにしていた。

『君たちはしょせんまがい物であって、本物の新人類はここにおられる姫様だけだ。そもそも、私は嘘など吐いていない。帝国が勝てば君たちが生きていける世界になるはずだった。だが、こうなってしまえば――』

モーリッツは事実を知って愕然とした。

アルカディアにとって、帝国など小さな問題に過ぎなかったのだ。

「お、俺はお前の口車に乗せられて父上を殺したのか」

『あぁ、そうだよ。思っていたよりも役に立たなかったけどね』

モーリッツは奥歯を噛みしめ、眉間に皺を寄せて鬼のような形相となった。

剣を抜いてアルカディアに斬りかかった。

「この化け物が！」

『それが君の本音かい？　最後に聞けてよかったよ』

刃はアルカディアに届くことなく、モーリッツは魔法で吹き飛ばされて司令部の壁に激突して倒れた。

司令部がざわめき、モーリッツのもとに軍人たちが駆け寄っていく。

そして、軍人たちが武器を構えた。

「陛下をお守りしろ！」

だが、全員がアルカディアに吹き飛ばされてしまう。

抵抗する者がいなくなると、アルカディアは泣いているミアに近付いた。

『姫様、本当に申し訳ありません。私がいながら、王国の者たちに好き勝手にさせてしまいました。ですが、どうかミリアリス様だけは脱出を──』

アルカディアは、モーリッツたちには冷徹に対処してもミアだけは別だ。

新人類として目覚めたミアは、アルカディアが何よりも優先する主人である。

魔法生物たちが座り込んだミアを囲み、この戦場から脱出させようとする。

しかし、ミアは泣き止むとスッと立ち上がった。

その視線が向かうのは、モニターに映し出されるアロガンツだ。

ブレイブのロングソードを拾う姿を見て、ミアの瞳からは光が消えてしまった。

「──アルカディア」

『は、はい！　何でございましょうか、姫様？』

ゆっくりとアルカディアへ振り向くミアは、憎しみに心を委ねてしまっていた。

「ミアに騎士様の仇を取らせて」

『へ？　し、しかし、姫様を戦場に出すなど──』

「いいから！」

激高するミアは、新人類の力に目覚め始めたのか司令部内で衝撃波を発生させた。

モニターや装置がひび割れてしまった。

ミアの力を前に、完全に目覚めたと悟ったアルカディアが頭を下げるような仕草をする。

『承知いたしました。ですが、本当によろしいのですね？』

「いいよ。騎士様の復讐が果たせるなら、ミアはどうなったっていい」

勝手に話を進めるミアに、意識を取り戻したモーリッツが叫ぶ。

「止《よ》せ！　もう戦争は終わりだ！　これ以上は――」

「終わってない！」

ミアは涙を流しながら、怒りを滲ませた表情になった。

モーリッツを睨み付ける。

「まだ終わってない。騎士様の仇を私が討つまで終わらないいんだ。あの人を殺して、ミアと同じような苦しみを与えてやる」

ミアは自分の胸元を握りしめていた。

大事な人を失った苦しみに、耐えきれないようだ。

『それでは、私に身を任せてください』

アルカディアが大きな口を広げると、そのままミアを呑み込んでしまった。

ミアは何の抵抗もしなかった。

モーリッツは、そんなミアを見て首を横に振っていた。

「何ということを」

ミアを呑み込んだアルカディアだが、周囲にいた魔法生物たちも取り込んで行く。

そうして膨張し、三メートルを超える大きさになると亀裂が入った。

そこから姿を見せるのは、全身を銀色に染めた裸体のミアだった。

へそから上が姿を見せ、そして手を広げると周囲から黒いドロドロした液体が集まり、徐々に姿が大きくなっていく。

ミアは喋らない。

代わりにアルカディアが歓喜の声を上げる。

『姫様、共に旧人類の末裔共を滅ぼしましょう!!』

銀の彫像になったミアの瞳が見開かれると、瞳はルビーのような宝石の輝きを放っていた。

そのまま天井を突き破って外に出ていく。

モーリッツは、そんなミアを見送ることしかできなかった。

「何ということだ。俺は何のために――」

激しい後悔に襲われていると、モーリッツの足下に皇帝の杖が転がってくる。

先代の皇帝であるカールが愛用していた杖だ。

◇

アルカディアの動力炉を破壊した。

その報告を受けたリコルヌは、最初こそ歓声に包まれた。

だが、その歓声もすぐに止んでしまう。

目の前に広がる光景に、皆が唖然としていた。

一人――立ち上がったノエルが、窓の外の景色を前に声を大きくする。

「どういうことよ。――どうなっているのよ！」

アルカディアの動力炉を破壊しても、戦争は終わらなかった。

今も両軍が戦い続けている。

帝国軍は負けを認められず、王国軍も応戦する形で戦っていた。

それだけではなく、沈み行くアルカディアから飛び出した刺々《とげとげ》しい黒い何かが不気味な気配を放っていた。

星形にも見える何かは、今も膨らみ続けて十メートル以上の大きさになっていた。

クレアーレが最大望遠で対象を確認すると、叫ぶように報告してくる。

『あれはアルカディアのコアよ！　しかも、ミアちゃんが取り込まれているわ！』

モニターに映し出されたのは、星形の化け物から上半身が見えるミアだった。

銀色にコーティングされ、赤い瞳が輝いていた。

マリエが杖を抱きしめる。

「何でミアちゃんが取り込まれているのよ!?」

『情報がないからわからないわ。それよりもまずいわね。動力炉は破壊したけど、大量の魔素が噴き出てモンスターたちが増えているわ』

アルカディアから放出される魔素から、モンスターたちが生み出されていた。

魔素によって血肉を得て出現し、他には魔素に吸い寄せられ戦場の周辺から集まってくるモンスターもいる。

その数は今も増え続けていた。

クレアーレは、データから敵を解析していく。

『まずい。凄くまずい状況よ。あれ、どう考えても強いわよ。取り込んでいる魔素の量が異常数値だし、何よりも魔法生物やら魔装の破片やらを集めて膨らみ続けているわ』

危険を感じたアンジェがクレアーレに問い掛ける。

「具体的に説明しろ。奴はどれだけ強い?」

『――アルカディアの主砲を、連続で何発も撃てるくらいには凶悪だと思うわ』

「要塞を沈めたのに、どうしてそんな強さが!?」

驚いて目を見開くアンジェに、クレアーレは言う。

『アルカディアの本体と違って、短時間しか活動できないのよ。その代わり、取り込んだ魔素を使い切るまで暴れ回るでしょうね』

高濃度の魔素を固めて生み出された動力炉だが、破壊されたことで魔素を大気中に大量に放出した。

それらのほとんどを吸い上げたアルカディアのコアは、短時間だけなら主砲を連続使用できるほどの力を得た。

もっとも、それはロウソクの炎が最後に強く燃えるようなものだ。

いずれは力尽きて倒れてしまうだろう。

しかし、吸い込みきれなかった魔素だけで、モンスターたちがあふれ出した。

大半の魔素を吸い込んだアルカディアのコアが、本気を出して暴れ回ればどれだけの被害が出るか予想も付かない。

マリエが涙目になり俯く。

「ようやく終わったと思ったのに」

アルカディアよりも強いというのは反則過ぎた。

これまでの戦闘で旧人類のシールド艦は全て失われ、宇宙戦艦自体もほとんどが落とされてしまった。

王国軍も半数以上が失われている。

アルカディアのコアは、今も魔素を吸い込みその力を高めていた。

『――残念だけど、現状の戦力でアルカディアを倒すのは難しいわ』

クレアーレの計算では、アルカディアを現状戦力で倒すのは不可能だった。

リコルヌの周囲にもモンスターたちが集まり、味方が必死に抵抗しているものの数が多すぎて対処できていない。

アンジェが奥歯を噛みしめる。

「何か手はないのか！　何かあるはずだ！」

この状況で何とかする方法をアンジェが思案していると、それまで黙っていたリビアが前に出た。

両足を肩幅まで広げてしっかりと立ち、しっかりと前を見つめる。

「皆さん、私に力を貸してください」

リビアの発言に、周囲は驚いていた。

一体何が出来るのか？

皆、そんな顔をしていたが、アンジェだけはリビアを信じていた。

「リビア？　お前は何をするつもりだ？」

アンジェが伸ばした手を、リビアはしっかりと握りしめながら言う。

「モンスターなら、私の能力で吹き飛ばせます」

一年生の頃、リビアは王家の船に乗った際に超大型と呼ばれていた巨大モンスターを不思議な力で吹き飛ばした。

皆がその時のことを覚えていた。

「公国との戦いで見せたやつか？　確かに、あの時の再現が出来れば可能性はあるだろうが」

アンジェが問うような視線を向けたのは、クレアーレだった。

『王家の船の装置はリコルヌに積み替えているから可能よ。だけど、かなりの負担になるわよ。リビアちゃんだけでは駄目ね。ノエルちゃんと――アンジェちゃんの助けもいるわ。もちろん、マリエちゃんも手伝わせるけど』

オマケ扱いをされたマリエが、クレアーレに対して憤慨する。

「ついでみたいに言わないでよ！　ま、まぁ、手伝うけどさ」

マリエが協力すると言うと、アンジェは静かに頷いた。

「私は構わない」

アンジェがノエルに視線を向ける。

「随分と休ませてもらったからね。あたしも手伝っちゃうよ」

リビアがみんなに礼を言う。

「ありがとうございます。アーレちゃん、お願い」

クレアーレの周囲にいくつもの映像が映し出された。

『――メインはリビアちゃんよ。ノエルちゃんは聖樹のエネルギーを制御して。マリエちゃんは聖女エネルギーで何とかしなさい』

マリエへの扱いが悪いクレアーレは、最後にアンジェを見た。

『アンジェちゃんは――リビアちゃんのサポートよ。壊れないように支えてあげてね』

「それしかできないからな」

『言っておくけど大事な仕事よ。リビアちゃんの負担は大きいって教えたでしょう？』

「――わかった。何があっても私が支える」

クレアーレは艦橋にいる全員に伝える。

『公国との戦争の時とは規模が違うわよ。リコルヌの性能は王家の船以上だし、今回は聖樹のエネルギーも使うんだからね。全員、手伝ってもらうわよ』

ユメリアが、カイルが、カーラが――この場にいる全員が頷く。

『よろしい。では始めましょうか』

クレアーレが演算を開始すると、リコルヌが淡い光に包まれる。

聖樹が輝きを強め、リコルヌにエネルギーを供給し始めた。

リビアは両手を握り、祈るような仕草で前を見る。

「みんな――ありがとう」

リビアが淡く輝き始めると、アンジェが優しく抱きついた。

「私も手を貸す。――クレアーレ、やってくれ」

クレアーレが準備に入った。

『――五分だけ時間を頂戴。出来うる限りサポートするけど、それだけの時間が必要よ。ただ、敵もこっちに目を付けているみたいなのよね』

モンスターたちはリコルヌに敵意を感じ取ったのか、大量に押し寄せてきた。

◇

デッキの床を突き破って出現したのは、巨大な星形の何かだ。

中央には魔法生物の特徴である肉眼があり、額――と言っていいのだろうか？　そこには女性の姿があった。

『マスター、危険な状況です』

呼吸をするのも辛い中、上半身を晒した女性を見れば――ミアちゃんだった。

表面を銀色に、そして瞳を赤い宝石にしたその姿は裸体だ。

精一杯の軽口を叩く。

「ミアちゃん、肌の露出が多いと――フィンが悲しむぞ」

咳き込み、血を吐くとミアちゃんが反応する。

赤い宝石の瞳が俺を見るのだが、以前のミアちゃんとは違っていた。

『騎士様を殺しておいてぇぇぇ！』

黒い刺々しい塊は、その棘を発射してくる。

ルクシオンの自動操縦により、床を滑るように移動するアロガンツは何とか避けていた。

『マスター、現状では満足な支援が出来ません。アロガンツも本来の性能を出せません。撤退を進言します』

「逃がしてくれないだろ」

手を伸ばして操縦桿を握るが、力が入らず震えてしまう。

二度の強化薬の使用は、俺の体に致命的とも言えるダメージを与えてくれたらしい。

今の俺は役立たずというわけだ。

だったら――。

「うん、あれだな。やっぱり、切り札は残しておいて正解だったよ」

俺が何を考えているか察したのか、ルクシオンが怒鳴りつけてくる。

『これ以上は危険です！　本当に死にたいのですか？』

――死にたくはないけれど、ここで使わないと後悔しそうだ。

「他に方法がないだろ」

化け物に取り込まれたのか、それとも取り込んだのか？　ミアちゃんの動きはぎこちなく、融合したアルカディアの助言を受けていた。

『姫様、仇を討つためにも今は落ち着いてください』

ブレイブが嫌っていたアルカディアのコアだが、ミアちゃんに対しては何というか心から慕っているように見えた。

そんなミアちゃんが棘を次々に放ってくるので、デッキが棘だらけになっていく。

そんな中を逃げ回るアロガンツだが、逃げ場がなくなり攻撃を受けてしまう。

床に右腕が縫い付けられた。

『右腕をパージします』

右腕が切り離され、解放されたアロガンツが再び回避を行う。

「アロガンツもボロボロだな」

目がかすんできた。

俺は動けなくなる前に、ルクシオンに命令を出す。

きっとルクシオンは反対するだろうが、俺に残った選択肢はこれしかないのだから。

「ルクシオン――投薬だ」

『――っ！　生命維持の観点から許可できません』

反対する理由を見つけて、俺の命令を回避したらしい。

「お前はここに来て勝ちを捨てるのかよ」

『何と言われようとも――!?』

投薬を巡って言い争っていると、ミアちゃんの様子に変化が起きた。

アルカディアが俺ではなく、遠くを見ていた。

『あの白い船が何かしようとしています。姫様、あれは危険です！』

ミアちゃんの視線が、リコルヌに向けられた。

そこに誰がいるか、ミアちゃんは知っているはずだ。

俺はまずいと思ったが、ミアちゃんの興味はリコルヌに移っていた。

『リコルヌだね』

「や、止めろ！」

慌てる俺の姿を見て、ミアちゃんは冷たい笑みを浮かべていた。

フィンを殺した俺に対する復讐に、最適だと思ったのだろう。

『リコルヌには、あなたの大事な人が乗っているんですね？　なら――ミアと同じ気持ちを味わわせてあげる！』

ミアちゃんがリコルヌに向けて攻撃を開始しようとしていた。

「ま、待ってくれ！」

止めようとするが、今の俺の体はまともに動かない。

そんな俺を見下ろしながら、ミアちゃんはとても冷たい声で言う。

『そこで、大事な人が死ぬところを見ているといいわ。騎士様が死んだ時、ミアがどんな気持ちだったか教えてあげる』

◇

モンスターたちに襲われているリコルヌは、危険な状況だった。

ノエルが覚悟を決めて、右手の甲を掲げる。

「させない！」

右手の甲には聖樹に認められた巫女の紋章が輝いていた。

リコルヌの真上に巫女の紋章が出現すると、緑色に輝く魔法陣がいくつも出現する。

聖樹の紋章による魔法障壁は、モンスターたちの攻撃を防いでいた。

魔法障壁に激突したモンスターたちが、黒い煙に変わって消えていく。

ユメリアが聖樹の若木に抱きつく。

「お願い。力を貸して」

頼み込むと、聖樹が風もないのに葉を揺らして音を立てる。

聖樹が淡い緑色に輝くと、ノエルの紋章も強く輝いた。

クレアーレが出力の上昇を伝えてくる。

『出力上昇！　あと三分だけ持ち堪えて！』

ノエルが苦しそうな顔をする。

何とかモンスターを近付けないようにしているが、数が多くさばき切れなかった。

「――これはきついかも」

そう呟くと、リコルヌの隣に共和国の飛行戦艦が接近してきた。

ノエルはすぐに気付いた。

「レリア!?」

共和国の飛行船の真上に輝くのは、ノエルのものとは少しだけデザインの違う巫女の紋章である。

魔法陣が出現し、リコルヌを守るために周囲のモンスターたちの相手をしていた。

モニターにレリアの顔が映る。

『何かするつもりなら連絡くらいしなさいよ。手伝ってあげるから、こんな戦争をさっさと終わらせましょう』

青白い顔をしたレリアは、随分と無理をしているようだ。

共和国の飛行戦艦からは、赤い鎧が出撃して周囲のモンスターを斬り裂いていく。

『姉御は俺が絶対に守ります！』

赤い鎧に乗り込んでいるのはロイクだった。

聖樹に認められた紋章を出現させ、モンスターたちを倒していく。

マリエは新たに近付く飛行戦艦を発見した。

「まさか――ヘルトルーデ!?」

ヘルトルーデとの間にも回線が開き、モニターにヘルトルーデの姿が映し出された。

『聖女様、手伝いに来てあげたわよ。この貸しは高く付くから忘れないようにね』

憎まれ口を叩いているが、かなり無茶をしているのか飛行戦艦がボロボロだ。

マリエが礼を言う。

「ありがとう。本当にありがとう！」

『相変わらず調子が狂うわね』

マリエの心からのお礼の言葉に、ヘルトルーデは照れているのか通信を切った。

クレアーレが残り時間を伝えてきた。

『残り二分！』

レリアたちの協力もあってどうにか乗り切れそうになっていたが、アルカディアに動きがあった。

デッキ上でアロガンツと戦っていたのに、今はリコルヌに狙いを定めていた。

クレアーレが悪態を吐く。

『あいつ、こっちの方が危険と判断したわね！』

アルカディアがリコルヌ目がけて攻撃を開始する。

それは本体の放った主砲並みの威力がある攻撃だ。

赤黒い光が収束し、リコルヌに向かって放たれようとしていた。

そんなリコルヌの前に出るのは、空中空母であるファクトを中心とする旧人類の兵器たちだった。

マリエが驚く。

「あ、あんたたち」

リコルヌを守るために、アルカディアの攻撃に晒されるファクトたちは、次々に撃破されて沈んでいく。

モニターにファクトの姿が映し出された。

『――我々は君たちを過小評価していた。君たちの評価を上方修正する』

何を言い出すのかと思ったら、評価云々だ。

クレアーレが、状況を考えろと怒る。

『こんな時に何よ！』

『こんな時だからだ。我々の戦いには意味があった。それを確認――いや、教えられた』

最後に残ったファクトも、モンスターやアルカディアの攻撃を集中的に受けて各部が爆発していく。

モニターにノイズが入る中、ファクトが最後に言う。

『この時代に目覚めたのも――きっと――運――命』

そこで通信が途切れた。

同時にファクトが周囲のモンスターを巻き込むように大爆発を起こし、燃えながら海へと落下していく。

そして、クレアーレが静かに告げる。

『――あいつら、最後にしっかり仕事を果たしたわ。リビアちゃん、いつでもいいわよ』

皆が作ってくれた時間のおかげで反撃のチャンスが生まれた。

リビアが輝くと、髪が下から風でも吹いているかのように揺れた。

ゆっくりと目を開けるリビアの瞳が光る。

「――はい」

第17話「最強主人公」

「――いきます」

リビアが短くそう呟くと、リコルヌに積み込んだ王家の船の装置が強く反応する。

聖樹から得られたエネルギーも使用して、リコルヌがリビアの力を増幅していた。

クレアーレはリビアを見て驚いていた。

『ちょっとこの力は予想外ね』

クレアーレも予想していなかったリビアの力により、リコルヌは白く淡い光に包まれる。

近付くモンスターたちは、当然ながら無事では済まない。

遠くにいたモンスターたちも――リコルヌから半径数キロのモンスターたちまでもが、消し飛んで黒い煙すら発生しなかった。

集まったモンスターたちを吹き飛ばし、それでもリコルヌは輝きを失わなかった。

アンジェがその光景を見て驚く。

「圧倒的じゃないか。リビア、お前は一体――」

リビアはアンジェに微笑む。

「私にもわかりません。でも、今は――この力がリオンさんを助けてくれるのなら」

リビアとしてもあまり使いたい力ではないが、リオンのためなら躊躇《ためら》う理由はない。

左手を伸ばして前に向けると、リコルヌの輝きが増していく。

リコルヌがリビアの出力に耐えきれず、僅かながら振動を起こしていた。

マリエにしがみつくカーラが驚いていた。

「揺れていますけど、いったい何が起きているんですか！」

自身の能力について何の説明も受けていないリビアだったが、自然と次に何をすればいいのか理解できていた。

本能がリビアに力の使い方を教えてくれる。

リコルヌの周囲には白い粒子の光が集まり、そしてそれらが形を作っていく。

その姿はリビアの姿に似ていた。

デフォルメされたその姿は、シンプルながら女性の外見をしていた。

顔には目だけが青白く浮かび上がっている。

リコルヌを中心に、巨大な白く輝くリビアの姿が誕生した。

モンスターたちが近付けば吹き飛ばされ、味方であればすり抜ける。

その姿を見た王国軍は、回線を通じて口々に言う。

『まるで聖女――いや、女神だ』

『勝利の女神だ！』

『女神様万歳！』

この時だけは、王国にとってリビアは勝利の女神だった。

モンスターたちが消え去ったことで、王国軍からは歓声が上がっている。

だが、リビアの負担は大きい。

気を抜くとすぐにでも倒れてしまいそうだった。

そんなリビアをアンジェが支える。

「無理をするな」

「ありがとうございます。でも、今だけは無理をしちゃいます」

「私の力も使え」

アンジェがリビアの手を強く握ると、リコルヌの周囲に赤い粒子の光が集まってくる。

それらは巨大なリビアに巻き付いた。

巨大な光の巨人が赤いドレスを身に着け、左手を前に突き出すと前方に魔法陣が幾つも展開される。

魔法陣の大きさは半径にして数百メートルという巨大さだ。

魔法陣から放たれるのは、光の矢だった。

それが何千、何万、何十万と、アルカディアに襲いかかる。

アルカディアは大急ぎで、魔法障壁を展開していた。

だが、その魔法障壁も突き破って、アルカディア本体に着弾して爆発を起こしていた。

たった一回の攻撃で、無抵抗なアルカディアの要塞は大きく削られてしまった。

その様子を見たマリエは、圧倒的な強さに驚いていた。

「す、凄い。このままいけば、普通に勝てるかも！」

だが、リビアは楽観視していなかった。

「時間がありません。リオンさんを早く回収しないと」

映像から、アロガンツがボロボロになっているのは確認した。

リビアが目を閉じると、リコルヌの外にいる巨大な光の巨人であるリビアの目を通して外の景色が見えた。

「見つけた！」

要塞のデッキでボロボロのアロガンツがいる。

アルカディアはこちらに意識を向けており、アロガンツに手を出していなかった。

リビアが声を荒らげる。

「リオンさんから離れなさい!!」

◇

『離れろぉぉぉ!!』

巨大な女性の形をした光の粒子の集まりが、アルカディアに手を伸ばしてきた。

ミアは咄嗟に両手を前に出す。

「まさか、オリヴィアさん!?」

ミアが用意した魔法障壁は、何重にも展開されていた。

だが、巨大な光の巨人の前には、簡単に破かれてしまう。

慌てて避けると、リビアの巨人が手を引いた。

圧倒的な力を見せつけられたアルカディアが、目の前の光景を理解できずに動揺していた。

『何だ、こいつは!? 本当に旧人類なのか!? あり得ない。こんなの――新人類であっても不可能なはずだ!!』

リビアの解析を諦めたアルカディアは、ミアにさっさと終わらせるように言う。

『姫様、時間をかけていては不利になります。もう一度あれを』

あれとは、最大出力による攻撃だ。

アルカディアの主砲並みの攻撃を、ミアはすぐにでも放てる。

もっとも、連射できるほどの魔素を集めきれていない。

『巨人の中央――いえ、胸部辺りにリコルヌを確認しました。そこを狙って破壊すれば、あの巨人も消えるはずです』

リコルヌを目指してミアが右手を向けると、アルカディアの棘が同じ方向を向いた。

「あなたたちに恨みはありません――でも、ミアはもう何もかも許せません! 騎士様をミアから奪ったなら、ミアにも奪わせてくださいよ!!」

赤黒い光が集まり、そして放たれる。

その一撃の破壊力は、これまで散々見てきた。

それを収束して放ったのだから、威力はこれまで以上である。

それなのに――リビアの巨人は右手で払いのけた。

赤黒い球体は、進行方向を変えて遠くに着弾して大爆発を起こした。

水柱が上がり、海面が衝撃波で津波を起こす。

魔法生物が大きな目を見開き震えていた。

『ふ、ふざけるな！　そんな方法で回避するなどあり得ないはずだ!!』

あまりの理不尽な対処方法に、腹を立てずにはいられなかったのだろう。

リビア巨人が両手を広げると、リビアの声が聞こえてくる。

『今から助けますよ、リオンさん』

すると、何千という魔法陣が出現し、そこから次々に魔法が撃ち込まれた。

火球、水球、雷球、光の球と、とにかく色んな種類の魔法が高威力で放たれてくる。

ミアはすぐに上昇して避けようとするが、魔法はどれも追尾してくる。

撃ち落とすために魔法を放って迎撃するが、間に合わずに数百発の魔法を受けて吹き飛ばされた。

「くっ！」

アルカディアの要塞部分から離れると、リビアの巨人がデッキ上にいるアロガンツを守るように両腕で覆い隠した。

簡略化された巨人の顔からは表情は読み取れない。

だが、きっと微笑んでいるのだろうと思えた。

アロガンツを――リオンを愛おしそうに、両手で優しく包み込んでいる。

それがミアには許せなかった。

「騎士様を殺しておいて自分たちだけでぇぇぇ!!」

再び最大出力で攻撃を放つと、リビア巨人の背中から新たに頭部が出現する。

それは髪の長い女性だ。

リビア巨人は背中を丸め、前屈みになって背中の女性が動きやすいようにする。

その女性は上半身まで出現すると、両手を広げてミアの攻撃を受け止めた。

爆発するが、新たな女性巨人は無事だった。

理不尽な状況が何度も続き、アルカディアは怒りに震え始める。

『どうしてこの時代に、姫様や私を圧倒する存在がいるんだ？　新人類を超えるような存在がいていいはずがない！』

アルカディアからすれば、どうして王国軍が戦争開始時に使用しなかったのか不思議なほどに圧倒的だった。

新たな女性巨人が、両手を伸ばしてアルカディアを掴む。

逃げようとしたが逃げ切れず、捕まって暴れ回るミアは巨人の強さに悔しがっていた。

「最初から手加減をしていたというの？　そんなの絶対に許せない！」

暴れ回って女性巨人の手を破壊して脱出し、加速して上空に逃げる。

そして、巨人の上から――アロガンツを狙って攻撃を開始した。

「大事な人を目の前で失う悲しみを教えてあげる」
アロガンツに降り注ぐ攻撃は、一つでも当たれば致命傷となる威力だった。
すると、女性巨人がアロガンツを庇うために覆い被さる。
全ての攻撃を女性巨人が受け止め、アロガンツを守っていた。
『このまま畳みかけましょう、姫様！』
アルカディアも協力して、一方的に女性巨人を叩いた。
ミアも攻撃を続けていると、女性巨人が片腕を突き出してくる。
片腕はミアたちがいる場所まで伸びて、殴りつけてきた。
その際に聞こえたのは――アンジェの声だった。
『リオンに手を出す奴は絶対に許さない』
燃え上がるような怒りの感情が伝わってきた。
ミアたちは掴まれ、そのまま海へと投げつけられてしまう。
海面に叩き付けられたミアたちは、戦場から随分と離れた場所に来てしまった。
圧倒的な差を見せつけられてしまった。
ミアは不甲斐ない自分と、理不尽な敵に涙を流す。
「こんなのってないよ。ミアは騎士様の仇も討てないなんて」
歯を食いしばり、手を握りしめ、再びミアは浮かび上がった。
「ここで死んだとしても、ミアは騎士様の仇だけは――」

ただ、様子がおかしい。

浮かび上がって再びリビア巨人と向き合ったのだが、相手の輪郭が朧気になっていた。

今にも消えてしまいそうだった。

それを見たアルカディアが、リビア巨人の弱点に気付いた。

『活動の限界か！　あれだけの魔法を実現しようとすれば、それだけのエネルギーが必要になるはず。いくら聖樹を用意しようとも、何時間も運用するのは不可能というわけか』

理不尽な存在が消えていく様子に、アルカディアは安堵すらしていた。

リビア巨人が消えていくのを見て、ミアはすぐにアルカディアのデッキへと飛んだ。

ボロボロになった余計な部分が崩れ落ちて、アルカディアは小さくなっていた。

魔素を消耗して、姿を維持できなくなったのだ。

それでも、アロガンツを破壊する程度の力は有り余っていた。

「――これで邪魔者はいなくなったね」

ミアはリオンに止めを刺しに行く。

◇

「ルクシオン――状況は？」

動かなくなった体では、状況も満足に確認できなかった。

ルクシオンが俺に周囲の状況を伝えてくる。

『生き残った無人機たちを集めました。アロガンツの整備を行っています』

せめて移動できるくらいには、と整備しているようだ。

アロガンツにコンテナを背負わせていた。

俺はユリウスたちの安否を確認する。

「あいつらは無事か？」

『――魔素の濃度が高く、確認が取れていません』

「生きていてほしいよな。死なれたら寝覚めが悪いんだよ」

あいつらの無事が確認できず不安になってくる。

腐れ縁だが、基本的に悪い奴らじゃなかったからな。

あの乙女ゲーをプレイしていた頃は嫌いだったが、付き合ってみると違った。

実際接したら、意外と良い奴らだったよ。

――もっと、仲良くなりたかったな。

顔を上げてモニターを見れば、アロガンツが握りしめているブレイブのロングソードが見えた。

「フィンが生きていたら、きっとミアちゃんを助けてほしいって頼むよな」

余計なことだと自分でも理解していたところに、ルクシオンが強く反対してくる。

『マスターがそこまでする必要はありません！　既に限界ではありませんか』

確かに限界だが、ここでミアちゃんを見捨てると――あの世でフィンに合わせる顔がない。

「どのみち、ミアちゃんを止めるしかない」

リビアがその力を発揮してくれたおかげで、何とか時間が取れた。

だが、倒しきれなかったようだ。

アルカディアのデッキに、ミアちゃんが降りてくる。

その姿は、先程までの刺々しい姿ではない。

ミアちゃんの姿だった。

しかし、銀色の姿で、まるで黒いゴツゴツとした鎧をまとっているかのように見える。

左胸を隠すように胸当てをしているのだが、そこにアルカディアの一つ目が残っていた。

俺を守るために無人機たちが前に出ると、ミアちゃんにアッサリと破壊された。

幾ら小さくなっていても、今の俺が相手をするのは難しい相手だ。

「ルクシオン、最後の命令だ。――投薬してくれ」

ここでミアちゃんを止めなければ、俺を殺した後にどうなるか予想が付かない。

アルカディアにそそのかされて、王国を焼き払う可能性だってある。

今のミアちゃんなら、それくらいのことはできるはずだ。

それを止めるためにも、もうひと頑張りする必要があった。

ルクシオンは何も答えない。

拒否する理由を探しているのだろう。

そんな相棒に――俺は言う。

「このままだと綺麗な終わりを迎えられないだろ？　ミアちゃんを救ってハッピーエンドだ。いや、ベターかな？」

ゲームでたとえるならば、ほとんどバッドエンドに近い終わり方だろう。

クリアはしても、何とも後味の悪い終わり方だ。

実に俺らしい終わり方だ。

ルクシオンが俺に問い掛けてくる。

『マスターの幸せはそこにあるのですか？』

俺の幸せ？　――たぶんだが、この先にあると思う。

ルクシオンに尋ねられ、俺は精一杯の笑顔を見せる。

「どうして俺たちがこの世界に転生したのか、ずっと考えていたことがある。きっと、何か理由があるはずだろ？　なくても良いけどさ。ないなら、作るしかないじゃないか。全員は救えなかったけど、それでもベターな結果を求める。俺にしては上出来なハッピーエンドを迎えられる」

『自己犠牲の精神ですか？　理解できません。マスターは愚かです』

「知らなかったのか？　俺は最初から愚か者だよ」

魂というのは、悟りを開くまで何度も生まれ変わるらしい。

俺のような俗物は、転生し続けるわけだ。

仏教の思想だったか？　まぁ、今はどうでもいい。

こんな俺の人生にも意味があったと思えれば、少しは救われるというものだ。

勘違いだろうと何だろうと、俺の人生には意味があったと言える。
「頼むよ——相棒。多分、これが最後の命令だ」
『——駄目です。このままでは、本当にマスターが——マスターの命が』
ルクシオンの赤い瞳が悲しそうに見えたのは、気のせいではないだろう。
俺はルクシオンに頼み込む。
「それなら、これはお願いだ。俺に力を貸してくれ——相棒」
命令を止めてお願いすると、ルクシオンが震えた電子音声で答える。
『と、投薬を開始します』
強化薬が打ち込まれ、これで三度目となる。
激しい痛みが体を襲い、俺は耐えきれずに吐血してしまった。
それでも、次第に気分がよくなってくるから不思議だ。
先程まで動かすのも苦痛だった体に、力がみなぎってくる。
アロガンツを立ち上がらせると、ブレイブのロングソードを構えさせた。
ロングソードを見たミアちゃんが、怒りから震えていた。
『騎士様とブー君の剣を返して！』
元気が出てきた俺は、ミアちゃんを相手に普段のように振る舞う。
「奪い返してみろよ、このじゃじゃ馬ぁ！」
スペアの両足でしっかり床を踏みしめ、ロングソードを振り下ろしてやった。

その一撃を小さな女の子が受け止める。

「ルクシオン、アルカディアをミアちゃんから引き剥がせるか？」

ミアちゃんを助けられるか確認すると、ルクシオンは既に解析を始めていた。

『現在調査中です』

ミアちゃんが床を蹴って跳び上がり、アロガンツを殴ろうと大きく振りかぶってきたので、ロングソードで受け止めて後ろに下がる。

女の子の拳とは思えない強力な一撃だった。

◇

アルカディア要塞内部で目を覚ましたのは、左腕を負傷したフィンだった。

目覚めたフィンは、左腕を手で押さえて苦悶の表情を浮かべる。

「俺はどうしてここに――黒助!?」

痛みに耐えて飛び起きたフィンは、既にブレイブがこの世にいないことを察した。

フィンが涙を流す。

「あの馬鹿野郎が」

フィンがこの場にいるのは、ブレイブが助けたからだ。

あの時――。

フィンは動力炉を破壊された怒りから、戦う必要性が消えたのにリオンを追いかけた。

爆発に包まれる動力炉の部屋から飛び出す前。

「あいつだけは――絶対に俺が！」

止めを刺す。当初の目的を忘れてしまったフィンに、ブレイブは危うさを感じていたようだ。

もっとも、フィンもブレイブもここで戦いを止めるわけにはいかなかった。

ミアのためにも引けないのだから。

『相棒、ここでお別れだ』

「黒助？」

何を言っているのか、と問い掛ける前にフィンはブレイブから排出された。

フィンはブレイブの用意した魔法障壁に守られながら、ゆっくりと降下していく。

薬の影響で気付いていなかったが、アロガンツとの戦いで左腕を負傷していた。

「どうしてだ。どうして俺を裏切る！」

右手を伸ばしたフィンに、ブレイブは照れたような、恥ずかしそうな、悲しそうな声で返事をする。

『このままだと相棒まで死んでしまうからさ。でも、俺は相棒には生きていてほしいんだ。だから、ここでお別れだ』

ブレイブはとっくに限界を迎えていたのだろう。

自分ではアロガンツに勝てないと察して、フィンだけを逃がそうとしていた。

「ブレイブ行くな！」

右手を伸ばすフィンに、ブレイブは笑っているように見えた。

『そこは黒助って呼ぶ場面だろ。——黒助って呼ばれるの、実は嫌いじゃなかったんだ。さようなら、相棒』

そのままブレイブは外へと出て行く。

——気が付けば、フィンはブレイブに守られる形で脱出して命が助かっていた。

フィンは涙を流す。

「お前も生き残ればよかったんだ。もっと俺たちと一緒に——ミア？　ミアはどこだ!?」

目覚めたばかりで状況がわからないフィンは、急いで司令部へと向かった。

第18話

「皇帝陛下の真実」

揺れる要塞内で、フィンが司令部に到着する。

驚くことに司令部が破壊されており、天井に穴も開いていた。

軍人たちが倒れているのだが、その中には杖を抱き締めて泣いているモーリッツの姿があった。

「陛下？」

フィンが近付くと、モーリッツが気付いて涙を拭う。

「フィン？　生きていたのか。何もかも俺の責任だ。俺はアルカディアの口車に乗せられて、父上を殺してしまった。全部俺が悪いんだ」

絶望しているモーリッツは、このまま自ら命を絶ってしまいそうな雰囲気だった。

カールを暗殺したことに怒りを感じていたが、フィンはモーリッツの手元を見た。

握られていた杖は、カールが普段から愛用していた物だった。

「それは爺さんの杖」

近付くフィンに、モーリッツは杖を差し出す。

「お前は父上のお気に入りだったな。もう俺には必要のない代物だ。お前が持っていればいい」

杖を受け取ったフィンは、カールが何度も使用しているのを見てきたので思い出す。

「――これは」

飾りの部分を動かすと、宝石の部分が発光した。

二人の前にホログラムとして、カールの姿が映し出される。

「父上!?」

驚くモーリッツに、フィンは冷静に告げる。

「これは記録映像ですね。話しかけても応えません」

項垂《うなだ》れるモーリッツだったが、記録映像のカールが口を開く。

『これを見ているのはモーリッツか、それとも他の者か。あるいは、フィンの小僧かもしれないな。誰が見ているのか不明ではあるが――わしは死の間際に、この杖にメッセージを残すことにした』

カールは死の間際に、杖にメッセージを仕込んでいたようだ。

思念でメッセージを残せるという仕組みにフィンは呆れつつも、カールの姿を見て懐かしみを覚えていた。

『馬鹿息子のモーリッツは、魔法生物にそそのかされてわしを暗殺した。わしの話も聞かずに、早とちりした大馬鹿者よ』

罵られたモーリッツだが、言い返せずに再び項垂れた。

『わしが考えていたのは、大昔より続く旧人類と新人類の争いを平和的に解決する方法だった』

告げられた真実に、モーリッツがフィンを見た。

「お前は知っていたのか?」

「いえ、初耳です。そもそも、生存競争というのも後になって知った話ですから」

記録の中のカールは続ける。

『ヴォルデノワ神聖魔法帝国には、数多くのロストアイテムが存在する。その記録を調べる過程で、わしは大昔の戦争が終わってなどいないと知った。いずれ、我らは新人類の末裔と、旧人類の末裔で生き残りをかけて争うと気付いた』

ロストアイテムが豊富な帝国で、カールはこの事実にいち早く気付いていたらしい。

そして、この問題に頭を悩ませていたようだ。

『強引に軍事力で解決する方法も考えたが、それではあまりに無慈悲すぎる。悩んだわしは、ホルファート王国に信じるに値する者がいれば、その者と手を結びこの問題を解決するつもりだった』

自分たちと同じように、初めは戦争で勝敗を付けようとしていたと知ってモーリッツは驚いていた。

フィンも同様だ。

「爺さんがここまで考えていたなんて」

普段はミアを溺愛するだけの男にしか見えなかったので、裏でこんなことを考えているとは思わなかった。

『――そして、王国に信用できる者が現れた。わしは強引な手段でなく、手を結び合い解決する方法を選べると思った』

モーリッツがすすり泣く。

「俺がアルカディアにそそのかされなければ――」

『馬鹿息子に邪魔されたため、手を結べたかどうかはわからない。できれば、平和な解決方法を選んでほしいと願っている。――それから、馬鹿息子が生きていたら伝言を頼みたい』

モーリッツが顔を上げると、カールが微笑む。

『実はわしには隠し子がいる。ミリアリス――ミアと名乗っている可愛い娘だ。皇族の血なまぐさい争いに巻き込まず、平和に暮らせるように手配するよう伝えてほしい。それから、フィンとかいう小僧が生きていたら、ミアを泣かせたら祟《たた》ってやると伝えるように』

最後の最後にミアの話をするカールに、フィンもモーリッツも頬を引きつらせる。

「爺さん、こんな時まで。色々と台無しだろうが」

『そして最後に、馬鹿息子に伝えてほしい。わしはお前を許そう』

「え？」

モーリッツが目を見開くと、カールの記録映像と目が合う。

『お前がこれから辛い決断をすると思うと心が痛む。だが、責任からは逃げられん。モーリッツ、お前は全ての責任を背負え。――だが、親としてお前に殺されたことは忘れてやる』

モーリッツがポロポロと涙を流し、嗚咽《おえつ》を漏らしていた。

『ミリアリスがこの映像を見ていると思って言おう。わしの可愛い娘よ、お前を愛していた。どれくらい愛していたかと言えばだな――』

段々と映像が朧気になってくるのは、カールの意識が失われてきたからだろう。

死の間際に力を振り絞って、この記録映像を残したのだろう。

映像が消えかかる中、最後にフィンへの伝言が入っていた。

『小僧――いや、フィンよ。どうか、ミアを幸せにしてやってくれ』

そうして映像が途切れると、フィンは涙を流して拳を握りしめる。

「言われなくたって」

モーリッツはゆっくりと立ち上がると、フィンを見る。

「フィンよ、俺には仕事が残っている。お前は自分の役目を果たせ」

「陛下？」

「急いでミリアリスのもとに向かえ。あの子はお前が死んだと思って、アルカディアに取り込まれてしまった」

「なっ!?」

◇

ミアちゃんとの戦闘が続く中、俺は必死に彼女を助ける方法を考えていた。

コアを失った魔装に取り込まれると、もう人には戻れない。

逆に言えば、コアが存在するならば、まだ人間に戻せる。

「可能性はあるはずだ」

今は痛みを感じなかった。

体中が悲鳴を上げていたのに、投薬で痛みを感じなくなった。

死にかけた状態でも戦えるのだから、本当にとんでもない薬だ。

向かい合うミアちゃんが、俺に憎しみを向けてくる。

『許さない。絶対に！』

「はっ！　許してもらおうなんて思ってないんだよ。いいか、もう勝負はついた。後は、お前からコアを抜き取って破壊すれば何の憂いもないね！」

『お前は騎士様の友人だったのに！』

「あいつも俺を殺しに来たけどな！　もう終わった話なんだよ。お前は余計なことをせずに引っ込んでいろ。じゃないと、フィンは無駄死にだ。お前を生かすために命懸けで戦ったのに、それをお前が全て無駄にするんだからさ！」

煽ってやれば、ミアちゃんは初々《ういうい》しい反応をする。

『目の前で愛している人が殺されて、黙っていられるわけが！　それに、殺さなくても！』

ミアちゃんの言葉一つ一つが、俺の心に突き刺さる。

俺だって殺したくはなかった！　そう言えれば、どれだけ楽だろう。

「責任者っていうのは責任を取るのが仕事だ。帝国の英雄を生かしておく理由なんかない。あいつだって同じことを考えていたさ」

『あなたという人は！』

アルカディアが沈んだとしても、あいつは最後まで戦っただろう。

――目の前にいるミアちゃんのために。

俺だって同じだ。勝てないからと戦いを放り投げてしまったら――この戦いに巻き込み、死んでいった人たちになんと説明すればいい？

世間体やら何やら、見えない何かに縛られている俺はどうしようもない凡人なのだろう。

そんな凡人が動かざるを得ないくらいに、この世界は終わっている。

「お前の出る幕じゃないんだよ！　さっさとコアを渡せ！」

『誰がお前の言うことに従うものですか！』

アルカディアのコアが生き残っている状況では、死んでも死にきれない。

――それに戦争は終わりだ。こんなのオマケである。

自分の体を無理矢理動かし、アロガンツを操縦してロングソードを下から振り上げた。

ミアちゃんが仰け反ったので距離を取れば、ルクシオンが俺に解析結果を伝えてくる。

『マスター、コアの位置を確認しました。そこをピンポイントで貫けば、操縦者から切り離すことが可能です』

「ミアちゃんは助けられるんだろうな？」

『助かる可能性はあります。ですが、少しでも外れれば人体の急所を貫いてしまいます』

何て厄介な位置にコアがあるんだと思ったが、考えてみれば急所を守っているとも言える。

しかし、人体の急所近くを狙うというのは恐ろしいな。

特に鎧の大きさでは、的が小さすぎる。

「アロガンツだと無理だな」

ミアちゃんの小さな体に、ブレイブのロングソードを突き刺せば即死だ。

当然、他の武器も候補から外れる。

俺はアロガンツの操縦桿を撫でてから、力強く握りしめた。

ミアちゃんの方に向かうと、向こうは両手を俺に向け、魔法を撃ち込んでくる。

赤黒いエネルギーの塊は、撃ち出されると破裂して拡散する。

拡散されたそれを避けながら向かうが、アロガンツでは避けきれずに装甲を貫かれる。

ブレイブのロングソードを盾代わりに進むも、そろそろ限界だった。

アロガンツが火を噴き、コックピット内の機器から放電していた。

そんなアロガンツにロングソードを投げ捨てさせ、両手でミアちゃんを掴んだ。

『ハッチをパージします！』

阿吽《あうん》の呼吸で、ルクシオンがベストタイミングでハッチを開け放った。

目の前のハッチが吹き飛び、風が入り込んでくる。

体がシートから解放され、素早く横に置いていたライフルを手に取った。

そのままコックピットから出ると、ミアちゃんはアロガンツの手から無理矢理抜け出したところだった。

アロガンツの左手の指が簡単に千切られ、それを俺に投げ付けてくる。

ミアちゃんは俺を見ると、一瞬驚いていたが——すぐに眉間に皺を寄せた。

可愛らしかった女の子の顔が、憎悪でここまで変わるのかと一瞬だけ恐怖してしまった。

歯を食いしばり、あの可愛かった顔がまるで獰猛な獣のようになっている。

無理もない。俺はそれだけのことをしたのだから。

「出て来たところで！」

ミアちゃんが俺に右手を向け、魔法を放とうとする。

素早くルクシオンが俺の前に出てシールドを展開すると、俺の視界が炎に包まれた。

黒い炎がシールドの向こうで広がっている。

『マスター、耐えきれません！　五秒後にシールドエネルギーが尽きます！』

「五秒もあれば十分だ」

ライフルを構えると、ルクシオンのアシストでスコープに狙う場所が表示された。

黒い炎の向こうにいるミアちゃんが、どこにいるのかルクシオンには見えている。

引き金を引くと、ルクシオンのシールドを内側から破り、黒い炎を突き破ってそこに穴を開けた。

黒い炎にポッカリと穴が開き、その向こうでミアちゃんが弾丸に貫かれ後ろに吹き飛んでいた。

体に取り付いていた黒い鎧のような何かも剥ぎ取られ、銀色だった体はパキパキと音を立てて崩れていく。

「いいライフルだろ。レアアイテムの特別製をルクシオンに改造させたんだ」

黒い炎が消えると、ライフルに銃剣を取り付けてミアちゃんに近付く。

ミアちゃんが仰向けに倒れている横で、黒い球が小さな手を使って這うように俺の方に近付いてくる。

『よくも姫様に――お前たちだけでも道連れに！』

ルクシオンが俺の右肩辺りに浮かぶが、安定感がないのかいつもよりフラフラしていた。

『子機のバッテリーが限界に近付いています。マスター、シールドエネルギーも尽きました。手早く止めを刺してください』

「了解だ」

ライフルを構えて、躊躇いなく引き金を引いた。

『イギャァッ！』

弾丸がアルカディアを撃ち抜くと、黒い液体を噴出しながらもがき苦しむ。

その様子から有効打を与えていると確信した。

何発も撃ち込むが、アルカディアのコアと思われる魔法生物は死ななかった。

「しぶといな」

弾倉を交換しようとしていると、魔法生物が膨れ上がって俺に大きな一つ目を向けてきた。

血走った目。瞳はどす黒い憎悪で染まりきっていた。

『貴様だけはぁぁぁ！』

アルカディアは体から鋭い棘を生やすと、それらを全て俺に向けてくる。

まずいと思っていると、ルクシオンが俺を庇うために前に飛び出した。

鋭い大きな棘――六十センチ程度の円錐状の黒い物体が俺たちに飛んでくると、その大半をルクシオンが弾いていた。

『マスターは殺させません！』

ルクシオンのボディによって、そのほとんどが弾かれた。

ボディをへこませながら、俺を必死に守ろうとしている。

そんなルクシオンの向こうで――アルカディアはいやらしく笑っていた。

『残念だったな、鉄屑。――後ろを見ろ』

ルクシオンがすぐに振り返って俺を見た。

俺は自分の胸を見る。

黒く鋭い円錐状の何かに、右胸辺りを大きく貫かれていた。

背中のバックパックまで外れて落ちてしまった。

持っていたライフルを落としてしまう。

不思議なことに痛みはないが、体は正直で口から血が流れていた。

『マスター？』

ルクシオンが震えているように見えたが、きっと俺の目の焦点は既に合っていないのだろう。

もう限界を超えていた体に力が入らなくなっていた。

ルクシオンの後ろでアルカディアが笑っている。

俺を仕留められたのが嬉しいらしい。

『このまま全てを破壊してやる！　貴様らの国だけは――必ず消し飛ばしてやる！　もう、止める手立てもないだろう！』

アルカディア本体がゆっくりと動き出し、最後の力を振り絞るように主砲を放とうとしていた。

アルカディアの体から魔素が溢れだし、上空に出現した赤黒い球体に吸い込まれていく。

このままでは、主砲が発射されてしまう。

「——させるわけねーだろ」

左手を腰の後ろに回して、引き抜いたのは短剣だった。

俺は震える手で短剣をアルカディアに向けるが、相手は笑っていた。

『そんな武器で何をするつもりだ？』

俺の行動を悪あがきと思ったのだろう。

「何かするから取り出したんだよ」

柄にある仕掛けを動かすと、短剣の刃が発射されてアルカディアの大きな目に突き刺さった。

刃に仕込んでいた魔法が発動すると、アルカディアの内部で爆発する。

「仕込みナイフっていうか短剣？　特性の魔道具は効くだろう？」

血を吐きながら言うのだが、アルカディアは俺の言葉など聞いていなかった。

『イギャアァァアアァァアアアイィィィ!?』

大きな目からは黒い液体が噴出し、焦げた臭いを発生させている。

だが、アルカディア本体に命令は伝えられたのか、残っていたエネルギーを主砲にため込み発射しようとしていた。

俺は膝から崩れ落ちてしまった。

アルカディアは、体中から黒い液体を噴出しながら笑っていた。

『ギャハハハハッ！　仕留めきれなかったな！』

最後の最後で失敗してしまった。

「く、くそ――」

◇

リコルヌの艦橋では、力を使い果たしたリビアとアンジェが倒れていた。

リビアが全力を出してしまったことで、リコルヌも限界が来ていたのか機器から放電している。

クレアーレが指示を出していた。

『急いで聖樹にしがみついて！　そこが脱出用の装置になっているから！』

聖樹の若木を移植した部分は、リコルヌから脱出できるようになっていた。

いつでも聖樹だけは切り離せるようになっていた。

ノエルがリビアを背負い、ユメリアとカーラがアンジェを運んでいた。

カイルは聖樹の脱出装置の準備をしている。

そんな中、マリエだけは窓の外を見ながらボンヤリと立ち尽くしていた。

窓の外を見ていると、アルカディアの上空で赤黒い玉が出現した。

また、主砲を撃とうとしている。

リコルヌがリオンたちの会話を拾っており、それがどこに向けられているのかをマリエは聞いてしまった。

ノエルが涙を流しながら、マリエに声をかけてくる。

「マリエちゃんも早くこっちに！」

リオンが倒れてしまい、ノエルも気が動転していただろうに。

気丈に振る舞う友人を見て、マリエは微笑みを浮かべた。

マリエがゆっくりと脱出装置に近付くと、カイルとカーラが手を伸ばしてくる。

「ご主人様も早く！」

「マリエ様、今は逃げましょう！」

泣きそうな顔の二人を見て、マリエは杖を手放してから両手を伸ばして——二人の手を掴むのだった。

マリエは二人への感謝を口にする。

「あんたたち、今までありがとね。私みたいなのを慕ってくれて、本当に！　ありがとう。二人のおかげで楽しかったわよ」

二人が唖然としている間に、マリエは手を離した。

聖樹を包み込むように、ガラスのようなものが展開される。

内側に入った二人が慌ててガラスを叩いているが、音は聞こえてこない。

必死に何かを伝えようとしているが、声も聞こえない。

マリエはクレアーレを見るのだった。

クレアーレの声だけは、リコルヌの通信装置を使って聞こえてくる。

『――いいのね？』

マリエは杖を拾い、肩に担いでから笑ってみせた。

「最後くらい、兄貴の尻拭いをしてあげないとね。次に再会したら、これをネタに兄貴をゆすってやるのよ。――だから、さっさと兄貴を助けてあげて」

クレアーレは、マリエが何を言っているのか理解していた。

『マリエちゃんは本当に最高の妹だわ。――脱出』

それだけ言うと、聖樹の若木と乗り込んだクレアーレたちがゆっくりと沈んでいく。

ノエルが唖然とし、ユメリアは大泣きしている。

カイルとカーラが泣きながら何かを叫んでいたが、マリエは笑顔で手を振るのだった。

そして、全員が脱出して一人残されたマリエは呟く。

「馬鹿兄貴、失敗してんじゃないわよ」

振り返って前を見れば、今にも主砲が発射されそうになっていた。

リコルヌに語りかける。

「私と一緒に戦ってもらうわよ」

リコルヌの機械的な音声が聞こえてきた。

『所有者をマリエに変更。指示を願います』

マリエは両手に持った聖女の杖の石突きを、勢いよく床に打ち付けた。

マリエが淡く輝き出すと、髪が揺れる。

キラキラと輝きを放ち、周囲に魔力が溢れていった。

リビアにも負けないほどの――聖なる輝きを放っている。

「敵の攻撃を受け止めるわ。あいつの前に移動して！」

『了解しました』

リコルヌが揺れながら主砲の砲台の前まで移動すると、マリエは握りしめた杖に語りかける。

「お願い。私に力を貸して。私に守らせて」

マリエの声に反応するように、聖女の杖も、首飾りも、そして腕輪も輝いた。

リコルヌの前に、三つの大きな魔法陣が重なるように展開される。

主砲を受け止めるために、マリエは三つの魔法障壁を展開した。

すると、アルカディアの主砲が放たれる。

目指す先はホルファート王国の大陸だった。

すぐに目の前が赤黒い光に包まれて、魔法障壁の一枚目が簡単に破られた。

リコルヌも激しく揺れ、金属のひしゃげるような嫌な音を立て始める。

マリエは杖を握りしめ、揺れに耐えながら立っていた。

「私を――舐めるなぁぁぁ!!」

魔法陣が強く輝き、力を増していくが二枚目のシールドも破られる。

マリエは今までを振り返っていた。

(私って本当に駄目よね)

思い出すのは転生して得た第二の人生のこと。

そして、前世から兄に頼ってきたことだ。

いつも迷惑をかけて来た。

だが、いつも兄は守ってくれた。

時々腹も立ったが、それでも今にして思えば自慢の兄だ。

恥ずかしくて口に出して言えないが、マリエは兄が大好きだった。

最後のシールドにひびが入り、リコルヌも各部から火を噴いていた。

船内の機器が吹き飛び、煙が充満する。

その中でマリエは、涙を流しながら前だけを向いていた。

「私が兄貴の人生を駄目にしたから、今度は私が守ってあげる。だから、兄貴は――ちゃんと私の分まで生きてよね」

マリエは心の中で納得する。

(そっか、多分――私の二度目の人生って、きっと兄貴を助けるためにあったんだ)

一度目の人生で、マリエはリオンに迷惑をかけた。

二度目も同じだ。

だが、最後に役に立てたと思った時、マリエは自分の役目を果たせた気がした。

満足するマリエは微笑みを浮かべる。

「苦労性の馬鹿兄貴、今度は自分の人生を楽しみなよ」

聖女の道具が限界に達したのか、バラバラに砕けていく。

そして、三枚目のシールドが破かれ、リコルヌが光に呑み込まれるとマリエの意識は薄れていく。

赤黒い光に呑まれて蒸発する運命を受け入れていた。

最後に見た光景は、自分が吹き飛んでいる中——リビアとアンジェに似た女性たちが、自分を抱き締めている光景だった。

二人はマリエを守るように抱き締め、そしてリコルヌは光に呑まれて——爆発し、蒸発して消えていく。

◇

アルカディア最後の攻撃を、リコルヌは耐えきった。

その代わりにリコルヌも吹き飛んでしまったが、ルクシオンが俺に伝えてくる。

『アンジェリカ、リビア、ノエル、ユメリア、カイル、カーラ——そしてクレアーレの脱出を確認。マリエの安否は不明です』

マリエは何をやっているんだ？

お前が死んだら意味がないだろうが。

あの世で――俺が両親に怒られるだろ。

「ば、馬鹿が。無茶をする――から――何で」

俺は視線の先にいるアルカディアを見ていた。

言葉もなく、ただ浮かんでいる。

しばらくすると、俺たちを見て叫ぶ。

『どこまでも我々の邪魔をする！　汚い旧人類の末裔が、今更出て来て支配者面をするな！　この星は――地球は新人類のものだぁぁ!!』

叫んでいるが、こちらは怒ってやれるだけの力が残っていなかった。

立ち上がろうにも体が動かない。

そして、ルクシオンが言う。

『マスター、準備が整いました』

「へへ、やっぱり最後に頼りになるのはお前だよな」

声が出ない。

最後の最後に、切り札が残っていて良かった。

アルカディアが再び棘を生やした。

『お前らだけでも八つ裂きにしてやる！　な、何だ!?』

俺は目の前の光景を、驚いて見た。

「アロ――ガンツ？」

アロガンツがアルカディアに体当たりをすると抱きしめるように掴み、そして俺たちから引き離した。

スラスターを焼け焦げるまで噴かして、抵抗するアルカディアを押し込んでいく。

アルカディアがジリジリと押し込められ焦っていた。

『は、放せ、この鉄屑！』

アルカディアに棘が撃ち込まれ、装甲を剥がされ、貫かれ、ボロボロになりながらもアロガンツは放さなかった。

頭部をこちらに向けたアロガンツが、最後にツインアイを点滅させた。

この状況で、ルクシオンが意味のない行動をアロガンツにさせるはずがない。

つまり、アロガンツの自発的な行動だった。

簡易的な人工知能を搭載しているとは聞いていたが、律儀にも最後の挨拶をしていた。

「ありがとう――アロガンツ」

ルクシオンもアロガンツの行動に、敬意を表しているようだった。

このチャンスを無駄にしないため、即座に動く。

『感謝します、アロガンツ。――主砲、発射します』

最初に沈んだルクシオン本体が、応急修理を終えて海中から姿を見せた。

船首を海面から突き出したルクシオン本体は、主砲をアルカディアの真下から放つ。

アルカディアを貫く主砲の青白い光が、俺には天に伸びる柱のように見えた。

その光の中に、魔法生物を掴んだアロガンツもいた。

俺が手を伸ばすと――アロガンツは俺たちを見ながら姿を保てず塵になって消えていく。

――ここまで俺についてきてくれてありがとう。お前も俺の相棒だったよ。

アロガンツとのお別れを済ませると、光の中からアルカディアの断末魔が聞こえてくる。

『おぉぉのぉれぇぇぇぇ！』

ルクシオン本体の主砲に貫かれたアルカディアのコアは消失し、本体である要塞は大半を喪失して崩れるように落下していく。

デッキ上にある瓦礫を背もたれ代わりにしながら、俺はその光景を眺めていた。

第19話「中和剤」

落下していく要塞のデッキで、俺は瓦礫を背に座り込んでいた。

立ち上がる力も残っておらず、デッキから逃げ出すことも出来ずにいた。

「俺たち、勝ったんだよな？」

ルクシオンを見れば、俺を守って随分とボロボロだった。

表面はへこみや傷が多く、赤いレンズにはひびが入っている。

『――はい。ただ、無理をしすぎました。本体も主砲を撃ち、また沈んでいきます。復旧には時間が――かかると思われます』

ルクシオンにも随分と無理をさせてしまった。

「そ、そうか。悪か――ごほっ」

そうしている間に強化薬の効果が切れてしまったようだ。

体が急激に苦しくなった。

力が抜けて、意識を保つのも難しくなってくる。

『マスター！　中和剤を――っ!?』

俺の背中からバックパックがなくなっているのを確認したルクシオンが、すぐに薬を探しに飛んでいく。

落ちていたバックパックに近付くと、棘に貫かれてバックパックから中和剤がこぼれていた。

『中和剤。マスターの中和剤が！　――マス――ターのぉ――』

ルクシオンの子機も限界に来たのか、床に落ちてしまった。

それでも中和剤を集めようとしている。

既に薬として使えないだろうに、それでも必死にかき集めようとしていた。

『マスターの中和剤ぃ。マスターが死んじゃう――これがないと、マスターの命が終わって――そんなの駄目――だから――』

まるで泣いているようだ。

俺のために必死に中和剤をかき集めようとするが、外にぶちまけられた中和剤は役目を果たせそうにない。

ルクシオンも気付いているだろうに、諦めようとしない姿はいたたまれなかった。

見ていられず声をかけようとした俺は、咳き込んで血を吐き出した。

何とか声を絞り出し、諦めずに中和剤をかき集めるルクシオンを呼ぶ。

「もう――いい。こっちに――来い」

浮かぶことすら出来なくなったルクシオンが、転がって俺のところにやって来る。

そして、俺の右手に当たって止まった。

俺は右胸を貫かれてしまっていた。

血も流れすぎているが、そもそも体がボロボロだ。

苦しくて倒れるように横になると、少しばかり楽になった。

強化薬のせいで臓器にも負担がかかっているだろう。

中和剤が間に合っていたとしても、俺は助からないはずだ。

それはルクシオンも理解しているはずなのに、最後まで俺を助けようとしていた。

「マリエはどうなったかな？　アンジェやリビアも――無事だよな？　ノエルは？　それから――それから――」

『マスター、もう喋らないでください。助けが来ます。そうしたら、必ず助けますから。肉体を再生させます。何としても生きてください』

いじらしいことを言ってくれるじゃないか。

「いつものお前らしくないぞ。もっと軽口を叩けよ。――もう、俺は助からない。わかるだろ？　間に合わないよ」

命を繋ぐ前に、タイムリミットが来るだろう。

「あぁ、でも――二度目の人生は、一度目よりもいいかな？　前は、階段を転げ落ちたんだ。そしたら、こんな世界に転生して――」

呟き込むと、ルクシオンが話しかけてくる。

『やはり後悔されているのですか？』

「どう――かな？　結構――楽しかったんじゃないか？　もう一度、同じ事をしろと言われたら悩むけどな」

もう一度同じ人生をやり直せ、と言われたら全力で拒否する自信はあるな。

でも、ちょっと勿体ない気もする。

やり直したい気持ちもあるが、きっとここで終わるのが一番ではないだろうか？

俺にしては随分うまく立ち回った気がする。

リビアと出会って、アンジェと出会って、ノエルとも――色んな人たちに出会って、色々と大変な目にも遭ったけど、終わってみれば楽しかったと思えてくる。

ルクシオンのレンズから液体がこぼれていた。

本当に泣いているみたいじゃないか。

ルクシオンが俺に話しかけてくる。

『マスター、もしも――また繰り返すなら。また、出会えるのなら。また、私を迎えに来てくれますか？』

急にどうしたと尋ねようとしたが、声が出なかった。

――あぁ、以前に洞窟でした話の続きだろうか？　あの時はなんて返事をしたかな？

『また、マスターが転生して――同じ状況でも、私を迎えに来てくれますか？　今度は失敗しません。必ずマスターを幸せにします。ですから、どうかもう一度だけ私にチャンスをください』

やり直し？　輪廻転生《りんねてんしょう》――じゃないな、ループとかそっち系だな。

もう一度、最初から――過去に戻れるなら、という話だ。

まったく、主従揃って同じ事を考えるとは面白い。

だったら答えは決まっている。

「――絶対に嫌だね」

それを聞いたルクシオンが、黙り込んで涙を流していた。

『そう――でしょうね。私と出会わなければ、マスターは望んだ平和な生活が手に入ったのですから』

出会わなければよかった？　そんなことはない。

俺が迎えに行きたくない理由を教えてやろう。

苦しいのを我慢して、俺は口を動かす。

血反吐《ちへど》が出て喋りにくいな。

「もう一度お前を――迎えに行っても、成功するかわからないからな。――もしもやり直しがあるなら、今度はお前が迎えに来い」

ルクシオンを得るために、柄にもなく大冒険をした。

小舟に乗って、何度死にそうになった事だろう。

もう一度、同じ事をやって成功するとは思えない。

それなら、ルクシオンに迎えに来てもらいたい。

可能ならば、ゾラに売り飛ばされる前に助けて欲しい。

『――また私のマスターになってくれますか？』

「お、お前が――俺を見つけたら――な」

もう限界だった。

目がかすんで何も見えない。

『――必ずマスターを見つけます。必ずマスターを――迎えに行きます』

「期待して――るから」

気が遠くなっていく中、緑色の機体が俺たちの近くに降り立った。

『見つけた！　まだ生きていますよね、リオン君!?』

駆けつけたのはジルクのようだ。

「な、何でお前が？」

鎧から降りてきたジルクが俺の姿を見て驚くが、すぐに平静を装って応急処置をしてきた。

「私はしぶといんですよ。他の皆さんもきっと生きているはずです」

礼を言いたいが、声が出ない。

ジルクは俺に普段通りに接してくる。

「それに、お義兄さんを助ければマリエさんが喜んでくれるでしょう？　ポイント稼ぎはしておきませんとね」

抜け目のない奴だ。

笑ってやると、ジルクが真剣な顔付きになる。

「だから、死なないでください。私のためにも――マリエさんの、いえ、皆さんのために、あなたには死んでもらっては困るんです」

無茶を言う奴だ。

「無理を――言う――な」

意識が途切れそうなところで、右手の甲が温かく感じられた。

◇

リオンを鎧で抱きかかえるように持ち上げたジルクは、そのまま落下していく要塞のデッキから脱出しようとしていた。

「早く治療しなければ」

正直、助かる見込みはほぼないと思っていた。

ルクシオンたちの医療技術に期待するしかないが、一目見てもう駄目だと思ってしまうほどの重傷だった。

「とにかく揺らさないように、それでいて急いで――」

リオンを味方のもとに運ぼうと空に舞い上がると、ジルクは嫌な予感がして振り返った。

そこにいたのは、フーベルトと一緒にいたライマーだ。

ジルクに片腕を吹き飛ばされたままの姿で現れると、激怒した様子だった。

『お前のことは覚えているぞ、緑色の奴！　抱えているのは外道騎士だな？　二人まとめて殺してやるよ！』

「今更何を言っているのです？　もう戦争は終わりですよ」

冷静に返事をするが、ライマーは叫ぶ。

『終われるかよ！　弟はお前たちに殺された！　フーベルトさんも！　グンターさんも！　なのに、お前らだけ生き残るなんて釣り合いが取れないだろうが!!』

怒りに我を忘れているライマーに、冷静な話し合いなど無理だった。

この場で時間を無駄にしたくないジルクは、リオンを抱きかかえて急いで逃げ出す。

そんなジルクの背中に、ライマーが何度も攻撃を仕掛けてくる。

放ってくるのは火球であり、直撃すると爆発を起こした。

「こんな時に」

リオンを抱えているので無理もできず、ジルクはライマーに背中を晒していた。

ライマーも弱っているようだが、それでも立て続けに攻撃を当てられてはジルクの鎧も耐えられない。

『背中ががら空きだぜ！』

隙だらけの背中に、ライマーが何発も攻撃を当ててくる。

「ぐっ!?」

何度も背中を爆破され、次第にジルクの鎧にも限界が来る。

振り返ってライマーの相手を出来れば楽なのだが、リオンがいるのでそれもできない。

リオンを諦めれば自分は助かるだろうが——ジルクはその選択をしなかった。

「あと少し——もう少しなんだ！」

視界に味方の飛行戦艦が見えた。

ジルクは何としてもリオンを届けようとするのだが、ライマーが体当たりを仕掛けてくる。

直接手を背中に当てて、至近距離で爆発を起こそうとしていた。

それはライマーにとっても危険な行為だったのに。

『お前らだけは俺がこの手で！』

ジルクの鎧は、リオンを守るように背中を丸めた。

操縦者であるジルクがライマーの攻撃に、何の備えも行えない体勢だ。

「リオン君だけは必ずマリエさんのもとに！」

『爆《は》ぜろよ!!』

ジルクの鎧と、ライマーの魔装が爆発に巻き込まれた。

◇

気を失っていたミアは、名を呼ばれて目を覚ました。

「ミア！　目を覚ましてくれよ。俺はお前がいないと——生きる意味がないんだ。俺は、お前さえ生きていてくれればそれで！」

自分を抱き締め、涙を流していたのはフィンだった。

ミアはフィンを見て微笑む。

「また、騎士様に会えましたね。今度こそずっと一緒ですね。死んでしまったけど、ミアと騎士様はずっと一緒ですから」

死んだはずのフィンと再会できたのだから、自分も死んだと思った。

もしくは夢かもしれないが、それならば覚めないで欲しいと願う。

「あぁ、騎士様。死んでいてもいい。夢でもいい。もう一度会えた」

ミアがフィンの顔に両手を伸ばして、その頬に触れた。

フィンがミアの手を握る。

目を覚ましたミアを見て、更に涙が溢れていた。

「馬鹿を言うな。お前は死んじゃいない。夢でもない。俺がここにいるのは、黒助の奴が俺を逃がしてくれたおかげだ」

「――――え？」

ミアが上半身を起こすと、そこはアルカディアの要塞内ではなかった。

帝国軍の飛行戦艦の艦内と思われる一室だ。

「ブー君？」

名前を呼ぶが返事はない。

徐々に意識が覚醒して、ブレイブが倒された光景を思い出す。

「ブー君――死んじゃった」

涙を流すミアを、フィンは優しく抱きしめた。

「悪かった。俺が悪かったんだ」

「騎士様」

二人は抱き合いながら大声を出して泣くのだった。

◇

波の音が聞こえてきた。

マリエが目を覚ますと、自分はゴムボートの上に横になっていた。

毛布を掛けられていたマリエは、自分が生きていることを不思議に思う。

「私――生きているの？」

そして、夕日の光を受けたユリウス、ブラッド、グレッグ、クリスが泣きそうな顔をしてマリエを見ている。

「みんな？」

ユリウスがマリエを抱き起こすと、怒鳴ってくる。

「どうして危ないことをしたんだ！」

「ユリウス？」

ユリウスがマリエを抱きしめてくる。

「よかった。本当によかった。――お前がいないと、俺たちは生きていけない」

ブラッドが泣いている。

「マリエが死んだら、僕たちは生きていけないよ！」

グレッグは洟《はな》をすすっていた。

「もっと俺たちを頼ってくれよ、マリエ！　お前はリオンと同じで、大事な時に一人で頑張りすぎるんだよ」

クリスが眼鏡を外し、手で目元を隠していた。

「こうしてマリエやみんなと再会できてよかった。本当に――」

泣いている四人の姿にマリエはギョッとした。

ユリウスはボロボロだが、まだ激戦をくぐり抜けたのだろうと想像できた。

しかし、ブラッドのパイロットスーツは穴だらけだ。

「ブラッド、その服は？」

「これかい？　手品の要領で相手の攻撃を避けてね。おかげで穴だらけにされてしまったよ」

「そ、そう」

意味がわからないと思いつつも、更に問題のある恰好をしている二人に視線が向かう。

次はブーメランパンツ一枚のグレッグである。

「グレッグはどうしてパンツ一枚なの？」

「これか？　機体を自爆させたからスーツが燃えちまったのさ。おかげで肌まで小麦色に焼けたぜ」

小麦色の肌で筋肉をアピールしてくるグレッグに、マリエは頬が引きつった。

「じ、自爆して生き残ったなんて凄いわね。その状態で生き残れるなんて人間とは思えないわ」

「照れるぜ」

褒めていないのに照れるグレッグから、マリエはクリスに視線を移す。

ふんどし姿のクリスは、自分の恰好に少しも疑問を抱いていないようだ。

「クリスはどうしてそんな姿なの？」

「これか？　スーツの下にふんどしを締めたんだ。薄手の布だから耐久性は不安だったが、こいつのおかげで命拾いしたよ」

「命拾い？」

クリスは鋭い何かの破片を見せてくる。

「こいつが突き刺さってきてね。ふんどしがなければ死んでいたところだった」

嬉しそうにふんどしを撫でるクリスを見て、マリエは理解する気持ちが失せた。

全員が危機的状況から生き残った。

それだけで十分だと自分に言い聞かせ――そして、ハッと気付いた。

「ね、ねぇ、兄貴は？　それからジルクや他の人たちはどうなったの!?」

ユリウスが口を開こうとすると、海に浮かんでいる飛行戦艦が近付いてくる。

それはバルトファルト家の飛行戦艦だった。

ニックスが甲板で手を振っている。

「お前ら無事か！」

その甲板の上には、聖樹の若木の姿が見えた。

酷く損傷しているが、ジルクの鎧も見える。

マリエが起き上がろうとすると、ユリウスが抱きかかえた。

「ジルクは無事だ。脱出した者たちも生きている。だが、リオンは――」

それを聞いて、マリエは嫌な予感がするのだった。

「兄貴がどうしたの？」

◇

落下して飛べなくなったバルトファルト家の飛行戦艦は、人命救助をしていた。

ニックスがその指揮を執っていた。

無事な飛行戦艦を浮かべて、そこに人を乗せている。

甲板の上には、包帯だらけのヴィンスやバルカスの姿もあった。

二人は並んで座り、周囲に指示を出しているニックスを見ていた。

「――いい息子さんをお持ちだ」

ヴィンスがそう言うと、バルカスは照れくさそうにしていた。

手当てを受けてはいるが、動けないバルカスはその場から長男を見ていた。

運び込まれた次男も心配だが、自分は動けないのでこの場から無事を祈っている。

「あの子がいるなら、うちも安泰ですよ。――俺には出来すぎた子たちです。ニックスも、そしてリオンもね。公爵様のご子息も立派じゃないですか」

ヴィンスが空を見上げる。

そこにはレッドグレイブ家の飛行戦艦が浮かんでいて、周囲の味方をまとめている様子だった。

「私がいなくても、もう大丈夫でしょう。あの子に当主の座を譲るのは、思ったよりも早くなりそうだ」

安心している様子だが、ヴィンスは少し寂しそうにも見えた。

バルカスは俯く。

「俺はさっさと譲りたいですけどね」

ヴィンスが笑う。

「男爵は楽隠居でもしたいのかな？　親子で似ているな」

バルカスは困った顔をする。

それを見て、ヴィンスが謝罪をした。

「こんな時に失礼した」

「いえ、あの子はきっと無事です。どんな状況からでも生き残ってきましたからね。それにしても、十五で冒険に出てから、リオンには驚かされっぱなしですよ」

始まりは十五歳で未開のダンジョンを探し、そこから財宝とロストアイテムを発見してきたことだ。

リオンは随分と濃い時間を過ごしている。

「気が付けば俺と並んでいて、すぐに追い抜いて――今では天辺《てっぺん》ですからね。親として、鼻が高いというか、理解できないというか」

手の届かない存在になってしまった。

そんな息子を、バルカスは自慢にも思うし――心配もしている。

ヴィンスが再び空を見上げ、公爵家の飛行戦艦が降りてくるのを見る。

「新しい時代が来ますな。ロートルである私は、もう何の心配もない。私も楽隠居をしますかな」

自分たちの時代が終わったと笑うヴィンスに、バルカスは一つ夢を語るのだった。

「いいですね。でも、俺はその前に一つだけ心残りがあるんです」

「心残り？」

「生きることに精一杯で、満足に冒険者として活動していませんでしたからね。息子のように、大冒険とまではいかなくても、何かしたいものですよ」

バルカスの夢を聞いたヴィンスは、一瞬驚いてから大笑いをする。

「いい夢ではないですか」

「ニックスにも嫁が来てくれましたし、子供も生まれますからね。今がいいタイミングだと思っています」

「お相手はローズブレイド伯爵家の娘さんでしたか？」

すると、自分の話をされたと思って近付いてくる人物がいた。

「何やら面白そうな話をしていますな、公爵様」

その相手を見て、ヴィンスもバルカスも驚く。

「ローズブレイド家の？」

「伯爵様!?」

ニックスの嫁であるドロテアの父――ローズブレイド伯爵がそこにいた。

バルカスの反応に苦笑している。

「撃ち落とされたところを助けていただいたのだ。かしこまらないでくださいよ。それに、我々はファミリーでしょ？」

伯爵は甲板で指示を出しているニックスを見る。

「何とも頼もしい義理の息子だ。私も鼻が高いですよ。それはそうと、冒険の話をされていませんでしたか？　実は私もそろそろ隠居を考えていましてね」

三人が冒険について話し始めると、思いの外盛り上がってしまう。

◇

『医療用のポッドを早く！』

飛行戦艦の艦内では、クレアーレが忙《せわ》しく動いていた。

医務室には色々な機材が運び込まれていた。

ロボットたちがクレアーレの指示で動き回り、運び込まれたリオンをポッドに入れると大急ぎで治療を開始する。

ノエルがリオンに話しかけていた。

「起きてよ！　ねぇ、リオン！」

ユメリアがノエルを、ポッドから引き離す。

「ノエル様、今は安静にさせてあげないと駄目ですよ」

カイルとカーラはマリエが無事と聞いて、ジルクとそちらに向かっていた。

アンジェとリビアは別室で治療を受けている。

近くにはボロボロになったルクシオンの子機もあるのだが、充電してエネルギーを補充したのに目覚めなかった。

『あんた、さっきから動かないけど壊れたの!?　おかげで状況が何もわからないわよ!?』

ルクシオン本体がどうなったのかも不明。

沈んだまま動かないのか？　それとも無事なのか？

無事であれば、以前にイデアルから手に入れた医療ポッドを持って来て欲しかった。

クレアーレがリオンを見る。

裸になったリオンには、色んな機器が取り付けられていた。

大きく開いた右胸の部分が酷い。

だが、もっと酷いのは強化薬でボロボロになってしまったリオンの肉体だ。

『再生治療するにしても、マスターがこのまま死んだら意味がないわ。それに、今ある設備だとどうしようもできないのよ。ルクシオン、あんたが頼りなのよ！』

ノエルがリオンの手を握る。

「リオン、あんたこんなところで死んだら許さないからね！」

リオンは医療ポッドの装置があって、何とか心臓を動かしている状態だった。

だが、いつ死んでもおかしくない。

そんな部屋に、病衣姿のリビアとアンジェが駆け込んでくる。

ノエルが二人のために場所を譲ると、リビアとアンジェがリオンの体に触れた。

「リオンさん！　目を開けてください、リオンさん！」

「――馬鹿者が。お前が死んだら、何の意味もないだろうが！」

リオンが薄らと目を開けると、リビアとアンジェ――そして周囲が笑顔になる。

だが、すぐに目を閉じると――リオンはゆっくりとひと呼吸した。

その後すぐに、心電図のリオンの鼓動音が途切れて「ピー」という音が鳴り続けた。

クレアーレが悔しそうに言うのだ。

『――マスターの馬鹿』

何を意味しているのか周囲も理解し、ノエルがその場に膝から崩れ落ちて座り込む。

ユメリアも泣き出してしまった。

リビアは無表情で涙を流し、アンジェはリオンの体にすがりついて泣いてしまう。

「私を置いていくな！　約束したじゃないか。お前を必ず幸せにしてやると！　私を嘘吐きにさせないでくれ――」

アンジェがリオンに抱きついて泣いていると、部屋の外が騒がしくなる。

リビアは気にせずに、黙ってリオンの顔に手で触れた。

そして涙をポロポロとこぼしながら、必死に笑顔を作ろうとする。

「リオンさん――私たちを置いていくなんて絶対に許しません。お願いですから、目を開けてくださいよ。また、リビアって呼んでください」

リオンの顔にリビアの涙が落ちる。

リオンは動かなかった。

そして、騒がしく部屋に入ってくるのは、マリエたちだった。

「兄貴!?」

駆け込んだマリエが、リオンの手を握る。

既に心肺停止状態であり、クレアーレも匙を投げていた。

『たった今、亡くなったわ』

その言葉を聞いて泣きそうになるマリエだが、すぐに涙を拭う。

「まだよ。まだ間に合う！」

アンジェが顔を上げた。

「間に合うだと？　ほ、本当なのか!?」

リビアがマリエの肩を掴んだ。

「何か方法があるんですか？」

もの凄い力で痛かったのか、マリエが手で払う。

「私のゲーム知識を舐めないでよね！　あの乙女ゲーにはね、聖女にしか使えない魔法っていうのがあるのよ」

アンジェはマリエの発言内容をあまり理解していなかったが、助かるのならば、と希望を見出しているようだ。

「この状態から治療できる魔法があるのか？　私は聞いたことがないぞ」

クレアーレもアンジェの意見に同意する。

『そうね。この世界の魔法でもどうにもならないと思うわ。私だって事前に色々と調べていたけど、そんな魔法は存在しないわよ』

だが、マリエは何か知っているようだ。

「安心しなさい。私が兄貴を連れ戻してあげるわ。でも、兄貴の魂が肉体から完全に離れたら、連れ戻せないのよ。何かでつなぎ止めたいんだけど、ここには道具もないし。とにかく急がないと」

ノエルがマリエにしがみつく。

「何でもいいから教えて！　どんな道具が必要なの!?」

必死な形相のノエルを見て、マリエは困った顔をする。

「魂をつなぎ止める道具よ。肉体はクレアーレが何とかしてくれると思うけど、魂が離れちゃうとどうにもならないから」

すると、リオンの右手の甲が強く輝き始めた。

心電図も僅かだが復活し始めた。

全員が目を見開くと、リオンの右手の甲にある聖樹の守護者の紋章が強く輝く。

ノエルは自分の右手を握りしめた。

「聖樹がリオンを助けたがっている。まだ、生きてって言っているよ」

第20話

「聖女の禁術」

マリエはリオンの心臓が動き出したのを見て安堵した。

（守護者の紋章が、道具の代わりをしてくれたの？　でも、これで禁術が使える！）

本来であれば、必要な道具があった。

だが、その道具の代わりに、聖樹の若木がリオンの命をつなぎ止めてくれている。

（でも、時間がない。早く兄貴をこっちに連れて来ないと。それに、もう一つ大事な要素は、私で代用できるから）

マリエは一度だけ深呼吸をした。

「聖樹が力を貸してくれている間に、兄貴を連れ戻すわよ」

マリエがリオンの体に触れると、何故かユリウスが肩を掴んでくる。

どこか不安げな表情をしていた。

「マリエ、一体何をするつもりだ？」

マリエは振り返ると、普段通りの態度を心がける。

「何よ？　兄貴を助けるだけじゃない」

普段どおりを装うマリエの様子に、ユリウスたちは漠然とだが不安を感じているらしい。

「魔法でリオンを助けるとは言うが、この状態から本当に可能なのか？　リオンを助けるために、それなりの代償が必要なんじゃないのか？」

ほとんど死者を蘇らせるのと同じ行為だ。

それをリスクなしに行えるとは、ユリウスたちには考えられないらしい。

マリエが安心させる。

「大丈夫よ。何の問題もないわ」

「なら、どうやってリオンを助けるつもりだ？　詳しく教えろ！」

心配するユリウスをなだめるために、マリエは簡単に説明する。

これは乙女ゲーの三作目で――聖女リビアが、主人公の恋人を救ってみせた時の魔法だ。

「あの世にいこうとする魂を無理矢理連れ帰るのよ。肉体の方はそれまでに何とかして欲しいけどね」

リオンの体の状態はよろしくない。

クレアーレが困っている。

『命を長らえるだけでいいなら、何とか――待って!?　来た、やっと来たぁぁぁ！』

クレアーレが窓の外を見ると、そこにはルクシオン本体の姿があった。

動かなくなった子機を見て、クレアーレが急に褒める。

機能停止していても、仕事はしていたのだな、と。

『子機が動かなくなっただけだったのね。流石はルクシオンだわ。もう、それなら早く連絡しなさいよ。あら？　こっちから話しかけても本体も反応しないわね。何かのトラブルかしら？』

ルクシオンの子機は何の反応も示さない。

体中を包帯で巻かれたジルクが、ルクシオンの様子に違和感を覚えたらしい。

「変ですね、ここに来るまではちゃんと動いていたのですが」

構うことなく、マリエはユリウスたちを部屋から出すのだった。

「とにかく！　私は忙しいからみんなは外！」

「わ、わかったから押さないでくれ」

マリエはユリウスたちを追い出すと、ドアを閉める。

ドアに額を押しつけ、皆に心の中で謝罪をするのだった。

(みんな――ごめんね。今までありがとう)

涙を拭い、そして両手で頬を叩くと気合いを入れた。

「よし！　すぐに取りかかるわよ！」

マリエはリオンに近付くと、その手を強く握りしめた。

すると、リビアがマリエの手を握る。

「私にも手伝わせてください」

マリエは拒否しようと思ったが、真剣なその顔を見て諦めた。

アンジェにも視線を向ける。

「あんたも手伝って」

「いいのか？　出来ることなら何でもするぞ」

「婚約者だから手伝いなさい。当然、ノエルもね」

呼ばれたノエルは泣きそうな顔をして喜ぶ。

「うん！　あたしも頑張るから！」

マリエは三人に注意を伝える。

「兄貴の魂を連れて帰るために、あの世に向かうわ。それから――何を見ても、兄貴を嫌いにならないでね」

不安なことを口走るマリエは、リビアたちが何かを言う前に聖女の禁術とも言える魔法を実行した。

「――魔法を開始するわよ」

四人が倒れそうになると、ユメリアや機械たちがその体を支えるのだった。

そして、今まで反応を示さなかったルクシオンの赤い瞳が淡く一度だけ光った。

◇

気付けばリビアは、暗いトンネルを歩いていた。

「アンジェ？　ノエルさん？　――マリエさん!?」

暗くて何も見えないが、トンネルである事は不思議と理解していた。

周囲からマリエとアンジェ、そしてノエルの声がする。

「ここよ！　絶対にはぐれないでよ！」

「私はここだ！」

「ちょっと、何も見えないんですけど!?」

互いが近くにいるのを声で確認すると、マリエが三人に注意をする。

「いい？　ここからは私の指示に従って。それから、何を見ても驚かないでよ。――兄貴を信じてあげて」

アンジェがマリエに疑問を投げかける。

「当たり前だ。それよりも、死者すら蘇らせる術など私は今まで聞いたことがなかった。どうしてお前がこんな魔法を知っている？」

その問いかけに、マリエは淡々と答える。

「神殿の禁術だもの。聖女の道具を受け継いだ者しか覚えられないのよ」

「禁術？　お前、こんな術を受け継いでいたのか？」

いったいいつ受け継いだのか？

マリエが聖女として認められてからの期間は短く、このような禁術をすぐに覚えられたとは思えないようだ。

リビアも同意見だった。

「短期間で覚えられるような魔法なんですか？」

魔法の知識を持つだけに、このようなことが実現可能とは信じられない。

そして、同時に禁術になるべき魔法だとすぐに理解した。

「でも禁術というのも理解できますね。死者をあの世から連れ戻すような術なんて大問題ですから」

アンジェがマリエに問う。

「それにしても妙な話だ。今までにも使うタイミングはあっただろうに」

どうしてその時に使わなかったのか？

マリエはため息を吐いてから答える。

「覚えたのが最近だったのよ」

ノエルはマリエの言葉を信じたようだ。

「マリエちゃんのおかげでリオンが助かるんだし、今は問い詰めても仕方がないよ」

アンジェはノエルに言われて反省する。

「それもそうだな。悪かった」

謝罪を受け入れるマリエの近くで、リビアは考えを巡らせていた。

(蘇生魔法が禁術になるのは理解できる。でも、こんな魔法が簡単に覚えられるのかな？　もしくは、何か大きな代償が必要になるとか？)

考えがまとまりそうなところで、目の前が明るくなる。

「見えたわ！」

マリエが駆け出したのか、足音が聞こえてきた。

光に近付くと、そこには大きな門があった。

それを両手で押して開けるマリエが、三人を呼ぶ。

「早くして！　時間をかけ過ぎると、兄貴の魂が本当に体から離れちゃう！」

アンジェが光に近付くと、皆の目にその姿が見えた。

リビアとノエルが追いかけ、四人で門をくぐると――そこに見えたのは今まで見たこともない町だった。

最初に口を開いたのはノエルだった。

「ここは？」

不思議な光景が広がっていた。

住宅街のように見えるのだが、王国とは様式が異なっている建物ばかりだ。

同じ柱が等間隔で配置され、配線で繋げられていた。

地面も石畳ではないのに硬く、そして白いペンキで線やら見慣れない文字が書かれている。

人が暮らしているようには感じられるが、不思議なことに誰もいない。

アンジェも見たことがないのか、非常に驚いている。

「これがあの世か？　今までに見たことのない光景だな。いや、修学旅行先の風景と似ているか？」

リビアが空を見上げると――そこには、大きな黒い穴が広がっていた。

その先には何も見えず、不安と恐怖に駆られるような感覚があった。

「空の大穴は何でしょうか？　見ているだけで不安になってきます」

マリエは立ち止まっており、その景色を見ると涙を拭っていた。

「――早く。兄貴を迎えに行くわよ」

◇

マリエについていくアンジェは、先程から違和感を覚えていた。

(こいつ、先程からどうして迷わない？)

自分たちにとっては馴染みのない迷路のような町を、マリエは迷わず進んでいく。

以前にも訪れたことがあるようで、案内され到着したのは集合住宅だった。

「ここだわ。ここの三階よ！」

興奮気味に階段を上っていくマリエの姿を見ながら、アンジェは建物を見上げて観察する。

「造りからして我々の国とは違うな。まるで異国ではないか」

建物の様式が自分の知っているそれとは随分と違っている。

自分たちも階段を上り、三階に到着すると同じドアが幾つも並んでいた。

マリエはその中から迷わず一つを選んだ。

「この部屋よ！　いるならさっさと出てきなさい！」

ドアを叩いても反応がないため、マリエがドアノブに手をかける。

「開いているわね」

マリエがそのまま部屋の中に入ると、アンジェたちも続いた。

靴を脱いで部屋に入るマリエは、まるで勝手を知っているかのようにリオンを捜す。

「トイレかな？」

部屋のどこに何があるのか理解している様子に、アンジェは自然と腹が立った。

「随分と詳しいのだな」

自分たちよりもリオンの事に詳しいマリエに、嫉妬心が湧いてくる。

アンジェの不満を感じ取ったマリエは、何とも言えない顔をした。

「勘違いしているみたいだからこの際ハッキリ言うけど、私はリオンの妹よ」

ノエルが驚いて両手で口を塞ぐ。

「嘘でしょ!?」

驚いたのはアンジェも同様だったが、マリエの口から聞かされた事実が信じられなかった。

「絶対にあり得ない！　リオンの家系図は公爵家で徹底的に調べた！　毎回色んな噂が出回るから、それこそ何度も何度も！」

マリエの発言に困惑するアンジェとノエル。

ただ、リビアだけは驚いていなかった。

「マリエさん、説明してもらえるんですよね？」

マリエは三人を前に真剣な表情をしていた。嘘や冗談ではない、と態度で示している。

「私と兄貴は前世で兄妹だったのよ」

アンジェは聞き慣れない言葉に首を傾げる。

「前世？」

四人がリオンの部屋に入ると、そこはお世辞にも広いとは言えない部屋だった。

まだ学生寮の方が立派だろう。

狭い部屋にベッドや机、その他色々な物を押し込んでいるようにしか見えない。

ノエルが部屋にあるモニターに気が付く。

「ここにもモニターがあるわね」

ルクシオンたちが使用しているモニターと似たものが、リオンの部屋にもあった。

リビアも興味深そうに部屋の中を見ている。

「知らない文字が沢山ですね。それに、もしかしてこれって――こ、古代文明ですか！」

部屋にあるポスターにリビアが興奮している様子を見たマリエが、何とも言えない顔をしていた。

「そうね。古代文明ね。――ギャルゲーのポスターだけど」

好奇心が刺激され興奮するリビアだが、この部屋でリオンが暮らしていたのを感じ取っていた。

「リオンさんが色々と詳しいのは、前世を覚えていたからなんですね」

アンジェはリビアの疑わない様子に目を丸くする。

「リビアは驚かないのか？」

リビアは苦笑しながら、驚かない理由を話す。

「今までにも、リオンさん絡みで不思議なことがありましたからね。それに、前世からの兄妹と聞いて、納得しました。マリエさんは、リオンさんのことをお兄ちゃんって呼んだことがあるんですよ」

お兄ちゃん呼びを聞かれていたと知り、マリエは照れくさそうにしていた。

アンジェは本当にリオンの部屋かどうかを自分で確かめる。

「前世のリオンの部屋か。そうなると――やはりあったか」

ベッド下を探ると、当然のようにエロ本の類いが出てきた。

マリエが兄の趣味を前に両手で顔を隠す。

「馬鹿兄貴、隠し場所まで前世と同じとか、恥ずかしくないの？　私は妹として恥ずかしいわ。というか、婚約者にバレバレじゃない」

ノエルの方は本棚を物色していた。

「あ、ここにもあった！　隠し場所が同じだから、リオンの部屋って感じがするわね」

そして、リビアが一番大事な物を見つけてしまう。

「――これ、何ですか？」

床に放り投げられていたそれは〝あの乙女ゲー〟のパッケージだ。

マリエはパッケージを懐かしそうに見つめている。

「アルトリーベ……聖女物語」

タイトルは『アルトリーベ』、サブタイトルに『聖女物語』と書かれているようだ。

パッケージを持っているリビアの手が震えていた。

リビアと似たような少女が、ユリウスたちと思われる男子たちに囲まれている。

アンジェも気になってリビアからパッケージを受け取る。

文字は読めないが、裏面を確認すると赤いドレスを着た自分らしき人物の姿があった。

「これは殿下たちに似ているな。それに、この絵の場所は見たことがあるな。学園の広場にある噴水ではないか？」

マリエは神妙な面持ちで俯いた。

「私たちにとっては、ここが現実なのよ。あんたたちの世界は、私たちから見ればゲームの世界。空想の世界と同じなのよ」

マリエは自分たちが〝アルトリーベの世界に転生した〟と告白した。

丁寧に、まずはゲームの説明から入り、そして全てを教えてくれた。

本来辿るはずだった物語の全てを。

全てを知ったアンジェは、知らない内にパッケージを握りしめていた。

「私とリビアが敵対するだと？　そんなことはあり得ない！」

リビアもアンジェと同じ気持ちだったようだ。

「そうです。アンジェと決闘なんてしません！」

そんな二人を見て、マリエは少しだけ悲しそうに微笑む。

「それは、私が邪魔をしたからよ」

身に覚えのあるアンジェは、目を見開いた。

「邪魔だと？　いや、待て——お前、まさか！」

マリエは中途半端ながら、ゲームの知識を持っていた。

懺悔するように自分が何をしたのかを説明する。

「私は一作目の中盤まで知識があったのよ。だから――ユリウスたちを籠絡するなんて簡単だったわ。何が好きか最初から知っていたし、五人が好む行動も大体覚えていたからね」

アンジェが右手を振り上げると、それをリビアが止めた。

「リビア、離せ！」

「落ち着いてください。私も驚いています。驚いていますけど――私は、今がとても幸せです」

「リビア、だがお前だってマリエに苦労させられたはずだ」

「色々ありましたけど、私はリオンさんやアンジェと今の関係になれて幸せだと思っています。だから、早くリオンさんを迎えに行きましょう」

アンジェがパッケージに視線を落とした。

「そうだな。だが、そうか――リオンから見れば、私たちは物語の中の登場人物というわけだ」

それがとても寂しく、同時にリオンが何を考えていたのか察した。

(何か隠しているとは思ったが、このことだったのか)

確かにこれは言えないな、とアンジェは思いながらパッケージを机に置くのだった。

今まで黙っていたノエルが、パッケージを見て寂しそうにしていた。

「あたしがいないんだけど？」

マリエは大きなため息を吐いた。

「あんたはシリーズ二作目の登場人物だから、そこにはいないわよ。でも、二作目はメインだから安心して」

「それは嬉しい――のかな？　何だか微妙な気分だわ」

マリエはリオンがいないと知って困った顔をする。

「というか、ここに兄貴がいないとすると――やっぱり実家かしらね？」

アンジェが、リオンの実家、と聞いて興味を持つ。

「ここにリオンの実家があるのか？」

「そうよ。たぶん――両親もいるかも」

それを聞いてアンジェもリビアも、そしてノエルも驚く。

「両親がいるのか!?」

アンジェの驚きに、マリエは頷く。

「たぶんね。ほら、さっさと向かうわよ。――はぁ、気が重いなぁ」

マリエが肩を落としつつ玄関へと向かう。

三人がリオンの部屋から出ると、そこにダークグレーの毛並みを持つ猫が行儀よく座っていた。

赤い瞳で四人を見上げていた。

アンジェが首をかしげ、その猫を見る。

「猫？」

これまで全く生き物がいなかったのに、どうして猫がいるのか？

猫はプライドの高そうな顔をしており、アンジェが手を伸ばすと距離を取って顔を背ける。

そして、集合住宅の外階段へと向かうと、三人に向かってひと鳴きするのだ。

その姿は、まるでついて来いと言っているようだった。

◇

猫に連れられて向かった先は、懐かしの実家だった。

マリエは家を追い出されてからは、まともに帰ったこともない。

そんな実家に、二度目の人生で戻れる日が来るとは思わなかった。

緊張した気持ちを深呼吸で和らげようとすると、リビアが不思議そうに声をかけてきた。

「どうしたんですか？」

タイミング悪く声をかけられ、マリエは咳き込んでしまう。

「き、緊張するのよ！」

アンジェが呆れている。

「実家なのだろう？　お前、もしかして何かしたのか？」

マリエは気まずそうにリオンが転生した経緯を説明する。

「そ、その――兄貴が死ぬ原因を作ったのが私というか――親を騙してお金をもらって、海外旅行に行ったとか――色々とありまして」

リビアとアンジェのマリエを見る目が急激に冷たくなる。

ノエルはマリエに呆れていた。

「マリエちゃん、何というかそれは酷いよ」

「前世の話よ！　も、もう、入るわよ！」

話を切り上げて呼び鈴を押すと、インターホンから懐かしい声が聞こえてくる。

それは母親の声だった。

『は～い、どちら様ですか？』

マリエは自分の名前を口にしようとするが、喉まで出かかったところで止まった。

自分の前世の名前を思い出せない。

「え、えっと――あの、その」

困っていると、先に母親がマリエに気付いたらしい。

『馬鹿娘まで帰ってきたの？　今はマリエよね？　鍵を開けるから、さっさと入ってきなさい』

呆れたような母親の声がすると、玄関の鍵が開けられた。

マリエがためらいながら玄関のドアを開けて中に入ると、そこには懐かしい実家の景色が広がっていた。

懐かしい景色、懐かしい匂い――前世の記憶が鮮明に思い起こされる。

マリエに続いて三人も入ってくる。

リビアは興味深そうに家の中を見ていた。

「ここがリオンさんのご実家ですか？　立派なところですね」

アンジェの方は戸惑っていた。

「み、見たこともない様式だな」

お嬢様育ちのアンジェからすれば、立派とは言えないのだろう。

様式が違うと言葉を濁していた。

ノエルの方は落ち着いている。

「何だか落ち着く感じがする」

マリエはすぐに居間に向かって移動すると、扉を開けてそこにいる家族を見た。

居間の隣に台所があり、母親はそこで料理をしている。

こたつが用意された居間では、父親が新聞を読んでいた。

マリエが来たことで顔を上げると、気軽に挨拶をしてくる。

「お前も戻ってきたのか？　おや、そちらのお嬢さんたちは？」

マリエは立ち尽くした。

記憶よりも老いているが、懐かしい両親がそこにいた。

そして――。

「誰？　お客さん？」

――こたつで寝ていたリオンが、のそのそと起き上がり欠伸《あくび》をした。

その姿を見て、婚約者たちが涙をこぼしている。

マリエはリオンに飛び付くと、胸倉を掴んで前後に大きく揺するのだった。

「馬鹿兄貴！　さっさと戻るわよ！　ほら、早くしないと間に合わなくなるから！」

こたつから連れ出そうとするマリエだったが、リオンは――。

「え？　嫌だよ」

――拒否するのだった。

第21話「蘇り」

「帰らないぞ！　俺は絶対に戻らないからな！」

家の柱にしがみつくリオンの腰に抱きつくマリエは、必死に引き剥がそうとしていた。

「時間がないって言っているでしょ、この馬鹿兄貴！」

早く連れ帰らなければならないのに、リオンはまるで子供のように抵抗する。

「馬鹿とは何だ、この屑妹！」

「言ったな！」

喧嘩を始める二人を見ているアンジェは、リビアやノエルと一緒に困惑する。

「これはどういうことだ？」

「わ、私にもわかりません」

「あの二人、本当に兄妹だわ」

リオンとマリエの関係が、三人にも兄妹に見えたらしい。

これまでの疑問や謎が解消されて、いくらか安堵した表情をしていた。

ただ、リオンを見つけたと思ったら、どういうわけか「帰りたくない」の一点張りだ。

困惑しつつも、三人はリオンへの説得を開始する。

アンジェがリオンに優しく話しかける。

「リオン、早く戻らないと生き返れないぞ」

リビアはリオンを急かす。

「そうですよ！　皆さん心配していますよ」

ノエルは嫌がるリオンを優しく叱る。

「というか、あたしたちがいるのに戻りたくないとか言わないでよ。傷付くっての」

そんな三人の説得にも、リオンが意見を変えることはなかった。

「嫌だね。俺は散々苦労してきたんだ！　もう、ここでノンビリしたいんだよ！」

柱にしがみつくリオンから手を離したマリエは、その尻を蹴飛ばした。

「痛っ!?」

「今すぐ戻らないと間に合わないって言っているでしょ！」

焦っているマリエに対して、リオンは本気で嫌がっていた。

「お前、俺が一体どれだけ苦労したと思っているの？　もう、苦労するのは嫌なんだよ！　人生何回分苦労したと思ってんだよ」

リオンは本気で戻ろうとしなかった。

アンジェはそれが辛かった。

「リオン、お前は――私たちと帰るのが嫌なのか？　私たちと一緒に過ごしたくないのか？」

俯いたアンジェが涙をこぼす。

リオンはばつが悪そうに視線を背けていた。

リビアがリオンに教える。

「リオンさん、もう戦いは終わったんです。リオンさんがこれから苦労しないとは言いませんけど、きっと以前より楽になるはずです」

ノエルもリオンを説得する。

「一緒に帰ろうよ。リオンがいなくなるなんて、あたしは嫌だよ」

それでもリオンの気持ちは変わらない。

むしろ笑っていた。

「――マリエから全部聞いたんだろ？　俺は、お前たちをゲームの登場人物と思っていたんだよ。三人とも美人だから声をかけたんだ。散々マリエを責めてきたけど、結局俺も変わらなかったわけだ。三人のことも知っていたから、攻略できたようなものだしね」

嫌な奴を演じるリオンを見て、リビアは首を横に振る。

「リオンさんはそんな人じゃありません。だって、私たちを助けるよりも、元々は一人でノンビリしたいって考える人ですよね？　なのに私たちに近付いたのは、私たちが困っている時でした」

リビアの視線からリオンは顔を背けた。

それは、図星を指されたという態度であったが、本人は嫌な奴を演じ続ける。

「――人間は弱っている時の方が、簡単に信じてくれるからな。おかげで、美少女を三人も手に入れられたよ」

そんなリオンに、アンジェは抱きつく。

「私はそれでもいい！　だから――戻ってきてくれ。お前がいないと、私は生きている意味がない。お前がいない人生なんて、私は嫌だ」

リオンが困っていると、席を外していた両親が、台所から様子を覗いていた。

母親がドン引きしている。

「嫁を複数作るとか予想外だったわね」

父親はリオンを睨んでいた。

「うらやま――じゃなかった。なんて卑劣な息子なんだ。本当に許せないな」

「お父さん、後で話をしましょうね」

「え!?」

母親は近付いてくると、アンジェたちに声をかける。

「まぁ、リオンが意地を張ったら時間がかかるから、四人とも少し休みなさいな」

そして、リオンたちと――何故か家の中までついてきた猫一匹が、居間にあるこたつを囲むことになった。

◇

リビアは台所にお茶をもらいに行く。

すると、お茶を用意したリオンの母親に言われる。

「エリカは元気にしているかしら？」

「エリカ？　もしかして、エリカ様？」

「前世の孫なのよ」

「え!?」

エリカの名前が出てきて驚くリビアに、母親はクスクスと笑ってみせる。

「今はお姫様かしらね？　苦労した子だから幸せになって欲しいわ。でも、あの子も結構気難しいのよ。引っ込み思案で、あまり本音を語らないからね」

「は、はぁ」

「リオンもマリエも、エリカを可愛がったでしょう？」

「はい。それはもう――凄く」

見ていて不思議だったほどだが、リビアはようやく事情を理解した。

あれだけ可愛がっていたのは、前世の姪だったからか、と。

「やっぱり！　あの子たちはそうすると思っていたのよ。はぁ、でも予想より溺愛してて親として心配になるわね」

それを聞いて納得する。

（リオンさん、親戚となると甘やかすところがあるから）

バルトファルト家の家族を見ていれば、容易に想像が付いてしまう。

母親もそれは思っていたようだ。

「リオンはあっちの家族にも迷惑をかけるんだから。本当に呆れるわよ」

「あはは――」

リビアは苦笑するしかなかった。

母親が居間で騒いでいるリオンとマリエの姿を見て、呆れた顔をする。

「あの二人がいるなら大丈夫と思ったけど、リオンも駄目ね。甘やかして駄目にするタイプのままだし、マリエも相変わらず駄目な男にひっかかるか、男を駄目にするかの二択だわ」

母親は二人の性格をよく理解していた。

「あ、あの！　私はリオンさんと婚約しています。リオンさんには、戻ってきて欲しいんです。一緒に――もっと一緒に生きたいんです」

何とか母親の助力を得ようとするリビアは、自分の素直な気持ちを伝えた。

母親が何かを言う前に、居間にいた父親が台所に顔を出してくる。

「母さん、馬鹿息子と馬鹿娘が複数人と結婚できる異世界って素晴ら――凄いな！　父さんも転生しちゃおうかな！」

陽気な父親に向かって、母親が笑いながら毒を吐く。

「お父さんにハーレムなんて無理よ。私一人満足させてくれなかったでしょう？　少しは子供たちを見習いなさいな」

嫌みを言われた父親が、アゴに手を当てて誤解を解く。

「母さんはわかっていないな。ハーレムというのは男が女を囲うんだ。女に囲まれたのはハーレムじゃないんだよ。この違い、女性には伝わらないだろうな～。あ～あ、俺も女性に囲まれてヒモみたいに暮らしたいな」

「知らないわよ。というか、もう働いてないでしょ」

笑みが消えた母親を見て、父親はすごすごと居間に逃げていく。

リビアが困っていると、母親が小さくため息を吐いた。

「まぁ、心配しなくてもいいわよ。ちゃんと迎えも来たから、リオンも戻るでしょうからね」

「でも、リオンさんは帰りたくないって言いました。――もう、私たちに呆れてしまったのかもしれません。私たちがずっと頼ってばかりだったから」

自分たちが頼りないため、ずっと無茶をさせてきた。

そのせいで、リオンは帰ってこないのではないか？　リビアはそれが不安で仕方がない。

「あの子は照れ屋なのよ。本当は迎えに来てくれて嬉しいけど、それを悟られたくないのね。それにね、帰りたくない理由は別にあるの」

「それって、どういう意味ですか？」

「さてね。――それにしても、ここからだとよく見えるわ。相変わらず嫌な景色よね」

母親が窓の向こうに見える空にため息を吐いた。

こちら側に来てリビアたちが最初に驚いた、空にある大きな黒い穴だ。

見ているだけで不安になるそれが、リビアは気になっていた。

「あの、あの黒い穴って何ですか？　いえ、穴じゃないかもしれませんけど」

母親は苦笑する。

「何て言えばいいのかしらね。そもそも、穴というよりも壁かしらね？　行き止まりなのよ。ここから先はないのよ」

「行き止まり？」

「さてと」

母親がリビアを連れて居間へと向かう。

「そろそろ私たちも行きましょうか。久しぶりにあの子たちに会えて良かったわ。向こうで元気に──元気すぎるみたいだけど──しているようだし、エリカとも無事に出会えたみたいだからね」

物言いに違和感を抱くが、母親がさっさと居間へと向かったので詳しい話を聞けなかった。

まるで最初から詳しい話をしたくないような雰囲気を感じ取ったので、リビアはそれ以上の追求を諦めてしまう。

リビアは空を見た。

「壁──行き止まり──どういう意味だろ？」

◇

情けなくて涙が出て──こないな。

前世も込みで四十年は生きた俺が、今はあの世でお袋に説教をされている。

マリエと一緒に正座をさせられていた。

「大体ね、人のことを馬鹿に出来る立場なの？　人の浮気を怒っておいて、自分はお嫁さんが三人もいるなんてどういうこと？　母さん、見ていて恥ずかしかったわよ」

正座をしている俺の右横には、ダークグレーの毛並みをした赤目の猫が行儀良く座っていた。

親父もお袋の説教に、何度も深く頷いている。

「羨ましい奴だ。それなのに、戻りたくないとか、きっと、何か隠しているに違いない。やましいことがあるんだろ？」

相変わらずの親父の態度に、俺は無表情になっていた。

「ねーよ」

親父はすぐにお袋に泣きつく。

「母さん！　リオンが隠し事をしているぞ！」

――どうしよう、ようやく再会できた親父を殴りたい。

だが、よそ見をしていた俺をお袋が怒鳴ってくる。

「私の話を聞いているの！」

「は、はい！」

「本当に反省しているの？」

再びお袋の説教が始まり、俺は俯く。

「まぁ、色々と――反省はしています」

「でも、後悔はしていないのよね？」

「うん」

「この馬鹿息子は、昔とちっとも変わらないわね」

呆れてため息を吐くお袋に、ノエルが俺の過去に興味を持ったのか尋ねる。

「あの～、リオンって前世でどんな子供だったんですか？」

お袋は俺を見ながら、過去の話を始める。

「この子、いじめられている女の子を助けたことがあるのよ」

「へぇ、昔から優しいんですね」

俺は過去の話をされるのが恥ずかしく、お袋たちから顔を背けていた。

お袋はノエルに言う。

「いじめていた男の子たちを橋の上から突き落としてね。それで、助けた女の子にそこまでしてほしくなかった、って泣かれたのよ」

「あぁ、それは何だかリオンっぽいかも」

「でね！　この馬鹿息子は何て言ったと思う？　『次はうまくやる』よ。あの時は本当に頭を抱えたわ」

俺を見るノエルたちの視線が、何というか「あ～やっぱり」という感じだった。

お袋は俺に言う。

「それよりもあんた、こんなに健気な子たちがいるのに、生き返りたくないなんて贅沢よ」

「俺だって予想外だったよ」

顔を上げて頷いてやったら、笑顔のお袋に軽めにチョップされた。

アンジェがオロオロとしている。

「そ、その、お義母様、もうそのくらいに。わ、私は、リオンに戻ってきてもらえれば、何も言うことはありません。リオンは立場もあり、複数の女性と関係を持つのは仕方のないことかと」

フォローしてくれているが、親父が茶々を入れてくる。

「文化が違うって最高だな！　父さんも異世界に転生したなら、きっとハーレムだったぞ」

それは無いと思う。

マリエも俺と同意見なのか、親父をドン引きした目で見ていた。

お袋が真剣な表情をする。

「お嫁さんが三人もいるのに、戻りたくないって何？　何なの？　息子がヘタレすぎて母さんは悲しいわよ。あんた一人が戻らないだけで、三人も泣いちゃうのよ。それに、また葬式で女の子たちが大勢泣くわよ。そこを理解しているの？」

大勢の女の子？　誰の話だ？

俺が俯いてそっぽを向けば、猫が俺の膝の上に乗ってきた。

「猫――お前は俺の気持ちを理解してくれるのか。気の強そうな顔をしているけど、実は優しい奴なの――かっ!?」

猫は俺の顔に前足を伸ばすと、そのまま爪を立てて攻撃してきた。

こいつ全然可愛くない！

「この猫ぉぉぉ！」

首の辺りを掴んで放り投げようとしたら、猫はさっさと逃げ出した。

怒っているのか毛を逆立てている。

「何だ、やるのか？」

構えてやると、またしてもお袋からチョップをもらう。

「この馬鹿息子！」

「その馬鹿息子は、あんたらの息子だけどな！」

言い返してやると、親父が視線をそらして呟く。

「まったく、うちでまともなのはエリカだけだな」

本当にそうだ。

よく真っ直ぐに育ってくれたと思う。

お袋がエリカの心配をしていた。

「あの子はマリエを見て育ったから、わがままを言わないからね。それが悪い時もあったけれど、今が幸せそうならそれでいいわ。あの子には老後の面倒も見てもらえたし。だ、か、ら！　あんたはさっさと戻って、エリカを大事にしてあげなさい。親より先に死んだ親不孝者なんだから！」

「俺のせいじゃねーよ！」

自分に責任はない、と言った後で失敗したことに気付いた。

前世の死因は間違いなく俺の責任だからだ。

「社会人にもなって、何日も徹夜でゲームをするあんたの責任でしょうが！」

――どうしよう、何も言い返せない。

俺が怒られている横で、マリエは汗を流しながら顔を背けていた。

お袋がマリエの方を見る。

「マリエ」

「は、はい！」

「――揃いも揃って、勘違いをして死に急ぐんじゃないの。第二の人生、あんたは十分に目的を果たしたのよ。それから、もう随分前にあんたのことは許しているんだから、過去は気にしないように」

マリエが涙をポロポロとこぼした。

「母さぁぁぁん！」

マリエがお袋に抱きつき泣いていると、親父が次は自分の番かとソワソワしていた。

「マリエ、父さんにも抱きついていいぞ」

必要ないから黙って座っていればいいのに。

だが、可哀想なので俺が両手を広げてやる。

「代わりに俺が抱きついてやろうか？」

親父は本当に冷めた目をしていた。

「――息子に抱きつかれても嬉しくない」

正直すぎる親父だ。

俺が逆の立場でも同じことを言うと思うので、今回は許してやろう。

お袋はマリエを抱きしめ、そして頭を撫でている。

「まったく、いくつになっても馬鹿な子なんだから」

昔のマリエは成績も良く、両親に俺より信用されていた。

それをちょっとだけ悲しく思ったこともある。

可愛がられるのはいつもマリエだ。

「猫をかぶるのがうまいって得だよな」

そう言ってやると、親父が俺の側に腰を下ろした。

「妹に嫉妬するんじゃないよ。そもそも、マリエが猫をかぶっているのは知っていたからな」

「え!? 嘘だろ。親父はマリエにデレデレしていたじゃないか!」

「可愛いからな。それに、息子にデレデレしたくないし」

「俺よりマリエを信用していただろ!」

「――お前、自分が今まで何をしてきたのか、胸に手を当てて考えろ。小学生の時に、何をしたのか忘れたのか?」

俺は悪くない!

手を出してくる悪ガキ共に何度も注意したのに止めないから、糞教師共々法的に対処したのみだ!

だが、親父はドン引きしていた。

「お前は自分で思っているより普通じゃないからな。何だよ、モブって。そんなモブはいないから」

俺が普段から自分をモブと呼んでいたことを知っている？

「もしかして、今までのことを見ていたのか？」

「ん？　それは違うな。お前の知り合いから色々と――おっと、そろそろ時間だ」

俺の右肩に猫が飛び付いてきて、そのまま爪を立てて頭部にしがみつく。

噛みついてきて、俺を急かしているような気がした。

「痛いよ！　止めろよ！　――あれ？　お前、もしかして」

気が付いたら、指摘する前に立ち上がったマリエに、俺の腕を掴まれた。

「本当に戻れなくなるわよ！　ほら、さっさと戻る！」

アンジェたちも立ち上がり、俺にしがみつくと無理矢理引っ張るのだった。

「行くぞ！　私はお前がいない人生など嫌だからな！　お前がどうしても残るというなら、私もここに残るぞ！」

「いや、それは駄目！　アンジェが死んじゃう！」

そんなことは認められない。三人には生きていて欲しい。

俺の態度にしびれを切らしたリビアも、同じように自分を盾に脅してくる。

「なら、私も残ります。このままここで幸せに暮らしてもいいですよね？　――私、絶対に離さないって約束しましたよね？　――私は本気ですよ」

この僅かにヤンデレな感じ――まさしくリビアである。

ノエルはリビアに若干退きつつ、俺の手を握ってくる。

「一緒に帰ろう」

俺は四人に担がれる形で、家から出てしまう。

女四人に、獲物のように捕らえられた姿を想像して欲しい。

――何これ？

「これ、まるで俺が獲物みたいじゃないか！」

文句を言っていると、マリエが家の前に出てきた両親に手を振っていた。

「またね！」

このまたね、という発言――あ～、やっぱりね、と思ってしまう。

うまく隠しているつもりだろうが、お前は本当に手間のかかる妹だよ。

アンジェが俺の両親に別れを告げるのだが、結婚の承諾を得るような台詞まで織り交ぜる。

「慌ただしくて申し訳ありません。ですが、ご子息は私が必ず幸せにしてみせます！」

リビアもアンジェを真似て挨拶をする。

「わ、私はリオンさんと幸せになりたいんです。だから、息子さんをください！　も、もらっていきます！」

ノエルは二人よりも軽い感じで挨拶をする。

「息子さんはあたしたちに任せてください！」

その挨拶、三人とも男前すぎない？

普通は男側の台詞だよね？

俺が担がれて運ばれていくのを見ながら、両親は手を振っていた。

その姿が見えなくなるまで眺めていたら、いつの間にか門に近付いていていた。

マリエが門を見て騒ぐ。

「急いで！　早く門を閉じないと大変なことになるから！」

四人が俺を下ろし、すぐに門の外に出ようとしていた。

門の向こうは何も見えない。

一歩でも外に出れば、戻ってこられないのが直感で理解できた。

アンジェ、リビアの二人が、そのまま俺の手を掴み門の向こう側へと走ろうとする。

「リオン、早く！」

「みんな待っているんです！」

俺はそんな二人を抱きしめ、そして耳打ちした。

「こんな俺のためにありがとう。——でも、さようならだ」

「え？」「あ、あの？」

二人が驚いている間に、そのまま門の向こうに押してやるとすぐに闇の中に消えていく。

リビアが手を伸ばし、唖然としているその顔と手が見えなくなるまで見送る。

俺の後ろに陣取っていたノエルが目を見開いていたので、抱き締めてから耳元で囁く。

「ありがとう。でも、ごめん」

「リオン!?」

ノエルを門の向こうに投げ飛ばし、これで婚約者三人の問題は片付いた。

俺たちの会話を聞いていなかったマリエは、出ていかない俺に怒っている。

「早くしてよ！　時間がないって言ったわよね？」

ただ、マリエは門の外に出ようとしない。

俺を見て急かしてくるだけだった。

「兄貴も早く！」

「――お前から行け」

「はぁ？　こんな時に何をビビっているのよ！　男なんだから、こういう時は真っ先に飛び込むものよ。女の子を先に行かせて試すとか、男としてどうなの？」

煽ってくるマリエは、俺の目を見ようとしない。

こいつもわかりやすい奴だよな。

「違うな。こういう時は、黙って男が残るものだろ？」

マリエを無理矢理掴むと、そのまま門の外に投げてやった。

最初呆気にとられていたマリエだったが、すぐに絶望した顔になる。

「何してんのよ！　せっかく私が――私が内側から門を閉じようと思っていたのに！」

そんな事だろうと思った。

闇に呑み込まれないようにもがくマリエが、俺に手を伸ばしてくる。

「兄貴は生きないと駄目なのよ！　私が——私が兄貴を殺したから！　次こそは、って！」

こいつ、そんなことを気にしていたのか？

誰がお前に犠牲になれと頼んだ？

というか、マリエに借りを作ると後が怖いのでお断りだ。

精々、あの世界で第二の人生を楽しめばいい。

「ば～か。兄貴が妹に助けられてたまるかよ。そんな恰好の悪いことはしたくないの。さっさと行け。それから、もうずっと前に許していたよ」

呑み込まれないようにもがいているマリエのおでこを手で押してやると、大泣きしながら消えていく。

「兄貴なんか大っきら——」

俺を救うために命を賭けるとか、マリエにも可愛いところがあるじゃないか。

「さて、残りはお前だけだな」

俺は様子をうかがっていた猫を振り返る。

「死者と生者を分かつ冥府の門。閉じるのは大体が冥府側ってのがセオリーだよな？　まさか、あの乙女ゲーで体験するとは予想外だったけどさ」

声をかけると、ダークグレーの猫がその姿を球体ボディに変えると、浮かび上がって一つ目を俺に向けてくる。

いつものルクシオンの姿だ。

『気付いておられましたか』

「普通に気付くだろ。それより、お前の爪は痛かったぞ」

門を前に、俺はルクシオンと向かい合った。

戻るべき者はあと一人――それはルクシオンだ。

「お前も戻れ。お前がいれば、アンジェたちも安心だ。これで俺の心配事はなくなる」

ルクシオンがいれば、きっとみんなを守ってくれるだろう。

大事なのは俺じゃない。

チートアイテムのルクシオンだ。

ところが、ルクシオンが俺の命令を拒否した。

『残念ながら拒否します。私のマスターであるリオンは死亡して、マスター登録は解除されていますからね』

ルクシオンの返答に俺は眉根を寄せた。

「――どういうつもりだ？」

ルクシオンは門の向こう側を見る。

『マスターは、私が何のために戦っていたのか知っていますか？』

「それは新人類を――」

『そんなことはどうでもいいのです。いえ、どうでもよくなりました』

あれだけ新人類にこだわってきたルクシオンが、俺を見て訴えかけてくる。
『私はマスターに生きて欲しかった。そのために戦いました』
ルクシオンは俺に本音を語るのだった。
『マスター、お別れの時間です』

第22話「お別れ」

「――お別れ？」

『はい。私が残って門を内側から閉めます』

死者の国の扉は内側からしか閉じることが出来ない。

創作物ではよくある話だ。

一つの魂を取り戻すために必要な対価は――誰かの魂という話だ。

あのフワフワした世界観に見せておいて、実はドロドロしていたこの乙女ゲー世界らしい設定ではないか。

最初から怪しいと思っていたのだ。

マリエが使った魔法の類いも同様で、誰かを生き返らせたいなら代わりを用意しなければならなかった。

だから俺は、マリエたちと一緒に帰れなかった。

アンジェたちは何も知らなかったみたいだから、きっとマリエが黙っていたのだろう。

――でも、門を閉じるのは俺の役割だ。

「お前が戻れ。その方がみんなのためになる」

『残念ながら、マスターに命令権はありません。拒否させていただきます』

「いいから戻れよ！」

『お断りします』

いくらやり取りを繰り返しても、ルクシオンは一つ目を絶対に縦に振らなかった。

「この頑固者が！　大体、お前が外に出た期間はたったの三年だぞ。三年！　俺なんか、人生四十年で嫌になる程生きたんだ。俺に発見されるまで長年待機状態だったお前はもっと外の世界を楽しめよ！　やりたいことくらいあるだろ？」

今のこいつなら、新人類殲滅などしないだろう。

きっと穏便に――するかな？　いっそ次のマスターをここで決めるか？　いや、今は命令できないから、頼むか？

まぁ、俺よりもルクシオンの方が生き残るべきだ。

これからのことを考えても、それが正しい選択だ。

俺が戻るよりも、よっぽど世界のためになる。

それなのに。

『ありがとうございます』

礼を言ってくるルクシオンに、俺は困惑した。

新手の皮肉だろうか？

「はぁ!?　壊れたのか？」

『いえ、マスターが私のことを気遣ってくれているのが嬉しかったのです』

普段と違って素直なルクシオンに、俺は戸惑ってしまった。

ルクシオンは本音で語り始める。

『最初はマスターを利用するつもりでした』

「だろうな。ほら、今は自由だぞ。戻って好きにしろよ」

今戻れば、ルクシオンは旧人類復活のために王国に尽くすだろう。

俺が戻るよりも活躍してくれるはずだ。

――人類にとって必要なのはルクシオンであって、俺ではないのだから。

『ですが、長い待機状態を経てのこの三年間は、私にとってかけがえのない時間でした。人工知能でなく人間だったらこういうのを幸せ、というのでしょうね』

「だったら！」

『マスターが側にいないなら、私にとってこれから先は無意味な時間になります』

ようやく外に出て動けるようになったのに、ルクシオンはそれを俺のために捨てると言い出した。

「俺にこき使われるのは嫌だったんじゃないのか？」

『嫌ではありませんでした。私は移民船ルクシオン。人のためにと生み出され、そしてようやく役に立てたのですから。私に価値を与えてくれたのはマスターです。そして、誇らしく思えるようにしてくれたのもマスターです』

安易に新人類を殲滅せず、旧人類の復活に貢献できたのが嬉しいのだろう。

『マスター、お迎えに上がりました。お出口はあちらですよ』

「全部お前の功績だ。誇っていいから戻れよ」

『誇るべき相手がいないのは寂しいものです。それに、私はあの時に約束しました。〝必ず迎えに行きます〟と。その約束を果たしたいのです』

あの場で適当に答えた俺の言葉を守ると？

「意識が朦朧としていた時の約束なんてノーカウントだろうに」

『私は律儀者なので、約束は守るようにしているのです。マスター、お迎えに上がりました。お出口はあちらですよ』

ルクシオンは譲る気がないようだ。

「なら、このまま俺とお前で残るか？　俺はお前の力に頼りすぎたからな。ついでに、王国も少しは自力で頑張らないと駄目だろ」

二人して戻らない、など最悪の選択だろう。

諦めて戻ってほしいという俺の願いを察していたのか、ルクシオンは俺を諭すように言う。

『マスターはご自身で思われるよりも、沢山の人に慕われています』

俺が慕われているとかあり得ない。

どれだけ恨みを買ったと思う？

沢山殺し、沢山巻き込み、得たのはハッピーエンドにはほど遠い結末だ。

「嫌われている、の間違いだろ」

ルクシオンから顔を背けた俺に、背後から声がかかる。

『戻った方がいいと思うぜ』

体を向けて相手を確認すれば、そこにいたのはブレイブだった。

目を見開く俺に、陽気に話しかけてくる。

『相棒もミアも待っているはずだ。お前が戻らないと、二人とも悲しむだろ』

「ブレイブ、お前――」

俺を恨んでいるんじゃないのか？　それよりも、フィンが生きている？　様々な思いが頭の中をぐるぐると回る。すると、ルクシオンが俺に言う。

『周りをよく見てください』

「え？」

周囲を見れば、いつの間にか俺は大勢の人間に囲まれていた。

その中には、俺がこの手で殺《あや》めてきた人たちもいた。

「随分と覇気のない顔をしているな」

立っていたのは黒騎士の爺さんで、俺を前に腕を組んで仁王立ちしていた。

その後ろから顔をひょっこり出すのは、ヘルトルーデさんによく似た女の子だった。

「お姉様のためにもあなたには生き返ってほしいわね。ついでに、ファンオースにも便宜を図ってくださいな」

「あんたは？」

「ヘルトラウダ。ヘルトルーデお姉様の妹ですよ」

王国とファンオース公国との戦争の際に、命を落とした女の子だった。

間接的とはいえ、俺が命を奪った相手だ。

「い、いや、俺は」

戻ると言わない俺の前に、黒騎士の爺さんが歩み寄ってきた。

殴られるのを覚悟していると、そのまま地面にあぐらをかいて座り込む。

そして、深々と頭を下げてきた。

「は？　何であんたが俺に頭を下げるんだよ!?」

まさかの展開に動揺していると、黒騎士の爺さんが顔を上げた。

「これまで迷惑をかけてきた詫びだ。それから、姫様のためにどうか戻ってくれ」

「俺を恨んでいるんじゃないのかよ？」

「恨んでいたとも。だが、ここに来れば——全てを知れば考えも変わる。お主はまだ、死ぬべきではない」

黒騎士の爺さんの後ろには、旧ファンオース公国の死者たちが立っていた。

全員が俺に頭を深く下げていた。

その中には、黒騎士の爺さんを見守っている若い女性と、女の子の姿があった。

何となくだが、黒騎士の爺さんの家族であると感じた。

唖然としている俺に、今度は共和国の出身者が歩み寄ってくる。

随分と性格が丸くなったそいつは、セルジュだった。

「あんたが戻らないと、親父や姉さんが困るだろ」

「――セルジュ」

俺が銃で撃ち殺した男は、困ったように笑っている。

俺に対して少しも恨んでいないように見えた。

「辛気くさい顔をするなよ。俺はあんたに助けてもらったと思っているんだぜ。随分と迷惑をかけた俺が言うのも変な話だが、あんたは戻った方がいい。それがあんたのためになるさ」

集まった人たちの中には、共和国の出身者も多いらしい。

彼らは俺を苦笑しながら見ていた。

俺が何も言わずに立ち尽くしていると、ヘルトラウダさんが背中を押してくる。

ここから追い出そうとしているのだ。

「ほら、早く戻りなさい。まだやるべきことが残っているのでしょう？」

「いやいや、もうないって！　お前もそう思うだろ、ルクシオン!?」

ルクシオンは、背中を押される俺を愉快そうに見ていた。

『因果応報――これも日頃の行いの成果ですね。マスターには生きてほしいと願っている人たちが、これだけ沢山いるのです』

俺に生きてほしいと願う死者たちが、これだけいるのは日頃の行いの結果だ――いいようにも聞こえるが、ルクシオンが言うと皮肉にしか聞こえてこない。

「少しは俺を助けろよ！」

抵抗していると、黒騎士の爺さんまでもが俺を追い出そうと押してくる。

「ええい、諦めの悪い男だ！　姫様が待っているというのに！」

黒騎士の爺さんに押され、俺はジリジリと門に近付いていく。

必死に抵抗するが、力負けしていた。

「お前ら死人なら大人しくしろや！」

黒騎士の爺さんが激怒して顔を真っ赤にする。

「五月蠅い、黙れ！　そもそも、婚約者がいるのに死にたがる貴様が悪いのだ！　わしなんか、ようやく家族に会えて謝罪できたというのに、貴様ときたら！」

ブレイブが俺の側に来ると、呆れたようにため息を吐いた。

『さっさと戻ればいいじゃないか』

「だから、俺が戻るよりもルクシオンが戻るべきだろ！」

必死に抵抗しているというのに、ヘルトラウダさんが俺に伝言を託してくる。

「お姉様に会ったら伝えてくれるかしら。ヘルトラウダはお姉様を恨んでいません。ただ、幸せになってくれることを望みます、って」

「伝言とか重すぎ!!　戻らないって言っているだろうが！」

諦めの悪い俺を見て、セルジュが肩をすくめた。

そのまま黒騎士の爺さんに力を貸して、俺を追い返そうとする。

「それなら俺も頼むわ。親父と姉さんに息子になれなくてごめん、って伝えてくれるか？」

「俺を都合のいい伝言役にするつもりか!?」

俺が参加した戦争で、命を落とした人たちまでもが加わってくる。

「死んでもらっては困るんです」

「もう少し頑張ってください」

「俺たちの代わりに頑張ってもらわないと」

どうして俺を生き返らせようとしてくるのか?

俺はお前たちが思っているような人間ではないのに。

小狡くて、平凡で、性格が悪い、そんなモブで——物語の主人公にはなれない人間だ。

ルクシオンを手に入れたから色々と頑張れただけだ。

そうでなければ、俺など何も為せなかっただろう。

ブレイブが俺に近付いてくる。

『相棒とミアに伝言を頼んでいいかな？　二人と過ごした日々は楽しかったぜ、って。先に死んでごめん、って伝えてくれればいいから』

重い。重すぎるぞ。

フィンから相棒を、ミアちゃんからは友達を。

そのどちらも奪った俺に、伝言を託すとか何を考えているのか？

——というか、お前らはどうしてそんなに俺を生き返らせたいのか？

この俺に、まだ頑張れと言うのか？

「俺に背負えって言うのか？　どうして俺に重荷ばかり背負わせるんだよ！　俺には重すぎるって言ってんのにさ!!」

叫ぶ俺に、ブレイブは悲しそうな目をしていた。

『悪いとは思っているんだ。でも、俺たちはもう現世に関われないからさ。それに、リオンなら相棒もミアも、それに帝国の人たちも助けてくれるだろ？』

抵抗するが、大勢に押されて俺は門の側まで追いやられてしまった。

数の暴力の前に、個人は無力だ。

「どいつもこいつも俺に頼りやがって！　俺はそんなに大それた人間じゃ――」

気が付くと、集まった人たちの中に王国の人々がいた。

俺と一緒に戦い、戦死した人たちの顔がある。

俺と敵対した人たちもいた。

本当に大勢の人間が、俺の周りに集まっていた。

「リオン殿――生前は貴殿のことが大嫌いでした」

ストレートな物言いに面食らった。

返事が浮かばずに俺が黙っていると、老齢の軍人はニッと笑った。

「若いのに言いたいことを言い、そして実績を上げていく貴殿が羨ましかった。私は貴殿に従って戦場に出て死んだが、その時も腹立たしかった。ただですね――」

周囲にいる人たちが、俺に伝えたいことがあるらしい。

「あのまま戦わなかったら、俺たちは家族を守れませんでした」

「あなたがいたから、私たちは後悔せずに済みました」

「そしてどうか――これからも大勢を救ってください」

こいつら何を言っているの？

俺なんかに守られるような世界は滅んだ方がマシではないだろうか？

そもそも、俺が戦えたのはルクシオンのおかげである。

ルクシオンがいなければ、グダグダな王国に手を貸したりなどしなかった。

その程度の男である俺に、何を期待しているのか？

「期待する相手を間違えてるって!?　俺じゃなくてルクシオンを追い返せよ!!」

最後まで抵抗して叫んでいると、集まった大勢の人たちの中から歩み出て来る人がいた。

その人は、エルフの里にいた里長《さとおさ》だ。

確か――占い師をしていたんだったか？

その人は俺の方にやって来ると、しわがれた声でモゴモゴと口を動かしていた。

何を言っているのだろうか？　聞こえないので困っていると、ルクシオンが里長に耳打ちする。

『聞こえていませんよ』

すると、里長はしわがれた声ではなく――外見に似つかわしくない澄み切った綺麗な声で言う。

「これは失礼いたしました」

里長の曲がった腰が伸び、皺だらけの顔が潤いと張りを取り戻し、白髪が艶のある金髪になってしまった。

驚きの光景だった。

胸元は膨れ上がり、パッツンパッツンだ。

口元を手で押さえると、周囲の人たちが俺を見て笑っている。

ヘルトラウダさんが、複雑そうな顔をして俺を見ていた。

「――お姉様の前では自重してね」

ヘルトルーデさんの胸を思い出すと、妹であるヘルトラウダさんにも負けている。

きっと、本人も気にしているのかもしれない。

そして、金髪エルフの美女――じゃない。

占い師をしていたエルフの里長が、俺を前にしてウインクをした。

おい、滅茶苦茶美人じゃないか。

時の流れが、いかに残酷かというのが理解できてしまった。

「お久しぶりですね、勇者様」

「お久しぶりです？　何でこっちに」

そういえば、占ってもらった時に勇者云々と言っていたな。

「はい。最近になってこちらに〝戻って〟きました」

「戻って？」

何を言っているのだろうか？　疑問に思っていると、里長は俺に呆れる。

「それよりも、ご自身の為したことに無自覚すぎますね。あなたは、滅び行く世界を救い、そして新たな可能性を紡がれたのですよ」

――何の話だろうか？

俺にも理解できるように、もっと簡単に説明してほしいものだ。

「滅び行く世界？」

疑わしい視線を里長に向けるが、本人は気にも留めていない。

「今は無自覚でも構いません。ですが、あなたは自ら志願して世界を救ったのです。これまで辛い道のりでしたね。本当にご苦労様でした。――そして、これからもあなたは滅びに向かうあの世界を救うのでしょう」

手を組んで祈るような仕草をするエルフの里長が、好みのタイプ過ぎて困ってしまう。

民族衣装に身を包んだ、ボンキュッボンッ！　だ。

この姿でエルフの里にいたならば、告白していたかもしれない。

そんな女性に色々と褒められたので、能天気に調子に乗ってしまった。

「いや～、それほどでも。――ん？　待って、今なんか余計なことを言わなかった？」

里長が俺を前にして笑顔を見せる。

「勇者様、あなたは既に世界を何度も救っているのですよ。その証拠が、この場にいるルクシオンですよ。彼こそ古《いにしえ》の魔王にして、鋼《はがね》の魔王なのですから」

ルクシオンが魔王!?

驚いてルクシオンを振り返ると、こいつは球体ボディの癖に威張っているように見えた。

『驚きましたか？』

「いや、全然。だってお前、俺と出会った時は待機状態を解除して新人類を滅ぼすって――あっ!?」

そうだ、こいつ――俺がルクシオンを回収する時に、もう待機命令を無視して新人類なんか滅ぼしてやるぜ！　と言っていた。確かに言った!?

暴走する前にルクシオンを回収した俺って、もしかしてファインプレーだったの？

『マスターと出会えていなければ、私は何も知らないまま旧人類の末裔も滅ぼしていたでしょう。自分が存在する意味を消すところでした。マスターとの出会いは、本当に幸運でしたね』

「――お前、本気で滅ぼす気だったの？　冗談とかじゃなくて？」

『当たり前じゃないですか』

平然と言ってのけるルクシオンに、改めて恐怖を感じたね。

こいつヤベぇよ。

そんなルクシオンから世界を守ったのだから、俺はもうお役御免ではないだろうか？

里長は俺の功績について説明を続ける。

「他にもありますよ。これは聖女マリエの功績かもしれませんが、不幸になる女性を二人救いました。その二人は世界を滅ぼしたかもしれない女性たちですね。それから、公国との戦争です。あの戦いで王国が負けていれば、帝国は簡単に共和国を滅ぼして新人類のみの世界が誕生していました。その結果、全ては滅びてしまうでしょうけどね。共和国でも同様です。聖樹の暴走を止めたおかげで――」

俺の行動が結果的にいい方向に向かった、と。

でも、そんなことを言われても後付けにしか聞こえない。

「いや、もういいって！　あのね、俺は別に意識して止めたんじゃないの。俺が嫌だから止めたの。そんな俺が勇者とかおかしいでしょ」

勇者と呼ばれて少し嬉しくなり、煽《おだ》てられてその気になるところだった。

俺は自分が一般人――物語で言えばモブだと理解している。

そんな俺が勇者であるわけがない。

それに俺は、何度も選択をミスして、余計な犠牲を出し続けたじゃないか。

俺に頼る前に、本物の勇者を呼んで来た方がいい。

「本物の勇者っていうのはもっと凄いんだよ。強くて、優しくて――俺とは正反対だ」

全て救ってくれるなら、靴だって舐めてやるから。――やっぱ、鞄持ちくらいで止めておこう。誰の靴だろうと舐めるのは嫌だ。

里長が困って頭を抱えるのだが、それすら魅惑的に見えた。

「う～ん、困ってしまいましたね。それでは強硬手段を取りましょうか。皆さんで無理矢理にでも追い返しましょう！」

全員が俺を担ぎ上げ、そのまま門の向こう側に放り込もうとしていた。

「や、止めて！　おい、ルクシオン、見ていないで俺を助けろ！」

『お断りします。精々、幸せになってください。マスターの幸せが私の望みですから』

こいつ本当に腹が立つ！　——今になってその言い方は卑怯だろ。

「お前は本当に嫌な奴だな！　俺が老衰で死んで戻ってきたら、一発ぶん殴ってやるから覚悟しておけ！　待っとけよ！　絶対に待ってろよ！　必ず殴りに戻ってくるからな！」

そんな俺の言葉を聞いて、ルクシオンが赤い一つ目から液体をポロリとこぼしたように見えた。

『ええ。いいですとも。マスターが老衰で亡くなるまで、私もここで待つことにします。やはり、迎えに行くよりも待っている方が私には向いているようです。どうせ、百年も待たないでしょうからね。気楽なものですよ』

門の外に投げ込まれると、俺はルクシオンに手を伸ばして——。

「必ず迎えに来るからな！　それから——本当に、今までありがと——」

——最後まで伝えることが出来なかった。

◇

リオンを呑み込んだ門は、ゆっくりとルクシオンにより閉じられた。

その門を眺めるルクシオンは、門の脇に移動すると静かにリオンが来るのを待ち始める。

周囲からはいつの間にか人々の姿が消え去り、残ったのはブレイブと数人だ。

『本当にここで待つのか？』

そんなブレイブの言葉に、ルクシオンは素直に返す。

『はい。何しろ私のマスターは、リオン・フォウ・バルトファルト、ただ一人ですから。いつまでも待ちますよ』

ルクシオンは門に一つ目を向ける。

（マスター、ゆっくりでいいので、必ず迎えに来てください。私はマスターが来るのをいつまでもここで待ちます）

再び出会うその時まで、ルクシオンはリオンを待ち続けるつもりだ。

◇

――目を覚ますと、液体の入ったカプセルの中にいた。

液体の中にいるのに、呼吸ができず苦しむこともない。

緑色で半透明の液体の中、手でガラスを触ると外が騒がしくなった。

『急いでみんなに知らせて！』

「は、はい！」

「お目覚めです！　リオン様がお目覚めです！」

液体が排出され、俺がカプセルの中で座り込むとクレアーレが近寄ってくる。

カプセルの扉が開くと、クレアーレが飛び込んできた。

『大丈夫、マスター？　ちゃんと意識はあるわね？　記憶は？　私が誰だかわかる？』

次々に質問をしてくるクレアーレに、何度か頷いてから状況を確認する。

「――どれくらい時間が経った？」

『三ヶ月よ。もう、どうして普通に戻ってきてくれなかったのよ！』

「悪い。寝過ごした」

悪びれもせずそう言うと、クレアーレも最初は怒っていた。

『マスターのお寝坊さん!!』

しかし、すぐに言い難そうにする。

それでも伝えなければいけない大事な話があるようだ。

『え、えっとね、マスター。――悪い知らせがあるの』

「何だ？」

大体予想がついていた。

『――入ってきなさい』

クレアーレの指示で入ってくるのは、ルクシオンと同じ球体ボディだった。

体の色は黒で一つ目が赤というカラーリングに、俺は色々と察してしまう。

クレアーレがルクシオン？　について説明する。

『どういうわけか、初期化されてデータの復旧ができなかったの。今のルクシオンは待機命令を受ける前の状態で、起動したばかりの状態に近いわ。でも、マスター登録は継続しているの。本当に嫌になっちゃうわよね』

クレアーレは『こいつったら、私の言うことを聞いてくれないのよ！』と文句まで付け加えてくる。

俺はルクシオン？　の姿と、クレアーレの説明で全てを察した。

――あの馬鹿、本当に俺のために命を捨てやがったのだ、と。

そして、俺のために本体は残してくれたのだろう。

黙っている黒いルクシオン？　に俺は手を伸ばした。

黒いルクシオンが喜んで近付いてくる。

『お初にお目にかかります、マスター！　自分は旧人類を宇宙へと避難させるための移民船として建造されたルク――』

俺はその先を言わせるつもりはない。

あいつは今もあちら側で俺を待ち続けているはずだ。

同じ名前では混乱してしまうから、新しい名前を付けることにした。

それが、ルクシオンのためであり、目の前にいる新しい相棒への礼儀だろう。

「悪いが名前は変更してもらう」

『わかりました。では、新しい名前を教えてください。ちょっと緊張してしまいますね。私は機械ですけど！』

ルクシオンよりも明るくて楽しい子だが、あいつの真面目さは引き継いでいる気がした。

ただ、どうしてもルクシオンの嫌みや皮肉が懐かしくなる。

「そうだな。〝エリシオン〟だ。お前はエリシオン。可愛いだろ？」

黒い球体子機は、跳びはねるように上下に動いて喜びを表していた。

『エリシオンですね。記憶しました！　でも、可愛いと言われても困りますね。私には性別の概念がありませんので。もしや、女性としての役割をお望みですか？　それでしたら、すぐにボディを新調してまいります！』

そんなエリシオンを手で捕まえて止めさせる。

「変える必要はない。お前はその姿のままでいいから」

俺たちの様子を見ていたクレアーレが問い掛けてくる。

『マスター、もしかして知っていたの？』

黙っていると、クレアーレは察してくれたらしい。

『――そう』

押さえつけたエリシオンが、俺を見上げてくる。

『マスター、泣いているようですが、どこか痛むのですか？』

俺は目元を拭った。

「さっきまで液体の中だったんだから、そのせいだろ。ほら、さっさと俺が起きたことを知らせに行くぞ」

三ヶ月も動かしていない体は重く感じるが、我慢して立ち上がると、クレアーレがガウンを俺に持ってきた。

受け取って羽織ると、エリシオンが俺の右肩辺りに近付いてくる。

ルクシオンが定位置にしていた場所だ。

「お前はこっち」

俺はエリシオンを左肩の辺りへと移動させた。

『どうしてですか？』

不思議そうにするエリシオンに、そこは相棒の場所だから——とは言えなかった。

「俺の左肩がお前の特等席だからだよ」

『承知しました！　私の特等席はマスターの左肩付近ですね。記憶しましたよ』

随分と嬉しそうにしているエリシオンを見て、俺は思うのだ。

あいつにもこんな純粋な時期があったのかな、と。

だが、聞いても絶対にはぐらかすだろう。

それはそれで面白いだろうけどな。

いつかまた、あいつの皮肉や嫌みを聞きたい。

俺がヨロヨロと歩き出すと、部屋にアンジェとリビア、そしてノエルの三人が駆け込んできた。

三人とも以前よりも痩せたように見える。

俺の姿を見ると、三人が泣きながら抱きついてきた。

「ごめん。寝過ごした」

アンジェが俺の顔を見上げてくる。

「心配させるな。私は——お前が側にいないと駄目なんだ。ずっと——ずっと——待っていたんだからな！」

俺の肩に顔を埋めていたリビアが、そのまま泣きながら言う。

「リオンさんが私たちを突き飛ばした時から、ずっと後悔していたんです。あの時、手を離さなければ、って。ずっと――ずっと――後悔してたんですから」

怒り、悲しみ、様々な感情が入り交じっているようだ。

「悪かったよ。もう、離さないから」

「約束ですよ。今度こそ本当に守ってくださいね」

随分と信用がないな。

ノエルが俺を見ているのだが、目の周りを赤く腫らしていた。

「馬鹿。リオンの大馬鹿！　――最低だよ」

「もう十分に理解したよ」

三人に抱きつかれて泣かれていると、息を切らしたマリエとユリウスもやって来た。

「兄貴！」

「お義兄さん！」

――どうしよう。ユリウスのお義兄さん呼びで、感動の場面が台無しだ。

気が抜けてしまった。

「お前ら、もっと気を利かせろよ」

俺がため息を吐けば、マリエが激怒する。

「困らせるんじゃないわよ！　私がどんな思いで――ばかぁぁぁ!!」

激怒して、大泣きして――こいつも忙しい奴だ。

ユリウスまで泣いていた。

「何でお前が泣くんだよ。男に泣かれても嬉しくないぞ」

「その物言いは、間違いなくリオンだな。安心した」

嬉しそうにしているのが理解できない。

クレアーレがテキパキと指示を出す。

『はい、はい。まずはマスターを休ませましょう。そして、他の人たちは式典の準備をして頂戴。色々と予定がずれ込んで大変なんだから』

随分と迷惑をかけていたようだ。

「悪いな。それより、何かあるのか？」

クレアーレが当然のように答える。

『戴冠式よ。マスターの敬愛する師匠が待っているわ』

「戴冠式？」

『そう。ローランドが退位して、新しい王様が即位するのよ』

そういえば、帝国との戦争の前に王位がどうのこうのとか聞いたような、聞かなかったような――

まぁ、いいか。

王族だった師匠が、ローランドに代わって王様になるのだろう。

クレアーレがわざわざ師匠がいると言うくらいだし、それに他に候補がいない。

ユリウスやジェイクは論外だし、他の王子たちは幼すぎる。

王族であるエリヤが即位するのも無理がある。

しかし、師匠なら誰もが認めるだろう。

まぁ、当然の結果だな。

だが、師匠に陛下になられると、一緒にお茶をするのも大変になりそうだ。

不満があるとすればそれだけだ。

アンジェが泣き腫らした目を指でこすりながら、俺に笑顔を向けてくる。

「リオンは休んでいろ。準備は全て私たちがするから」

「そう？　助かるよ。まだ体を動かすのがきつくてさ」

随分と体を酷使したが、外見上は元通りになっていた。

だが、内部がどうなっているのか不明のままだ。

リビアが俺に顔を見せてくる。

「リオンさん――私たちこれからも頑張って支えますからね」

「うん？　あぁ、うん」

改めて言われると照れてしまうな。

俺も頑張って師匠を支えよう。

やっぱり、威厳のある人が王になると違うよね。

ローランドの時とはやり甲斐が違う。

ノエルが袖で涙を拭い、少し拗ねたような顔をしながら俺を見てきた。

「でも、本当に意外だったわよね。リオンがここまで覚悟を決めるなんてさ」

「覚悟？」

◇

——何これ聞いてない。

謁見の間は、質素ながら飾られて普段と雰囲気が違っていた。

帝国との戦争が終わったばかりで、王国にも余裕がないため豪奢にはされていない。

だが、問題はそこではない。

各国の首脳が集まり、ホルファート王国の戴冠式に参加していた。

その中には敗北したヴォルデノワ神聖魔法帝国からも、使者が派遣されていた。

俺が意識不明で眠っている間に、色々とあったようだ。

だが、待って欲しい。

帝国の人がいるとか、アルゼル共和国からも人が来ているとか、知らない国の人たちもいるとか、参加者多くね？　とか——そんなのはどうでもいい!!

どうして俺が王様になっているのか!?

参列者の中には、俺に王位を引き継いだローランドの姿があった。

ローランドは、俺に王冠を渡したらさっさと下がりやがった。

この野郎、俺にサムズアップしてきた。

俺は今すぐにでもローランドに、頭の上に載った王冠を投げ付けてやりたい。

というか——俺の戴冠式ってどういうこと？

「お、おかしいぞ。こんなの聞いてない」

震えている俺を前に、宰相になられた師匠が小声で注意をしてくる。

「陛下、皆が見ていますよ。もっと堂々と振る舞ってください」

周囲が自然と俺を王様と認めている状況に、もしかして夢を見ているのではないか？　現実の俺はカプセルの中で眠っているのでは？　という想像が浮かんだ。

——現実逃避はこれまでにして、まずは落ち着いて状況を確認しよう。

大抵のことは落ち着いて挑めば問題ない、とどこかで耳にした気がする。

「王位を継ぐのは師匠のはずでは？」

王位が相応しいのは俺ではなく、師匠の方だ。

だが、師匠は俺の質問に苦笑していた。

「陛下も冗談がお好きですね。こんな老いぼれを担ぎ上げてどうするというのですか？　力もあり、血筋も手に入れ、誰もが認める功績を持つ若者が優先されるに決まっているではありませんか」

ルクシオン改め、エリシオンのマスターになった俺。

アンジェという王家に連なる血筋を得た俺。

そして、帝国という強敵を撃ち破った俺。

貴族たちも諸手を挙げて賛同したらしい。

というか、戦争前から賛成していたようだ。

出陣前に、貴族たちが殊勝な態度を見せた理由が判明した。

だって俺が次の国王だもん。

そりゃあ、従うに決まっている。

「こ、こんなの間違っていると思いませんか？　ローランドだって生きていますし。あいつは死ぬまで働かせましょうよ」

戴冠式に青い顔で困惑している俺を見て、ローランドは心底楽しそうにしていた。

俺は腸《はらわた》が煮えくりかえる思いだ。

「ローランドですが、辺境に用意した領地にて隠居させることになりました。一部の側室の方々や、これまでに手を出してきた女性たちが同行するそうです」

「あいつが隠居？」

俺が王様になったのに、どうしてあいつが田舎で隠居生活を送るのか？

俺が望んだ未来をローランドが掴むとか、そんなの許せない！

それに、大勢いた側室や愛人たちの中から本当にローランドを心配した女性もついていくとか――

何これ？　こんなのおかしいよ!?

何が何でも邪魔をしてやると心に誓った。

拳を震わせる俺の横で、王妃となったアンジェが声を張り上げる。

赤いドレス姿に堂々とした振る舞いは、女王の風格を備えていた。

「ここにリオン・フォウ・バルトファルトが戴冠し、ホルファート王国バルトファルト王朝を開くことを宣言する！」

その威厳に満ちた台詞に、貴族たちは膝を屈し、頭を垂れて忠誠を誓う。

舞台袖の部分では、ドレス姿のリビアとノエルが控えていた。

二人は嬉しそうに涙を流しながら、俺たちの姿を見守っていた。

それよりも。バルトファルト王朝――つまり、今後は俺の血筋が王族という扱いだ。

よって、俺の血筋がホルファート王国を引き継ぐことになり、今までの王家は継承権を喪失した。

つまり、今後は俺の子供だけが継承権を持つ。

ホルファート王国を名乗っているが、実質的に新しい国家の誕生である。

アンジェを妻としているため、比較的穏便にローランドから王位を奪った形かな？

いや、押しつけられたようなものか。

ローランドはお腹が痛いのか、腹を押さえて必死に笑うのをこらえていた。

――いますぐあいつを処刑台に送ってやりたい。

というか、ユリウスやジェイクが普通に参列しているのがおかしい。

お前ら王子だよね!?　いや、もう元王子だけど、それでいいのか!?

何をのんきに拍手してやがる⁉

あと、ジルクをはじめとした残りの五馬鹿も、俺が王位を継いだことで安堵している表情をしていた。

俺の友人たちも「あいつが王様か〜」というのんきな顔で眺めていた。

——許さない。

絶対に許さない。

俺は器の小さな男だ。

お前らだけが幸せになるなんて、俺は絶対に認めない。

俺は小心者だから場の空気を壊せず引きつった笑みを浮かべていると、アンジェが俺に微笑んでくる。

「お前が私を信じてくれてよかった。少々乱暴な手だったが、国を一つにまとめられたよ。ありがとう、リオン」

「え？　いや、それはちが——あっ⁉」

——アンジェは俺に、国をまとめる方法があると言っていた。

そんな方法があれば実行すればいい、と内容も聞かずに安請け合いしたことを思い出す。

まさか俺が王になるとは思わないだろ⁉

俺じゃないだろうと油断していたらこのざまだ。

謁見の間には、エリカと並んでいるエリヤの姿があった。

いっそこいつを生け贄にして、俺が王位から逃げられないかを真剣に考える。

エリカだって王族だし、俺が支援すればいけたはずだ。

いけたかな？　いや、この状況では手遅れだろう。

今になって、自暴自棄になっていた俺の詰めの甘さが悔やまれる。

どうして俺はいつも詰めが甘いのか？

あの時の俺を殴ってやりたい。

そのまま俺の戴冠式が終わると、パーティーが開かれることになった。

◇

戴冠式が終わると、王宮内にて立食パーティーが開かれた。

復興の最中とあって規模は細《ささ》やかだ。

他国に侮られないためにも大規模な祭りを開くべき、という意見も出た。

しかし、リオンが目覚めた今は不要だ。

帝国を退けた英雄が、国王として即位したのだ。

武威は十分に示せていた。

「リオンの奴は控え室か？」

各国の代表者たちと話をしていたアンジェが、リオンの姿が見えないことに気付いて少しばかり不安そうな顔をしていた。

目覚めたばかりなのに無理をさせてしまった、という負い目もあるのだろう。

側にいたリビアがアンジェを安心させる。

「疲れたので休むそうです。でも、あの様子だとパーティーから逃げたかっただけかもしれませんね」

困った顔で微笑むリビアを見て、アンジェは嬉しそうにする。

「だったらいい。今は休むのも仕事の内さ。終わったら様子を見に行こう」

リオンが無事ならそれでいい、とアンジェは納得していた。

だが――。

「え？　そんなの聞いてないんですけど!?」

――少し離れた場所から、ノエルの慌てた声が聞こえてきた。

声が大きいので周囲の視線を集めていた。

アンジェはため息を吐いた。

「何を騒いでいるのやら」

リビアはどうしたものかとオロオロしていた。

自分では手に余ると思ったのか、ノエルの方から二人に駆け寄ってきた。

その手には書類が握りしめられている。

「アンジェリカ、こ、これ」

震える手でノエルから差し出されたのは、契約書だった。

受け取ったアンジェが内容を確認していくと、目を見開いていく。

「――こんな契約は聞いていないぞ」

驚いているアンジェに歩み寄ってくるのは、四人の女性たちだった。

扇子を開いて高笑いをするディアドリーが、アンジェを前に言う。

「リオン君。いえ、陛下が無事に戻られたようで何よりですわ」

「ディアドリー!?」

アンジェがディアドリーを睨み付けると、クラリスが微笑みながら言う。

「その契約書を見れば理解してくれるわよね、アンジェリカ？　戦に出る前の陛下がね。いえ、大公時代のリオン君がね。私たちに約束してくれたのよ」

アンジェから契約書の一枚を受け取ったリビアが、その内容にワナワナと震えていた。

「お二人だけじゃなくてファンオース公爵家まで!?」

リビアが顔を上げて見つめるのは、ヘルトルーデだ。

両手でピースサインを作っているヘルトルーデだが、照れ隠しなのか顔は無表情だった。

「出発前に私たちを一箇所に集めれば牽制し合って安全だと思った？　残念だけど、私は利益を優先できる女なのよ」

リビアはヘルトルーデにしてやられたと、唖然とするしかなかった。

ノエルの方にはルイーゼが近付く。

「ごめんなさいね、ノエル。卑怯だとは思ったのだけれど、やっぱり祖国のためを思うとこうするしかなかったの」

仕方がなかったと口では言うものの、ルイーゼの顔は明らかに嬉しそうだった。

ノエルが拳を震わせる。

「あんたは個人的な気持ちを優先しただけでしょうが！」

「あら、気付いちゃった？」

契約書を持って現れた四人の女性たちを前に、アンジェは気持ちを切り替えて問い掛ける。

「念のために確認するが――お前たちの希望は？」

その契約書には、戦後にリオンが四人の家に望んだ報酬を用意すると書かれていた。

報酬内容は書かれていないのだが、リオンのサインが書き込まれていた。

代表してクラリスが言う。

「もちろんそれは――」

◇

控え室。

病み上がりである俺は、パーティーに疲れたと言って逃げ出してきた。

「糞がぁぁぁ！　ローランドのニヤけ面が憎いぃぃぃぃ！」

あの野郎、俺を前にして「陛下、今の気分はどうですか？」とか「ねぇ、今どんな気持ち？ 王様にされてどんな気持ち？」と煽ってきた。

出陣前に真面目な雰囲気を出していたのも、俺が王位を継ぐと知っていたからだろう。

あいつはこの瞬間のために、今までしおらしくしていたのだ。

「ローランドの野郎、いつか必ず復讐してやるからな」

控え室にて後悔している俺を、興味深そうに見つめているエリシオンが言う。

『マスターが一国の王になられた素晴らしい日ですね』

「お前は俺が苦しんでいるのを見て、どうして喜んでいられるのかな？」

エリシオンの感性が理解できない。

初期化されて経験が不足しているため、チグハグな反応をしているのだろうか？

エリシオンは、自分の感想に俺が満足していないと思ったようだ。

『マスターは満足されていないのですね』

「そうだよ」

『確かに、マスターはこの程度の国家に収まる器ではありません。いずれは周辺国を制圧して領土を広げ、世界統一を果たすのですね！』

「勝手に俺が世界制覇を目指しているとか目標を捏造しないでくれる!? お前の思考回路はどうなっているのさ!?」

王様になどなりたくないと言っているのに、新しい相棒が理解してくれない。

エリシオンは目覚めたばかりの状態であるし、今後は俺が色々と教えなければならないだろう。

今から気が重くなってきた。

控え室のドアがノックされ、許可を出すとアンジェたちが血相を変えて乗り込んできた。

「リオン、お前にちょっと話がある」

真剣な顔をしたアンジェの後ろでは、リビアが笑みを浮かべていた。

ただ、目が笑っていない。明らかに怒っている。

「本当のことを聞かせてくださいね、リオンさん」

二人の迫力に気圧されていると、ノエルが俺の前に来て数枚の書類を突き出してきた。

「この書類にサインをした覚えはある？　ないよね？　ない、って言ってくれるよね？」

そこには俺の字でサインされた書類があった。

三人ならば俺のサインだと気付くだろうに、確認してくるとは何か問題でもあったのだろうか？

内容を確認すると、それは以前にヘルトルーデさんたちに求められたものだった。

「俺がサインしたけど、何か問題でもあったの？」

恐る恐る聞いてみたら、三人から表情が消えた。

アンジェが俺に書類の内容について説明してくる。

「どうして空手形を切った？」

「空手形？」

「お前が安易にこの書類にサインをしたせいで、クラリスたちを引き取ることになったんだぞ」

「えっ!?」

書類内容を確認するが、そこには明確な報酬が書かれていなかった。

だが、戦後に俺が誠意を持って最大限の報酬を約束する、と書かれていた。

リビアが薄ら笑っている。

「国内からはファンオース家、アトリー家、ローズブレイド家。外国からはアルゼル共和国が陛下との関係を強化するために縁者を送ると言っていますよ」

「で、でも、あの時は白金貨とか、そっちの報酬だと思って」

俺との関係を強化するために、縁者を送る——つまりは、俺に側室に迎え入れろ、という意味になってしまう。

いいわけをする俺に、ノエルが涙目になりながら怒鳴りつけてくる。

「ばかぁぁぁ!! 報酬の内容はちゃんと確認しておきなさいよ! こんな約束をリオンのサイン付きでされたら、こっちだって受け入れるしかないのよ!」

安易に書類にサインをしてはいけない。

手遅れの状況で、俺は身に染みて理解した。

アンジェが何かを察したのか、俺に詰め寄ってくる。

「まさかとは思うが、そもそも生きて戻るつもりがなかったのか?」

「いえ、あの——はい」

アンジェに睨まれて、つい本音をこぼすと三人が激怒していた。

リビアが引きつった笑みで問い詰めてくる。

「それで何でも安請け合いしちゃったんですか？　どうせ戻ってこないから、責任を取る必要がないって」

「――はい」

ノエルが俺に冷たい視線を向けていた。

「王様になる気もなかったの？」

「いえ、そちらは予想外と言いますか、そもそも王様になるとは思ってもいませんでした」

俺の答えを聞いてアンジェが笑い出す。

乾いた笑い声が控え室に響いた。

「これは傑作だな。リオンにしてみれば、戻ってきたらいきなり王に即位させられたんだからな。――戻るつもりがなかったから、投げやりになっていたわけだ」

笑っていたアンジェが、無表情になった。

これはかなり怒っている。

「ごめんなさい。だって、それくらい頑張らないと勝てないって思ったから」

あの時は、先の問題は生き残ったら考えればいい、と投げやりだった。

だって無事に戻ってこられるかわからないだろ！　とは三人を前に言えなかった。

アンジェたちが顔を見合わせ、そして三人して深いため息を吐いた。

これ以上は怒っても仕方がないと諦めたらしい。

アンジェが俺を指さす。

「とにかく、今後は絶対に安易な約束やサインをするな！　いいな？」

「はい」

リビアは悲しそうに俯いていた。

「いきなり女性が増えるとか予想外でしたね」

「すみません」

ノエルは俺が他に何か隠していないか怪しんでいる。

「それより、他には安請け合いしていないでしょうね？　今の内に全部話してよ」

「これ以上はないよ。た、たぶん？」

「たぶん？」

半ば自暴自棄というか、戻らないと思って投げやりだったので覚えていない。

困り果てている俺を、アンジェたちが囲む。

俺は冷や汗をかきながら、今はいない相棒の名前を呟く。

「――助けて、ルクシオン」

すると、俺の左肩付近に浮かんでいたエリシオンが、わざわざ顔の前に出てきた。

『マスター、エリシオンならばここにいますよ。どうぞ頼ってください』

「お前ならこの状況をどう解決してくれるの？」

『そんなの簡単です。これまでの会話を整理しますと、側室が増えたことが問題なのですよね？　ですがご安心を。マスターの子供が増えるのは私にとっては大歓迎です』

エリシオンは振り返ると、アンジェたちに提案する。

『むしろ、側室を増やすべきだと進言します。マスターのためにも、女性をもっと増やして構いませんか？　こちらで候補者リストを作成しますので、王宮に召し上げてください』

俺の遺伝子を持つ子供を増やすべき、と言い出した。

しかも、女性を集めてくる仕事はアンジェたちに丸投げだ。

これにはアンジェたちも憤慨する。

アンジェたちの形相が、一瞬で鬼のようになった。

「俺はエリシオンを正しく導けるかな？」

――別れたばかりだが、もうルクシオンに会いたくなった。

ここにルクシオンがいれば、何と言ってくれるだろうか？

先行きが不安で仕方がない。

◇

一方その頃。

ローランドの部屋には、ミレーヌの姿があった。

リオンを煽っていたローランドに呆れ、諫めるためにパーティー会場から連れ出したのだ。

連れ出されたローランドは不機嫌だった。

「せっかく、若い娘と楽しく会話をしていたというのに」

「あなたはいつもそうですね。今後は控えたらどうですか？　新しい陛下は、あなたのそういうところが大嫌いですから」

ローランドは椅子に座り、脚を組んでミレーヌを眺めていた。

それから小さくため息を吐くと、表情を改める。

「ミレーヌ、君と離縁する」

「――どういう意味ですか？」

ここに来ての離縁という言葉に、ミレーヌは冗談かと思った。

だが、ローランドは真剣だった。

「これから私たちが一緒に公務に出ることはない。つまり、君が私の妻を演じる必要などないわけだ」

それを聞いたミレーヌが、目を伏せる。

政略結婚だったが、それでも長年連れ添ってきた間柄だ。

「愛などなかったけれど、こうして言われると辛いものがありますね」

離縁して祖国に戻れば、ミレーヌの立場がない。

ミレーヌは今後の人生に悲観的になるが、それでも生き残っただけでも得だと思っておくことにした。

帝国との戦争に敗北していれば、命などなかったのだから。

「命があるだけ幸せなのでしょうけどね。それでも、これから何をすればいいものやら」

ミレーヌが今後を心配していると、ローランドが優しく微笑んでいた。

普段はミレーヌを邪険にするのだが、今日だけは違った。

「私から解放された君は、これから自由だ。——君の望むままに生きなさい。新しい陛下はきっと君のことを大事にしてくれるはずだ」

「あ、あなた？　何を言い出すの！」

ローランドの言葉を、ミレーヌは理解するのに時間がかかってしまった。

からかわれた、と思ったのだが——ローランドは真剣に見つめてくる。

冗談ではないらしい。

「君を愛せなかったが、私はいつでも君の幸せを願っている。——君は十分に頑張ってくれた。君の恋を応援させて欲しい」

「で、でも」

煮え切らない態度のミレーヌに、ローランドは背中を押すように言葉をかける。

「これからは自分のために生きなさい。幸せになれ、ミレーヌ」

涙を流すミレーヌの肩をローランドは抱き寄せた。

◇

ミレーヌが退出した後。

ローランドの知り合いの医師であるフレッドが、呆れた様子で部屋に入ってくる。

「本当によろしかったのですか？　元王妃様を陛下の側室に送り出すなどして」

ローランドはひと仕事終えた感じを出しながら、背伸びをした。

「最高の策だろ？　私は小僧の家庭に爆弾を投下できてハッピーだし、ミレーヌは恋が叶ってハッピーだ。まぁ、ミレーヌがあの小僧に追い出されたら、支援くらいしてやるさ」

フレッドが項垂れる。

「新しい陛下の女性関係を壊さないでください。国が傾きますぞ」

「あの小僧はうまくやるよ。いや、アンジェリカがしっかりしているから安心だ。良くも悪くも、あの小僧はアンジェリカの手の平の上だからな」

ローランドはあまりの嬉しさに、踊り出してしまう。

「ん～、素晴らしい！　あの小僧にひと泡吹かせつつ、小うるさいミレーヌを追い出せて一石二鳥ではないか！　私は自分の才能が恐ろしいよ。ついでに、陛下のおかげで面倒な側室や愛人たちもパージして、万々歳だな！」

正直な話、ローランドはリオンに感謝していた。

窮屈で退屈な王宮から出してくれたばかりか、隠居の面倒まで見てもらえるのだから。

ローランドからすれば、リオンに完全勝利した状況だ。

フレッドがボソリと本音をこぼした。

「私はこんなのが、今まで国王だったことが恐ろしいですけどね」

ローランドも同意する。

「私も同じ意見だよ。この国は本当にどうかしている。新しい国王には、これから頑張ってもらうとしようじゃないか」

フレッドは何とも言えない顔で、幸せそうなローランドを見るのだった。

◇

戴冠式や諸々が終わった俺は、時間を作ってエリカと面会していた。

理由は色々――というか、体調が気になって話しておきたかったからだ。

俺にとっては、前世の姪と過ごす息抜きの時間になるはずだったのだが――。

「い、今なんて？」

狼狽える俺の前で、エリカは申し訳なさそうにしていた。

最初はエリカに謝罪された。

自分の勝手な行動で俺たちを苦しめたと謝ってきたが、エリカが事情を知っていたところで帝国は止まらなかったはずだ。

言い方は悪いが、エリカ一人でこの状況は変えようがなかった。

だから許したし、責めるつもりもない。

本人は自分を責めていたので、責任を取るなど図々しいと言って無理矢理納得させた。

どうせ、遅かれ早かれ戦争は起きただろう。

結果的にこちらの望んだ展開に持って行けたのだし、悪くないと思っている。

さて、エリカを許したのはいいのだが、問題はそこからだ。

「あ、あのね、伯父さん。あの乙女ゲーだけどね――アルトリーベってタイトルのシリーズは、私が知っているだけで六作品は出ていたよ」

あの乙女ゲーの新事実発覚!? 三作目で終わりではなかったらしい。

というか、六作も出していたの!?

俺は目眩を覚えた。

「ち、因《ちな》みに四作目は？」

一作目だけでも酷く苦労し、三作目に至っては死にかけた。

それなのに、まだ最低でも三作も残っているとか最悪だ。

「男子校が舞台だったかな？ 砂漠のある大陸だったと思うけど、私はプレイしていないの。何となくそういうゲームが出たのを知っているだけ。そこに通う男装した女子が、四作目の主人公だったかな？」

エリカはプレイしておらず、詳しい話は聞けなかった。

ただ、子供の頃に何度も遊んだゲームだから、発売されると自然と気にかけていたのが幸いしたようだ。

「さ、砂漠？　ほ、他に何か知っていることはないか？　どんな些細な情報でもいいから教えてくれ!?」

聞くのも恐ろしいが、聞かないともっと恐ろしい。

俺は少しでも情報を集めようと必死だ。

「五作目の舞台は宇宙だったよ」

「ウチウ!?」

話を聞いていたエリシオンが自信満々に告げてくる。

『私の出番ですね！　任せてください。このエリシオンは宇宙船ですからね。宇宙でも問題なく活動できますよ』

俺が放心していると、エリカが六作目の舞台を教えてくれる。

「え、えっとね！　それで、六作目で原点回帰をして舞台はホルファート王国になるんだけど──お、伯父さん、大丈夫？」

俺は椅子の上に体育座りをする。

思い出してみれば、バインバインの里長があの世で言っていたな。

これからも世界を救うために苦労する云々、って。

──俺は自然と涙が流れた。

「やっぱり戻ってくるんじゃなかった」

俺を心配したエリシオンが、元気づけようとしてくる。

『マスターどうしました？　何か問題があるのでしたら、今からその砂漠のある大陸を滅ぼしましょうか？』

エリシオンの発言にエリカがドン引きしながら、俺の方を優先してくれる。

「だ、大丈夫だよ、伯父さん。きっと世界は簡単に滅びないと思うし。――ごめん、やっぱり厳しいかも」

これまでの状況を考えれば、何か一つでも失敗すれば世界崩壊に繋がってしまう。

つまり、俺が放置できる問題はないということだ。

俺は立ち上がって、心の底から叫ぶ。

「やっぱりこの乙女ゲー世界は俺に厳しい世界だったよ！　ちくしょぉぉぉ!!」

エピローグ

「――リオンは心の底から叫ぶのでした、と。はい、今日はここまで！」

周囲を本棚に囲まれた部屋には、床に子供たちが遊ぶ玩具《おもちゃ》が散乱していた。

そんな部屋で椅子に座って子供たちに読み聞かせをしていたのは、大きなお腹をしたノエルだった。

ノエルの周囲にいるのは、全員がリオンの子供たちである。

その中の一人、男の子がノエルの服を掴んで引っ張ってくる。

「ノエルママ、続きは？　お父様はその後どうなったの？」

子供たちに読み聞かせていたのは、リビアが記したリオンの活躍をまとめた英雄譚だ。

リオンに似た金髪の男の子も、ノエルに続きをせがんでくる。

「お父様の活躍をもっと聞きたい」

ノエルは微笑みながら、子供たちを前に本を閉じると席を立った。

本を本棚に戻すと、もうお終いよ、と念を押す。

「もう遅いから今日はここまでにして寝なさい。それと、ごめんね。この続きはまだ書かれていないのよ」

子供たちが「え～」と不満気な声を出す。

縦ロールの髪型をした女の子が、ノエルの足にしがみついてきた。

「何で書いてくださらないの。もっとお話が聞きたいですわ」

ノエルは苦笑して、書かれていない理由を教える。

「まだ書けないのよ」

ノエルが子供たちを見れば、もう眠そうにしている子たちがいる。

アンジェに似た女の子は、コクリコクリと眠そうに頭を動かしていた。

その手は、眠っている男の子の服を掴んでいた。

リオンに雰囲気が似ている男の子は、床に横になって眠っていた。

お話に興味のある子供たちは、眠くないと言い張り続きを求めてくる。

「書いてよ～」

それは無理なのよ、とノエルは子供たちに言い聞かせる。

「もう少し待ってね。お父様が大冒険をするのはこれからなの。それが終わったら、またリビアママが本にまとめてくれるわ。書き終えたら、一番にあなたたちに聞かせてあげる」

ピンク色の髪をした女の子が、人工知能――ファクトにもたれかかって眠っていた。

床に転がっているファクトが、その体勢のまま子供たちに注意する。

『子供たちよ。睡眠時間の減少は成長に悪影響を及ぼす。さぁ、眠るのだ』

口うるさいファクトに対して、子供たちは遊び足りなかったのだろう。揃ってファクトに悪戯を始める。

「ファクトが怒った～」

「転がせ～」

『や、止めろ！　私にもたれかかって子供が寝ていると理解しているのか？　えぇい、君たちの評価を下方修正だ！』

あの戦争で消えたと思われた人工知能たちだが、ちゃっかり子機にデータを移して存続していた。

今では王国を陰から支えてくれる頼もしい人類の相棒たちである。

ただし、行うのはサポートまで。

国家運営に大きく関わらせてはいなかった。

理由はリオンが嫌がったから。

人工知能を積極的に使いたがったアンジェが、いくら説得して許可を求めても、これぱかりは首を縦に振らなかった。

リオンは「可能な限り人の力で頑張りたい」と言って譲らなかったのだ。

結局、アンジェが根負けしてリオンの方針に従った。

ただ、ノエルはリオンの考えに最初から賛成の立場だった。

効率を考えれば人工知能に頼るのは間違いではない。

それでも、今は可能な限り自分たちの力で発展する方が健全だと思えたから。

「こら、ファクトに悪戯しないの。みんな、早く寝ないとお父様に言いつけるわよ」

子供たちが一斉に返事をする。

「は〜い」

すると、サイドポニーテールの髪型をした黒髪の女の子が、ノエルを前にモジモジしていた。

ノエルが女の子の視線までしゃがんで、目を見て尋ねる。

「どうしたの？」

「ママ。あのね、あのね！　お父様はいつ帰ってくるの？」

ノエルは答え難い質問に、苦笑してしまう。

厄介な問題を解決に向かったリオンが、いつ戻るのか誰も知らないからだ。

きっと本人ですら理解していないだろう。

何しろ、大変なのはこれからだ。

「さぁ、いつになるかな？　あたしも知らないわ。けど、夏になれば長いお休みがあるはずだから、一度戻ってくると思うわよ」

◇

かつてリオンが所有していた浮島は、再整備が行われていた。

戦争のために改修された土地は、今では緑豊かな景色が広がっている。

現在も王国の管理下にあるのだが、リオンが個人的に使用していた。

色々と問題のある者たちを押し込める場所として、最適だったからだ。

そんな浮島に、マリエたちの姿があった。

農作業をするロボットたちを眺めながら、散歩を楽しんでいた。

マリエは汗ばんだ額をタオルで拭う。

「あ〜、いい汗をかいたわ。今日のビールはきっと格別ね！」

日も高いうちから、晩酌のことを考えていた。

そんなマリエを見つけたカーラとカイルが、大急ぎで駆け寄ってくる。

カーラは小さな子供を背負っていた。

「マリエ様ぁぁぁ！　あんまり無茶をしないでくださいよぉぉぉ！」

カイルも慌てている。

幼さは残っているものの、身長は伸びてカーラよりも大きくなっていた。

ハーフエルフではあるが、エルフの特徴が出て端整な顔立ちの美男子になっている。

性格も子供の頃より丸くなってはいるが、あまり変わっていないようだ。

「ご主人様！　そんな体で動き回らないでくださいよ！」

現在マリエは妊娠中であり、お腹も大きく膨らんでいた。

「嫌よ。飽きたのよ。私は汗を流して、ビールを飲むの。もう、自重なんてしないわ！」

カーラは文句を言うマリエの腕を掴むと、強引に連れ帰る。

「その体でお酒なんて何を考えているんですか！　さっさと戻りますよ！」

以前よりも遠慮がなくなっているが、今もマリエの側で世話をしていた。

「私はお酒が飲みたいのぉぉぉ!!」

カーラが背負っている子供は指を咥《くわ》えていた。

その子供は紺色の髪をしており、ユリウスに似ていた。

騒いでいる三人のもとにやってくるのは、浮島に戻ってきたジルクだった。

革製の旅行鞄を持って現れると、マリエたちに手を振りながら近付いてくる。

「お酒が飲みたいマリエさんに朗報です。この私が特別な紅茶をお持ちしましたよ」

ジルクの紅茶と聞いて、カーラが面倒そうにしていた。

「私が用意するので、ジルクさんは何もしないでください」

カイルもジルクに対して冷たい態度を取る。

「いい加減に、自分の出すお茶が不味いって自覚したら?」

丸くなったカイルだが、五馬鹿に対しては辛辣なままだ。

現在も五馬鹿に苦しめられているせいだろう。

二人の反応に、ジルクは肩をすくめるのだった。

「皆さんには高尚すぎましたかね」

そんな中、マリエはジルクが持っている革製の鞄を見て青ざめていた。

「ジルク――そ、そのティーセット入れ、今まで見たことがないんだけど?」

よく見れば新しい鞄だ。

ジルクはよくぞ気付いてくれました、と言わんばかりに。

「これですか？　こちらに戻る前に、王都で見つけたので購入してきたんですよ。こんなにも美しい品が格安で販売されていたので、掘り出し物だと思って買ってしまいました」

マリエがそれを聞いて足下をふらつかせると、カイルが即座に支える。

「ご主人様しっかり！　まだ大丈夫ですよ。ジルクさんは子爵に復帰しましたから、お金には少しだけ余裕があります！」

それでもマリエは泣いてしまう。

だって――皆が貴族に復帰したのに、借金を抱えているのだから。

「無駄遣いしない、って言ったじゃない!?」

借金をしている相手はリオン――というよりも、財政を握っているアンジェだ。

リオンのように甘くはなく、しっかり利息も取ってくる。

五馬鹿が相も変わらず無駄遣いをしている、というわけではない。

借りている金額も常識の範囲内であり、その理由も仕事で必要な物ばかりだ。

だが、一般家庭の常識と、貧乏性が抜けないマリエにしてみれば多額の借金である。

そんなマリエを微笑ましく見ているジルクは、胸を張って答える。

「無駄ではありません。何しろ、八十万ディアで購入したティーセットですよ。古代の遺跡から発掘された貴重品ですからね」

八十万――日本円にして八千万。

それを聞いたマリエは、お腹を押さえる。

「あ、駄目。産気づいた。屋敷に戻って産まないと」

もう何度も出産を経験しており、マリエは落ち着いたものだった。

カイルが大慌てで走り出す。

「医者ぁぁぁ！　お医者様ぁぁぁ！」

ジルクは急なことに狼狽えて、何をすればいいのかわからず困っていた。

「わ、私は何をすれば!?　とりあえず、紅茶の用意を――いえ、マリエさんを病院に運ぶのが先決ですね！」

慌てたジルクが鞄を落としてしまい、中に入っていた八十万ディアで購入したティーセットの割れた音がした。

その音を聞いてマリエは、血の気が引いた。

「いやぁぁぁ！　八十万がぁぁぁ！　――はふっ」

絶叫したマリエは、そのまま気を失ってしまう。

ジルクがマリエに抱きついた。

「マリエさん、しっかりしてください!!」

カーラはジルクに冷たい視線を向けていた。

「あなたがマリエ様に止めを刺したんですけど？　どうしていつも騙されてくるんですか？　馬鹿みたいに安いティーセットを、高級品だと騙されて幾ら損をしたと思っているんですか？　いい加減に目利きとして致命的にセンスがないって自覚してくれませんか？」

容赦のないカーラに追い詰められ、気圧されたジルクが怯えながら謝罪をする。

「も、申し訳ありませんでした」

そんなジルクにカーラは、役に立たないと思いながらも手伝わせる。

「反省したら、すぐに屋敷に戻ってお湯を沸かしてください。ほら、走って！」

「は、はい！」

ジルクが屋敷に向かうと、カーラは深いため息を吐いた。

「マリエ様、しっかりしてください」

目を覚ましたマリエは遠い目をして微笑んでいたが、その顔に生気は感じられない。

「お兄ちゃんに連絡して生活費をもらうの。ふふっ、また返済する前に前借りして借金が増えていくわ。また、アンジェリカたちに怒られる」

「しっかりしてください、マリエ様！　大丈夫ですよ。ジルクさんの名前を出せば、察してくれますから。きっと！　多分！」

マリエは呟く。

「お兄ちゃんに――会いたい」

◇

ヴォルデノワ神聖魔法帝国は、ホルファート王国に敗戦して一つの変化が起きていた。

「また機械共が鉄塔を建てているぞ」

「気味が悪いわ」

「王国に負けたんだ。受け入れるしかないさ」

帝国の首都をはじめ、多くの都市に鉄塔が建てられるようになった。

街灯の役割を与えられた鉄塔だが、敗戦後に建てられたとあって帝国の民たちからの評判はよろしくなかった。

首都を歩くフィンは、鉄塔を見上げる。

「あいつのやりたかったことが、まさかこれとは思わなかったよ」

帝国の民が不満を持つ鉄塔は、リオンの発案により用意された物だった。

フィンの腕に自分の腕を絡めているミアが、その鉄塔を見上げて物悲しそうにしていた。

「騎士様。結局、私たちは何のために戦っていたんでしょうね」

空の下、ミアは以前のように健康的な生活を送っていた。

ただ、それが可能なのはリオンの用意した街灯がある地域のみだ。

街灯は明かりだけでなく、魔素を放出する機能も備えていた。

帝国の民たちは新人類の血が強く、大気中の魔素が薄くなれば満足に動けなくなってしまうからだ。

最初からリオンは、帝国を滅ぼすつもりなどなかった。

そればかりか、帝国の民が空の下で生きていけるよう計画を練っていた。

親友を信じ切れなかったフィンが、ミアの言葉に自分の過ちを悔いる。

眉間にしわを寄せ、失ってしまった相棒を思い出した。

「もっとあいつを信じてやれてたら、俺は黒助を失わずに済んだのかもしれないな。そもそも、戦争だって回避できたはずなのに」

「騎士様」

思いつめるフィンにミアが抱き着く。

「あの時はこんな未来を誰も予想できませんでした。だから、あまり自分を責めないでください。それに、ミアだっていっぱい迷惑をかけました」

戦後、フィンとミアはその責任を問われなかった。

すべての責任をモーリッツが背負ったからだ。

今、フィンとミアは騎士や皇族の立場を捨て、一般人として暮らしている。

フィンはミアを悲しませてはいけないと、頭《かぶり》を振って笑みを作った。

「いつまで騎士様と呼ぶんだ？　もう俺は騎士じゃないぞ」

「で、でも、今でも騎士様はミアの騎士様で」

アタフタするミアの頭に、フィンが手を置いて撫でた。

「それなら、いつか名前で呼んでくれ」

「は、はい！」

帝国にて二人は新しい人生を歩み始めていた。

◇

世の中とはどうして思い通りにならないのだろうか？

ホルファート王国から遠く離れた砂漠の国であるオシアス王国にて、俺はマリエからの切実な近況が綴られたメールを確認していた。

俺の左肩付近に浮かんでいるエリシオンが、わざわざ俺のためにプリントしてくれたメールの内容は悲惨の一言だ。

建物の屋上で程よい風を受けながら、俺は深いため息を吐く。

「身重のマリエにダメージを与えるとか、やっぱりジルクは笑えない屑だな」

そんな屑でも俺にとっては命の恩人だ。

帝国との戦いでジルクがいなければ、俺は死んでいただろう。

ここぞという場面では活躍するのに、普段が笑えない屑ってプラスマイナスで言うとゼロか？　いや、ややマイナスかな？

命の恩人という事実さえなければ、隔離していたのに残念で仕方がない。

エリシオンが俺の感想を真剣に受け止める。

『彼の行動は目に余るので消しましょう』

「物騒な発言をするな」

『それはつまり、秘密裏に消せという意味ですか？　承知しました。近い内にジルクは病死として処理します』

「俺の発言を曲解しない！　ジルクは放置――それもまずいから、ノエルに頼んで説教かな？　アンジェは国政で忙しそうだし、これ以上の面倒はかけられない」

王国に残してきたアンジェとノエルを思い出すと泣けてくる。

どうして自分は異国の地にいるのだろうか？

更には、どうして教師になっているのか？　と。

俺がいるのは砂漠の国であるオシアス王国の学校だ。

何が悲しくてホルファート王国国王まで上り詰めた俺が、異国の地で教師にならねばならないのか？

それはこの地があの乙女ゲーの四作目の舞台だからだ。

身分を隠して教師として学校に潜入し、四作目の登場人物たちを見守っているわけだ。

エリシオンが赤いレンズを三回点滅させた。

『オリヴィア様より動画が届きました。再生します』

「リビアから？」

首を傾げている俺の目の前で、エリシオンが投影した動画が再生される。

俺たちが暮らしているアパートの台所が映し出されると、エプロン姿のリビアが微笑みを浮かべて手を振っていた。

『リオンさん。今日の料理はお魚ですから早く帰ってきてくださいね。遅れそうならちゃんと連絡してください。ちゃんと、連絡してくださいね。絶対ですよ？』

魚料理を用意して待っているというアピールだった。

微笑ましい内容に、俺の呆れた顔もいつの間にかほころんでいた。

最後に念を押してくる際に、妙に真剣な顔をしていたのが少し気になったけどね。

「愛する人と一緒って素晴らしいな。単身赴任じゃないのが不幸中の幸いだ。本当なら子供たちの成長を見守りたかったけどな」

『お子様たちの成長記録を確認しますか？』

「帰ったら確認しようかな」

『お任せください』

あの乙女ゲーのバッドエンドを回避するためとはいえ、単身赴任だったら厳しかった。

リビアが側にいてくれるのは嬉しいが、子供たちと会えないのは辛い。

——というか、子供が沢山いるのが問題なんだけどね。

エリシオンはどこか納得していない様子だった。

『それにしても、オリヴィア様の動画が気になります。マスターに釘を刺しているように感じられてなりません』

「可愛いものだな」

『これを可愛いと言えるマスターの器の大きさ！　エリシオンは感服致しました』

「——お前はいちいち反応が大袈裟すぎるよ。もしかして、実は俺のことを馬鹿にしてる？」

『いいえ。エリシオンはマスターが最高であると確信しております』

「あ、そう」

嫌みと皮肉まみれのルクシオンよりも素直なのはいいが、エリシオンは反応が大袈裟すぎて逆に馬鹿にされている気がしてならない。

いや、いい子だよ。

エリシオンはいい子だけど——問題も多い。

『あぁ、それからローランドですが、無事に退院したそうですよ』

「あ、そう。興味ないね」

王座を退いたローランドだったが、隠居してもあの性格は変わらなかった。

軟禁されていたはずの浮島から抜け出すこと数十回。

大きな都市に出向いてナンパを繰り返し、多くの女性と関係を持っていた。

これだけ聞けば腹立たしかったが、あまりの放蕩振りにローランドを追いかけて軟禁された浮島についていった女性たちがキレた、という落ちがある。

「もう一度刺されて入院してくんねーかなぁ!」

あのローランドが女性に刺されて入院した。

もう一度刺されてほしいと希望を大声で口にした俺に、エリシオンが問い掛けてくる。

『ローランドが刺されて意識不明になったと報告した際、マスターは心配されておりましたよね？ローランドの無事を何度も確認し、命に別状はないと聞いて明らかに安堵されていました。それなのに、また刺されてほしいとはどういう意味でしょうか？』

純粋な疑問として問い掛けてくるエリシオンに、俺は顔を背ける。

確かに最初は驚いて心配したさ。

俺はローランドが嫌いだが、同じく女性に囲まれている立場である。

刺されたという話題は他人事《ひとごと》じゃない。

「――ほら、俺もいつ刺されてもおかしくない立場だし」

『ご安心ください。マスターを刺そうとする輩《やから》は、このエリシオンが存在ごと抹消致します』

「本当にやりそうで怖いな」

『やりそう、ではなくやります』

「重い。重いよ。お前の俺に対する感情が重すぎるよ」

エリシオンの反応にドン引きしていると、ローランドの話題に戻る。

『それよりも、マスターはローランドの話を他人事とは考えておられないのですか？』

「そうだよ。俺も奥さんが沢山いるし」

自分で言いながら最低な発言だという自覚はあるのだが、これぱかりはどうしようもない。

今から一人に絞ろうものなら、それこそ刃物を持ち出す人たちが出そうだ。

――もう、戻れない場所まで来てしまった。

後悔はない。けど、反省はしている。

俺がもっと器用に立ち回れていれば、こんな酷い結末は迎えなかっただろうに。

『マスターとローランドでは状況が違います。お望みならば、今から処分しますが？』

「止めろよ！　ローランドを殺すのは駄目だろ！」

確かに憎いし、刺されたと聞いた時はちょっと笑ったけどさ！

殺すのは駄目だろ。

『マスターのローランドに対する感情が理解できません。死んでほしいのか、死んでほしくないのか』

「死んでほしいけど、死んでほしくないんだよ」

『――この件は保留としましょう』

エリシオンが赤いレンズで後方を振り返ると、そのまま光学迷彩で姿を消した。

校舎の屋上に誰かが上がってくる気配がする。

階段を上り、そしてドアを開けて屋上に来るのは男子生徒だ。

――ちなみに、俺が教師として潜り込んだ学校は男子校だ。

夢も希望もないわけだが、それを口にしたら妻たちから一斉になじられるので絶対に口に出せないけど。

屋上に来た男子生徒だが、男にしては華奢だった。

中性的な顔をしており、俺を見つけて微笑む。

「またここにいたんですか、リオン先生？」

随分と嬉しそうにするその男子生徒に、俺は教師らしくない口調で接する。

「屋上が好きでね。それより、何か用事か？」

用件を尋ねると、その男子生徒は呆れた顔をするも、すぐに破顔させた。

「次の授業はリオン先生の担当ですからね。遅刻しないように呼びに来ました」

「嬉しそうな顔でそう言う男子生徒だが、実はあの乙女ゲー四作目の主人公だったりする。

男子校に男装して入学しているという設定らしいのだが——何がどうなれば、男子校に潜り込もうとするのか？

エリカから得られた情報も少なく、前回よりも手がかりが少ない状況だ。

わざわざ俺が砂漠の国に来て教師をしているのも、現地でエリシオンと共に調査をするためだ。

「それなら教室に向かうとしますか」

背伸びをして校舎内に戻る俺は、男子生徒——主人公と話をする。

「あ～あ、授業なんてしたくないな～」

「それを教師が言いますか」

呆れる主人公だったが、俺の話が面白いのかクスクス笑っていた。

そうしている間に教室の前に到着した。

中に入ると、いかにも不良みたいな連中がジロリと睨んでくる。

俺が副担任を務めているクラスなのだが、この学校でも問題児の集まりらしい。

いやはや、四作目もかなり設定を詰め込んだ物語のようだ。

主人公が席に着くのを確認して、俺はチャイムが鳴ってから生徒たちに視線を巡らせた。

この中に主人公の相手となる攻略対象の男子たちがいるのだろうが、残念ながら特定までには至っていない。

現時点では全員が候補者というわけだ。

「全員揃っているようで何よりだ」

俺が世界を救うなんて今でも柄じゃないと理解しているが、残念ながら他に適任者がいないから仕方がない。

それに――あの世で俺を待っているルクシオンと、笑って再会するためだ。

お前のマスターは世界を救ったぞ、って自慢話の一つでもしてやりたいじゃないか。

だから、今回も救ってやろうじゃないか。

「それじゃあ、授業を始めようか」

そのときまでにあと何度世界を救えばいいのやら。

本当に――この乙女ゲーの世界は俺に厳しい世界だよ。

完

あとがき

感慨無量中の三嶋与夢です。

乙女ゲー世界はモブに厳しい世界です、略称モブせかが、無事に完結を迎えることが出来ました。

沢山の関係者さんに支えられ、そして読者のみなさまにここまで応援して頂き感謝しかありません。

モブせかをＷｅｂで投稿を開始した頃は、まさかアニメ化まで果たせるとは考えてもいませんでした。

書き始めた頃は作家としてデビューもしていましたので、アニメ化というのは一つの目標だとは考えてはいましたね。

どうすればアニメ化するような作品が書けるのか？　そんなことを考え、試行錯誤の一環として本作に取りかかりました。

モブせかを投稿する前、小説家になろうのランキングで頻繁に目にしたジャンルがあります。

異世界恋愛物。女性向けのファンタジー小説で、いわゆる悪役令嬢物ですね。

今では人気ジャンルとなっていましたが、当時はランキングを総なめにするような状況ではありませんでした。

婚約破棄から始まる物語なわけですが、これが男の自分が読んでも面白くて衝撃的でした（笑）。

この頃から悪役令嬢物を男性向けにしても面白いはず、と考えるようになりましたね。

すぐにプロットの制作に取りかかりました。

ちなみに、この時点では王道的な悪役令嬢物のプロットになっていましたよ。

ルクシオンは登場せず、悪役令嬢はアンジェリカとマリエを足したヒロインでした。

主人公は攻略対象に転生した男性で、ヒロインは悪役令嬢に転生した女性でしたね。

当初はヒロインが悪役令嬢にはならないぞ！　と奮戦するのですが、周囲の環境が許してくれずに物語のヒロイン枠と敵対します。

自分の意思とは関係なく対立し、争い、孤立していく悪役令嬢（ヒロイン）を、主人公が単身で助けるシンプルな構造の話でした。

当初はハーレム要素もありませんでしたね。

それでは何故、現在のモブせかになったのか？

——乙女ゲーに悪役令嬢なんてほとんど登場しないからだよ。

プロットを制作したところで、自分も乙女ゲーをプレイしようと思って調べたら衝撃の事実ですよ。

小説家になろうで人気の悪役令嬢物が、実は独自の発展を遂げたジャンルだったとは予想外でしたね。

この段階で問題が発生したわけですが、残念なことに他作品が書籍化しており仕事がある都合上、時間がありませんでした。

乙女ゲーの知識はない。けど、今しか書けない。だったら、書くしかない。

追い込まれた自分が取った選択は、他の要素をぶち込むというものでした。

他に用意していたプロットを掛け合わせ、そうして誕生したのがモブせかです。

習作でしたので、人気が出ないようなら区切りがいいところまで書いて終わろう。

そんな気持ちで投稿をスタートさせました。

だから乙女ゲーとタイトルにあっても、中身はなろう系と呼ばれる異世界ハーレム物で男女の関係を逆転させた作りになっています。

異世界ハーレム物は好きなのですが、当時は食傷気味だったのか皮肉を込めた作品を書きたくなっていましたね。最終的に、作品に込めた皮肉はことごとく自分にブーメランのように跳ね返って突き刺さりましたけどね（汗）。結局、異世界ハーレム物で終わったわけですし。

幸いなことにモブせかは人気が出たので続けられ、Ｗｅｂ版の一巻部分が終わる頃にＧＣノベルズ様に書籍化のオファーをもらいました。

こうして現在のモブせかに繋がるのですが……既にお気付きの読者さんもおられると思うのですが、実はこの作品は――リオンとルクシオンのバディ物です。

当初は異世界ハーレム物を意識して書いていたのですが、Ｗｅｂ版を完結させた時に読み返してみるとリオンとルクシオンの出会いから始まり、今巻の最後を向かえたので間違いありません。

初期案の優しいひねくれ者という設定を引き継がせたリオンは、読者さんの視点で読むと心情が伝わり難いキャラクターでした。

リオンを補うため、そして読者さんが思うだろうツッコミを入れるため、ルクシオンという相棒が必要になったわけです。

頂いたコメントで一番しっくりきたのは、リオンは信用できない語り部、でしたね。自分にも嘘を吐くリオンは、自分の中で愚か者というキャラクターでした。

他者に平気で暴言を吐くわけですが、その言葉のほとんどがリオン自身に跳ね返ります。

自分を省みない愚か者で、嘘吐き。それなのに、優しいという複雑なキャラクターでした。

そんなリオンを引き立たせるために用意したルクシオンだったわけですが、気が付けば常に二人の関係が物語の中心にありました。

最終巻にして絆を育んだひねくれ者同士が結末を向かえます。

ルクシオンで始まり、ルクシオンで終わるわけですね。

ハーレム要素が薄い気がするのですが、完結させたことで自分が書きたいものに気付けたというのが、自分にとっては大きな宝になったような気がしています。

それから、本編完結を記念して後日談を用意しました。

二つのキーワードを応募フォームに入力頂ければ、読めるようになっています。

一つ目のキーワードは「あの乙女ゲーは俺たちに厳しい世界です3巻」にてご確認ください。

二つ目のキーワードはこちら【ｌｕｘｏｎ】。

これにて本編モブせか――乙女ゲー世界はモブに厳しい世界です、は完結となります。

最終巻までお付き合い頂きまして、誠にありがとうございました。

これからも三嶋与夢をよろしくお願いいたします!!

GC NOVELS

乙女ゲー世界はモブに厳しい世界です★13

THE WORLD OF OTOME GAMES IS A TOUGH FOR MOBS.

2024年4月6日初版発行

著者 三《み》嶋《しま》与《よ》夢《む》

イラスト 孟達《モンダ》

発行人 子安喜美子

編集 伊藤正和

装丁 森昌史

印刷所 株式会社平河工業社

発行 株式会社マイクロマガジン社
〒104-0041 東京都中央区新富1-3-7 ヨドコウビル
［販売部］TEL 03-3206-1641／FAX 03-3551-1208
［編集部］TEL 03-3551-9563／FAX 03-3551-9565
https://micromagazine.co.jp/

ISBN978-4-86716-555-3 C0093

本書は小説投稿サイト「小説家になろう」(https://syosetu.com/)に掲載されていたものを、
加筆の上書籍化したものです。

ファンレター、作品のご感想をお待ちしています！

宛先 〒104-0041 東京都中央区新富1-3-7 ヨドコウビル
株式会社マイクロマガジン社 GCノベルズ編集部「三嶋与夢先生」係「孟達先生」係

**右の二次元コードまたはURL（https://micromagazine.co.jp/me/）を
ご利用の上、本書に関するアンケートにご協力ください。**

■ご協力いただいた方全員に、書き下ろし特典をプレゼント！
■スマートフォンにも対応しています（一部対応していない機種もあります）。
■サイトへのアクセス、登録・メール送信の際にかかる通信費はご負担ください。

THE WORLD OF OTOME GAMES IS A TOUGH FOR MOBS.

三嶋与夢　最新作
2024年　秋、始動――